3
みわもひ
Author / Miwamohi
イラスト 花ケ田
Illust / Hanagata
The Reproducer of Creation Magic
創成魔法の再現者
魔法学園の聖女様〈上〉
JN105270

CONTENTS

KEYWORDS

王立魔法学園

ユースティア王国の王都にある教育機関。優秀な魔法使いの子弟を集め、研鑽することを目的として設立された。そのため生徒は基本的に『血統魔法』の所有者に限られる。魔法以外に歴史や言語、算術などの基礎教養全般も教えられている。

Aクラス

魔法学園において家格が高く、魔法の素養や技術に問題のない生徒が配属されるクラス。強力な『血統魔法』の所有者が多く、王族など身分の高い生徒が在籍することもある。

Bクラス

魔法学園において家格が低かったり、『血統魔法』が上手く扱えなかったり、何らかの問題を抱える生徒が配属されるクラス。Aクラスの生徒や一部の教師からは落ちこぼれと見なされている。

強化汎用魔法

創成魔法『原初の碑文（エメラルド・タブレット）』の魔法を解析する特性を応用して強化が施された『汎用魔法』。威力こそ『血統魔法』に及ばないが、詠唱を必要としないため、即時発動や連発が可能。状況によっては『血統魔法』を上回る成果を挙げることもできる。

白銀の稲妻が、耳元を通り過ぎる。
一瞬遅れて、強烈な風圧が彼の顔を嬲る。
華奢な手足からは
想像もできないほどに鋭い剣閃。
彼女の戦いは剣を極める、
その一点に膨大な時間をかけた者だけが
到達できる境地だ。

クライド
Clyde
第二王子アスターの
側近であった魔法学園の生徒。
アスター失脚後はクラス内の
権力を掌握しようと目論む。
カティア
Katia
エルメスの幼馴染で公爵令嬢。
『欠陥令嬢』と揶揄されていたが
エルメスの導きで血統魔法の
真の力を引き出した。
ニィナ
Nina
カティアの友人。
魔法とは異なる、ある特殊技能の持ち主。
そのため魔法学園では
浮いた存在となっている。
エルメス
Hermes
血統魔法を継承できず、
侯爵家を追放された少年。
"自分だけの魔法"を見つけるために
魔法の研鑽に励む。
アルバート
Albert
魔法学園でエルメスが出会うクラスメイト。
エルメスを目の敵にしており、
理不尽な目に遭わせようとする。
サラ
Sara
カティアの友人。
その美貌と二つの血統魔法を持つ
"二重適性"という優れた素質から
『聖女』と称される。

創成魔法の再現者 3

魔法学園の聖女様〈上〉

みわもひ

OVERLAP

——おとぎ話が、好きだった。


きらきらしていて、少しだけ暗くて、でも最後は優しい世界のことが。

どこかコミカルだけれど、それでも一生懸命生きている人たちのことが。

その雰囲気が、美しさが、どうしようもなく好きだった。

この世界で生きられたら、どんなに素敵なことだろう。そう子供心に思ったものだ。


……でも。


当たり前だけれど、現実はそんなに上手《うま》くはいかなくて。

世界は、泣きたくなるほど残酷に、全員に、平等に優しくなかった。

一生懸命に生きている人が、踏み躙《にじ》られる瞬間を何度も見た。

美しいものほど儚《はかな》くて、気高いものほど撃ち落とされる世界《くに》だった。


誰よりも憧れた貴族の女の子は、生まれ持った魔法を理由に欠陥の烙印《らくいん》を押され。

こんな自分を見初めてくれた王子様も、最初から最後まで『わたし』を見ることはなく。

『聖女様』と自分を持ち上げてくれる周りの人も、別の場所では誰かに舌を出していた。

誰もが鳥籠の中で、自分以外の誰かが飛び立たないように見張っている。そんなことをすれば自分も飛び立てないと分かっていても、そうしないわけにはいかない世界。

その在り方が重苦しくて、どうしようもないことが息苦しくて、輝きが埋もれてしまうことが悲しくて。

そして、何より。

悲しいものを目の当たりにしても——何もできない空っぽの自分が。誰よりも、何よりも、嫌で仕方なかった。


どうしようもない現実を、突きつけられるたび。

あの日抱いたはずの理想が、憧れが、少しずつ削られていって。輝きが色褪《いろあ》せて、だんだんと何を目指していたのかも分からなくなって……

——それでも、捨てることはできなかった。

だって、それしかなかったから。

空っぽの自分が、何もない自分が、唯一自分自身だと言えるものがそれだったから。これを手放してしまえば、自分は自分でなくなってしまうと思ったから。

みっともなくても、辛《つら》くても。その『願い』を持ち続けた。


けれど。そんなことをしても、自分が変われるはずもなく。

今までと同じように現実を見て、現実に何もできず。それ以外には何もない自分を突き

4

つけられ、少しずつすり減っていく毎日が続いていた……その時。

出会ったのだ。

とても優しくて、鮮烈で。己の抱いたものに向かってどこまでも真《ま》っ直《す》ぐに進み。誰に何を言われようとも自分を信じて、突き進むことをやめず。ついにはこの国の歪《ゆが》んだ認識を根底から一つ、ひっくり返してみせた。

そんな、おとぎ話のヒーローのような男の子に。

だから。

わたしは——彼に、夢を見たのだ。

創成魔法の再現者

The Reproducer of Creation Magic

魔法学園の聖女様〈上〉

3

みわもひ
Author / Miwamohi
イラスト 花ヶ田
Illust / Hanagata

第一章 編入生

ユースティア、王立魔法学園。

王都中央部に位置するその巨大な教育機関は、国中から優秀な魔法の能力を持つ子弟を集め研鑽《けんさん》させることを目的として設立された——ということになっている。

そんな学園は現在、長期休みを経ての後期授業に突入しており。

後期の初日、一学年のあるクラスにて。

「——それでは自己紹介、そして簡単に『あなたの魔法』の紹介もお願いします」

「はい」

担任教員に促され、一人の男子生徒が教壇に立っていた。

銀の髪に、特徴的な翡翠《ひすい》の瞳。年齢にしては少しだけ幼い顔立ちに華奢《きゃしゃ》な体つき。一方で纏《まと》う雰囲気は落ち着きのある、対照的に大人びた印象を与える少年。

そんな彼——後期からの編入生が、口を開く。

「名前はエルメス。家名は……本来ならばフレンブリードを名乗るべきなのでしょうが、ご存じの通りなくなってしまいましたので。現在はトラーキア家にお世話になっている、元貴族子弟と思っていただければ」

かなり情報量の多いその言葉を聞いても、教室内にさほどの驚きはない。何故《なぜ》なら知っていたからだ。つい先日王都で起こった大事件を。

第二王子アスターの投獄、そしてフレンブリード家の完全な没落。

更に噂《うわさ》に聡《さと》い者ならこれも知っているだろう。──この男子生徒が、かつて神童と呼ばれながらフレンブリード家を追放された『出来損ない』のエルメスであることも。

故に、驚きはさほどない。何より、彼らが最も気になっているのは『そんなこと』ではなく──この先の情報なのだから。

それを正確に把握した上で、エルメスは続ける。

「では、僕の魔法についてですが」

告げると同時、予《あらかじ》め詠唱しておいた彼の魔法、翡翠の文字盤を呼び出し。

そして、一切の澱《よど》みなく。

「──血統魔法、『原初の碑文《エメラルド・タブレット》』。

効果は、簡易な多属性魔法操作、です」

そう、聞くものが聞けば明らかにおかしいと分かる情報を述べて。

実演するように周囲に生み出して見せる。小さな炎弾、ささやかな風刃、雷の球体等を。

教員が軽く目を見開く。未知の魔法だったからだろう、いくつかの質問で探りを入れてきた。

「……簡易な多属性魔法操作、ですか？」

「ええ、ご覧の通りです。他の血統魔法と違って様々な属性を扱えることが特徴の魔法ではあるのですが、一つ一つの性能は――」

「――大したものではない、と」

「はい。汎用魔法よりは強いでしょうが、血統魔法には遠く及びません。つまるところ器用貧乏ですね」

「それ以外に効果は？」

「あ、ありません、これだけです」

きっぱりと、そう回答した。

ここまでのやりとりで……彼の魔法を知るものならば、もう理解できただろう。

そう。今彼は、『原初の碑文《エメラルド・タブレット》』の最も重要な効果である、『魔法の再現』を伏せ。あくまでその副産物でしかない『強化汎用魔法がこの魔法の効果である』と言い切ったのだ。

「――え」

彼の宣言を聞いて、教室後方で。思わず、といった調子の声が上がった。

金髪碧眼《へきがん》の少女――これからはクラスメイトとなる、サラ・フォン・ハルトマンだ。一応事前に軽く説明はしておいたのだが、改めて直《じか》に聞くと驚きが出てしまったのだろう。

後でもう一度詳しくお話をしなければな、と考えつつ、彼は思い出す。

どうして、こうすることになったのか。

自らの魔法を血統魔法と宣言し、その効果に関しても本質を隠し、言ってしまえば大した効果がないもののように演出する。

つまり――実力を見せずに学園生活をする、そうすることになった理由を。

◆

「――納得いきませんわ、お父様」

一週間ほど前、トラーキア家の一室。当主ユルゲンの眼前で。

エルメスの隣に立つ彼の主人、カティアの噛《か》み付くような声が響いた。

「何故、まだエルの力を隠す必要があるのですか！　エルは証明しました、彼の魔法は本物だと！　なのに何故！」

エルメスが学校でも魔法の開示を禁じる、その提案を最初にしたのはユルゲンだった。

エルメスの魔法、『原初の碑文《エメラルド・タブレット》』の真価。それは魔法の再現。極めれば血統魔法すら自在に操れる、事実彼は既にいくつもの血統魔法を己のものとしている。

その力で以《もっ》て、彼は第二王子の間違いを示し。下手をすれば国を挙げて対処すべき災害級の魔物すら打ち破った。

証明は、十分なはずだ。何故まだ隠すのかとカティアは父に問う。

「そもそも、隠すことなどできるのですか？　あの魔物との戦いは、多くの兵士が目撃しました」

「多くと言っても数十人程度だ。既に口止めは済んでいるし、彼らはエルメス君に敬意を払っている。事情があるのだろうと納得してくれたよ」

「以前、方々を回って魔物を倒した件は」

「大抵は王都を離れた辺境の出来事。こちらまで噂は届かない、届いたとしても信じる貴族は少ないだろう」

「っ」

隠そうと思えば隠せてしまう、という事実にカティアは歯噛《はが》みする。

彼女は見てきたのだ。彼がかつて出来損ないと追放されてから、凄《すさ》まじい努力の果てに力を身につけて。加えてそこに満足せず更に魔法を追求し、事実成果だって上げていることを。

なのに、まだ日の目を見ることができないのかと。

幼き日の彼も、そこから彼の歩んできた道筋も。全て理解していて、評価されるべきだと思っているが故に……彼女にとって、その名誉を隠そうとする行動はたとえ父親相手でも許し難いものだった。

「……エルは、認められるべきです。どうして、そこまでして」

「理由は以前も言った通り、各界隈《かいわい》に与える影響が大きすぎる。特に今はアスター殿下の件で権力構造が激変した、その混乱に乗じてエルメス君によからぬことを考える者たちがいないとも限らない」

「っ、そんなの——」

「——というのが、建前かな」

尚《なお》も反駁《はんばく》しようとしたカティアだったが、そこで。

「……本音はね。怖いんだよ」

「——え？」

ユルゲンの口から溢《あふ》れた、彼らしからぬ言葉に戸惑いを見せる。

「私は知っている。あまりにも突出し、他と乖離《かいり》しすぎた故に迫害された人間を。隔絶の果てに僕たちのもとからも離れていった、離れざるを得なかった友のことを。……きっと、今は誰よりもね」

「！」

誰のことを言っているかは、二人同時に理解した。

だってその人は、つい先日このトラーキア家を訪れたばかりなのだから。

赤髪の魔女を思い浮かべる子供二人の前で、ユルゲンは続ける。淡々と、粛々と——けれど、それに僅《わず》かながらの懺悔《ざんげ》のような響きを滲《にじ》ませて。

「あれから、この国を変えようとした。でもまだなんだ。まだ何も、確信が持てるほどに変えられてはいない。……これで、彼女を継いだ君にも同じ轍《てつ》を踏ませてしまったのなら——私はもう、一生自分を許せなくなる」

「……公爵様」「お父様――」

「勝手な都合で、君を縛ってすまない。でも今はまだ、どうか」

そう言って、真摯に頭を下げてくる。

「……」

……エルメスも知っている。この公爵家当主が、外で言われている非道で悪辣、権力にしがみつく古狸《ふるだぬき》との評価とは裏腹に。きちんとした信念を持って行動する人だと。きちんと情があり、心があり、自分たちを守るため敢《あ》えて清濁を併《あわ》せ呑《の》んでいる人なのだと。

そして何より――彼の師ローズも未《いま》だ、ユルゲンを友人と言っている。

ならば。

「分かりました。僕たちのことを考えてくださっての提案だとは、理解していますから」

こう答えることに、さしたる躊躇《ちゅうちょ》はない。

「カティア様も、僕は気にしませんので……」

「……エルがそう言うなら、構わないわ。……お父様の言うことだって、分からなくはないもの」

「感謝するよ、エルメス君。カティアも」

まだ少し不服そうだが理解を見せたカティアに、ユルゲンがもう一度謝意を述べる。

「お詫《わ》びと言っては何だけれど……前も言った通り、学園内での君の行動をあれこれ制限したりはしないよ。……まぁ、君ならば何も言わなくても何かしてくれるんじゃないかっていう期待もあるし、それで君を通わせることにしたんだけれどね」

苦笑と共に、最後にそう言ってから。

「ともあれ、だ。週明けからは後期の授業。存分に学んで——存分に学園生活を楽しんでくると良い」

「はい」「それもそうですね、お父様」

話を締め、来《きた》る学園生活に向けてエルメスは心なしか嬉《うれ》しそうな顔をして。

——そして、そんな彼よりも遥《はる》かに嬉しそうな顔をしたカティアがこちらを向いてくる。

「と言うわけよ、エル！　ようやく来週から一緒に学校に通えるのね！」

「はい。楽しみです」

エルメスの返答に、カティアは自分も楽しみで仕方がないとの言葉を全身で表現するように体を弾ませ。

「いーい、エル。学園には色々と決まりがあるの。勿論《もちろん》変なのだってあるけど、多くの人が同じ場所で暮らす上では必要なことだって多いわ」

何やら得意げに胸に手を当てると、その美貌に今度は得意げな笑みを浮かべてから、どこかお姉さんぶった口調で話し始め。

「きっとあなたでも最初は混乱すると思うわ。でも大丈夫、ちゃんと主人でクラスメイトの私が——」

「——え？」

だが、そこで。カティアが述べたある言葉に反応し、ユルゲンが声を上げた。

「？　どうしました、お父様？」

「……ええ、と。カティア、確かに君には言ってなかったし、君なら察するだろうと思って言わなかったことは申し訳ないし、その上でこちらから言うのは大変心苦しいんだけど……」

きょとんとした顔を見せる娘に、ユルゲンは珍しく歯切れ悪そうに言い淀《よど》んでから。

こう、告げた。

「君は、エルメス君と同じクラスにはならないよ？」

「…………………、はい？」

たっぷり数秒ほどの放心の後、かろうじて疑問の声だけを絞り出したカティア。

そんな彼女に向かって、気まずげな表情でユルゲンは解説する。

「その、だ。君たちの通う学年には二つのクラスがあることは知っているね？」

「ええ。それは勿論、通っていましたから」

「一つはAクラス。家柄と魔法、共に問題ない者たちが配属されるクラスだ。そしてそうでないもの、つまり家格が低かったり魔法に問題があったりする者が配属されるBクラス。……正直この区分もどうかと思うけれど、現在はそういう制度になっている」

「知っています。だから元侯爵家とは言え、今はほとんど平民に近いエルは私と同じBクラスに――」

「君は後期からAクラスだよ」

　そこで再度、カティアが固まった。

「…………え」

「前期の君がBクラスだったのは、血統魔法を上手《うま》く扱えなかったからだ。その弱点がなくなった今の君は、強力な血統魔法を十全に扱える公爵令嬢。クラス替えはむしろ当然の話になる」

「…………あ」

「人数的にも丁度いいしね。アスター殿下が抜けたAクラスに君が入って、君が抜けたBクラスにエルメス君が入る。……流石《さすが》の私と言えど、クラス配属にまで口を出すことはできないからね。エルメス君を学園に入れるだけで精一杯だ」

　淡々と、あまりにも妥当な配属理由を聞かされて。

　ようやくカティアも今まで気づかなかった、エルメスと共に通えることが嬉しすぎて考えもしていなかったその可能性に思い至り。

　同時に、既に変えようのない事実であることにも気付いてしまって。

「…………な」

「……その、カティア様、お気を落とさ」

エルメスの制止も一瞬間に合わず。

「何でよぉ――――――っ!!」

見事に膝から頽《くずお》れた公爵令嬢の慟哭《どうこく》が、屋敷中に響き渡った。

……その後。

放心し塞ぎ込んでしまったカティアを全力で介護し慰めつつ。何故《なぜ》か言われるままに彼女の頭を撫《な》でたり、菓子を振る舞ったり、「昼休みは絶対私のところにきて！　むしろ私がそっちに行くから！」と謎の約束を取り付けられたりしているうちに、夜は更けて。

そうして翌週、（クラスだけは）主従別々の学園生活が、遂《つい》に始まるのであった。

◆

そういうわけで。

現在エルメスがいるBクラスに、カティアの姿はない。恐らく隣のAクラスに後期から編入ということで、今ごろ似たようなことをしているのではないだろうか。

……先週の意気消沈を引きずっていないかだけが気がかりである。

そんなことを考えつつ、自己紹介を終えて指定された席に向かうエルメスに。

教室の何処《どこ》かから、こんな声が聞こえた。

「……なんだ。所詮は『出来損ない』か」

（…………なるほど）

それを聞いた瞬間、瞬時にエルメスは察する。今の自分を取り巻く環境を。

正直、予想はしていた。

何故なら、先ほどの自己紹介の最中、自分の魔法を開示した時。『強化汎用魔法だけだ』と告げた時。

生徒たちの大半が顔に浮かべたのだ——安堵《あんど》と、嘲弄の表情を。

なんだ、かつて神童と呼ばれていたようだが、大したことはないじゃないか。

血統魔法も奴《やつ》の言う通り器用貧乏だろう、賞賛すべきほどのものでもない。実家を追い出されたのも納得だ。

おまけにその家も没落済み。現在の身分は限りなく低く、魔法の力も矮小《わいしょう》。

——つまりこいつは、自分たちが見下してもいい人間だ、と。

そんなあまりにも一方的かつ限定的な格付けを、けれど多くの生徒が心中で行った。

その結果として今、席へと歩くエルメスに浴びせられる侮蔑の視線。そして囁《ささや》き声《ごえ》の皮を被《かぶ》った、明らかにエルメスに聞かせる声量の言葉。

「そもそも家名を名乗らなかったってことは、立場的には平民なのでしょう？　どうしてこの学園に来ようと思えたのかしら」

「全くだ、おまけに魔法も何だい、つまるところ汎用魔法に毛が生えたようなものじゃないか。高貴なる血統魔法を名乗ることすら烏滸《おこ》がましい」

「どうせトラーキア家に取り入って、強引に編入させてもらっただけの人間だ。魔法も家格も出来損ない、それでこの場にいるなんで、恥というものを知らないと見えるな」

（……ああ、またか）

エルメスは心中で呟《つぶや》く。

この国の歪《ゆが》み。魔法の力と、それに強い相関を持つ家の力を絶対視する風潮。上下関係を明確に決めなければ気が済まない者たち。

少し頑張ったところで。多少の活躍をしたところで。加えてその風潮の権化であったあの第二王子を打倒したところで。そうそう変わることはないほど、これは根強いのだ。この学園、このクラスの様子にもそれはよく現れていた。

予《あらかじ》め聞かされていたこととは言え、ここまで露骨となると少々気は滅入《めい》る。そう思いつつ、ともあれさっさと席に着こうと歩みを早めたその時だった。

エルメスがとあるものを感知し――微《かす》かにだが顔を歪ませ、思わず小さく口に出す。

「……そこまでする……？」

彼が感じ取ったのは、魔力の動き。

なんと、侮蔑の視線と嘲弄の言葉を投げかけるだけでは飽き足らず。幾人かの生徒が、エルメスに向けて魔法を放とうとしてきたのだ。恐らく直接的に害するものではなく、せいぜいがエルメスを転ばせて恥をかかせるとかその程度のものだろう。

実際彼ら――エルメスから見て背後、右横、左後方から三人の生徒が魔法を生成する。

その内容は体に纏《まと》わりつく風、足を引っ掛ける氷の突起、一瞬だけ体を痺《しび》れさせる程度の電撃、の三種類。まさしく思った通りの魔法が、けれど一応はエリートの貴族子弟なだけあって相当の練度で放たれる。

……と言っても。彼らが放ったのはあくまで汎用魔法。流石に詠唱が必要かつ威力的に大事になりすぎる血統魔法は使えなかったのか、加えてこの程度の魔法なら誰がやったか特定はされないと踏んだだか。もしくは単純に、『汎用魔法に毛が生えた程度』の魔法の持ち主相手ならこれで十分と思ったのか。

まあ、いずれにせよ。

──流石にそれは、エルメスを甘く見すぎである。

「……」

なので彼は、前を向いて歩き続けたまま、魔法の発生源を一切見ることなく。

魔力感知能力だけで位置を正確に把握し、まずはノーモーションで光の壁を展開。放たれようとした魔法を全て未然に、かつ完璧に防ぎ切って。

更に返す刀で、三種類の汎用魔法を同時起動。風の魔法で背後の生徒の体を軽く浮かせ、氷の魔法で右横の生徒の椅子を滑らせ、雷の魔法で左後方の生徒を撃ちつける。

つまるところ、やられようとしたことをそっくりそのまま、しかも三箇所同時にやり返したのだ。

……きっとあの生徒たちは、エルメスの外見や物腰が温厚そう、つまり反撃してこなさそうだと考えてこのような行動に出た側面もあったのだろう。

だが、それは全くの勘違いだ。

何せ彼は、あのローズの弟子である。天衣無縫かつ割合手の早い性格である彼女の影響を多大に受けた彼が、このような仕打ちを黙って甘受するなど。

もっと直接的に言えば――売られた喧嘩《けんか》を買わないわけがなかった。むしろ積極的に買い取りに行った上で、もうこんなことをさせないようにきっちり力の差を見せようとするのは当然の反応なのである。

ガタンッ！　と大きな音が、教室内の三箇所で同時に響いた。

「――おや、どうしました？」

それを聞いてから、エルメスは少しわざとらしくゆっくりと振り向き、いかにも不思議だという顔と声色で告げる。

それから音がした方を順番に一つずつ、しっかりと目を合わせて――つまり、『ちゃんと誰が何をしたか把握しましたよ』と無言のメッセージを実行者たちに送ってから。

「……不思議なことも、あるものですね」

それ以上は敢《あ》えて何も言及せず、背を向けて歩みを再開する。

恐らく、教室の人間の大半は今エルメスが何をやったのか理解していないだろう。

でも、少なくとも実行者の三人は別だ。彼らは自分がやろうとしたことを完璧に防がれたどころか、全く同じことをやり返され。しかも自分だけでなく他の二人も同時に、あまつさえその全てを一切視線を向けずにやってのけたことまで、気づいてしまって。

……あの大人しそうな少年の内に、どれほどのものが秘められているのか。なまじ優秀である故に、その片鱗《へんりん》を感じ取り。

怒りと、羞恥と——微かな、本人は認めないだろう畏怖を含んだ視線を向けるのだった。


そんなことがありつつも、エルメスは指定された席に着く。

すると同時に、横から控えめな声が響いてきた。

「その……ごめんなさい……」

隣の席に視線を向けると、そこには見覚えのある顔が。

淡いブロンドの髪に、深く輝く碧眼《へきがん》。優しげな印象を与える幼い美貌。

サラ・フォン・ハルトマン。彼の主人であるカティアの友人であり、以前の王都騒乱より深く関わるようになった少女だ。

現時点で、このクラスで唯一の顔見知りと言って良い少女はエルメスに向かって、申し訳なさそうな声を掛けてくる。恐らくは今しがたのエルメスに対する魔法攻撃未遂のことを言っているのだろう。やはり彼女は起こったことを正確に把握していたか。

流石は二重適性の魔法使い、魔法に関する能力はこの中でも並外れて高い。だが……

「？　サラ様が謝ることではないのでは？」

「……でも。カティア様がいらっしゃらない今、わたしがこのクラスの代表ですから。それに……」

エルメスの疑問に、何気に初めて聞く情報を彼女は告げてから。

「エルメスさんが、学園生活をすごく楽しみにしていたのも知っています。なのに、いきなりこんな……」

「……まあ、何とも思わなかったと言えば嘘《うそ》になりますが」

確かにここまで露骨な感情を向けられるとは思わなかったので、多少のショックはないでもない。だが、こういうところだと事前に聞いたり推察したりはしていたし、何より。

「むしろ、だからこそ貴女《あなた》が……知己の人間がいることはありがたいと思いますよ」

「！」

「すみませんが……学園に慣れるまでは貴女を頼りにしてしまうかもしれません。お恥ずかしながら人付き合いの経験が少ないもので。……よろしいでしょうか？」

「は、はいっ！」

やや苦笑気味に告げられたエルメスの言葉。それに何かを刺激されたのか、サラが胸の前でぐっと拳を握って宣言する。

「ぜ、是非、頼りにしていただけると！　慣れた後でも、ぜんぜん、構いませんっ」

「こ、光栄です」

何やらすごくテンションが上がっていて戸惑ったが、申し出自体は非常にありがたかったので素直に礼を述べる。

……尚《なお》、今のサラの発言は高揚ゆえに少々声が大きく、周囲にも聞こえており。

周りの生徒、とりわけ男子生徒からの視線に何か別の色が混じったりもしたが。

基本的に周りから敵意は向けられるものと認識してしまったエルメスは、それらも一緒くたにしてしまって気づくことはなかったのだった。


そんなこんなで、エルメスの紹介を含めた朝礼は終了し。

授業が始まるまでの僅《わず》かな間で、彼は考える。

（……公爵様の、言った通りなんだな……）

この国に蔓延《はびこ》る思想は、そうそう簡単に変わることはない。次代の人間を育てる教育機関ですらこうなのだ、それはそうなのだろうとある意味納得したくらいだ。

……そして。ユルゲンがそれを変えようとしており、その旗印として自分に期待をかけていることも理解している。

ユルゲンには恩がある。

打算があったとは言え自分をすんなりとトラーキア家に受け入れてくれたし、今もいち使用人にしては驚くほど自分の自由を尊重してくれる。

何より――彼の思想、ローズに影響を受けた考えは当然、エルメスも共感できるのだ。

（公爵様は『自由にしていい』と仰《おつしや》っていたけど……）

この国に、今はこの学園に蔓延《まんえん》している考えを変えることが自分への期待であるのなら。

応えることはやぶさかではないし、応えたいという意思も彼の中にはあった。

……とはいえ。正直今の一件だけで大凡《おおよそ》の風潮を把握してしまい、若干辟易《へきえき》する感情もないことはないのだが――それはともあれ、まずは何より。

(知らないといけないな。この学園の考え方、その根源、温床は何なのか)

それが最優先だろうと考えて、彼は意識を新たに授業に臨む。

そして幸い、と言うべきか。それを知る機会は、すぐにやってきたのだった。

◆

授業開始時刻までの時間も、クラスメイトのエルメスに対する噂《うわさ》が止《や》むことはなかった。

曰《いわ》く、恥知らず。貴族の風上にも置けない人間。トラーキア家の威を借る卑しい狐《きつね》等々。

それらは何の根拠もないものだったが、彼らはそれをあたかも真実であるかのように決めつける。まるで、『そうでなければ困る』とでも言わんばかりに。

「……ごめんなさい、エルメスさん」

同様に噂を耳に入れていた隣の少女、サラが謝ってきた。

しかし彼女はそれから、申し訳なさそうにしつつも。

「……虫の良い話だとは分かっていますが……どうか彼らを――いえ。私たちを、許していただけませんか」

こんなことを言ってきたのだ。

「はい？」

首を傾《かし》げるエルメスに、サラは引き続き、何かを堪《こら》えるような声色で。

「……分かるんです、あの人たちの気持ちも。鬱屈した、どうしようもない感情をぶつける先を求める心は。私はその……運よく、発言力のある方に守っていただけていましたが、あの人たちは――」

続けようとした、しかしその瞬間チャイムが鳴って。

「静かにしたまえ」

ほぼ同時に教室の扉が開かれ、一人の男性教員が入ってきた。

この学校は魔法学園ではあるが、かといって魔法ばかりを学習しているわけではない。むしろ血統魔法が主流となっている今は、魔法の勉強ではなくそれ以外の基礎教養――つまり歴史や言語等の総合的な教育を貴族子弟に施すことが主な目的となっている。

とりわけ重点的なのは、算術だろう。何せ貴族は基本的に領地の経営者だ。よほど優秀な会計官を雇えば別だが、だとしても領地を治める当人が数字に弱いのはまずい。

そんな当然の理念のもと、今から始まる授業もその算術に関わることだったのだが――

「――では。今からテストを始める」

くすんだ灰色の髪に神経質そうな顔立ちをした、フレームの細い眼鏡が特徴的な男性。ユルゲンとは真逆の、どこか鋭利な印象を与えてくる。

聞いたところによると、彼はガイスト伯爵。この学年の算術を担当する教員だ。

そんな彼が発した一言に、クラスがざわめいた。エルメスも微《かす》かな驚き——というか疑問を滲《にじ》ませつつ、隣に座るサラに問いかける。

「その、テストというのは試験のことですよね？　そういうものは基本、事前に知らされるのでは？」

「……はい、基本はそのはずです。でも——」

「なんだね、君たち」

続くサラの言葉の前に、教室の喧騒《けんそう》を見かねた教員が声を発する。

「『いきなり試験をされても困る』とでも言うつもりかね？　全く——これだから君たちは落ちこぼれなのだよ」

「……え？」

エルメスは驚く。言葉の内容というより、それを告げる教員の口調や態度に。

教員というものは——エルメスも詳しくはないが、生徒を教え導く存在である以上、基本は生徒を尊重し見守るものであると認識している。無論限度も個人差もあるだろうが、それでも概《おおむ》ね間違っていないはずだ。

なのに。言葉を告げる、ガイスト伯爵の表情には。

隠しようのない……隠す気すら一切ない、侮蔑と優越の感情が宿っていた。

伯爵が続ける。

「いいかね？　そもそも常に学ぶ意思と意欲さえあれば、いつ試験を受けようと問題ないはずなのだよ。それなのに多少の抜き打ちを受けた程度で狼狽《うろた》えるとは情けない。どうせ長期休みも遊び歩いていたのだろう？　気が抜けている証拠だ。それを私が直々に叩《たた》き直そうと言うのだ、感謝して欲しいくらいだね」

……言い分自体は、分からないでもないが。やはり言い方が引っかかる。

そう思うエルメスだったが流石《さすが》にそこで口は出さず。静まり返った教室を見た教師が満足そうに試験問題を取り出して配る。エルメスの方にも回ってきて、それを見るが——

「……うわ」

思わず小さく声が出た。

エルメスはこの学園へ編入するにあたり、当然この学園で前期に行った授業内容は把握してきた。そもそも、そうでなければ編入試験を突破できないのだから当たり前だ。

だからこそ、分かる。

この問題——前期の内容だけでは絶対に解けない。

問題傾向も実に悪辣だ。一見簡単に解けそうだが、少し考えると複雑かつ悪意たっぷりに捻《ひね》られた要素がこれでもかと飛び出してくる。俗に言う悪問と呼ばれる類《たぐい》のもの。

「制限時間は十分だ」

加えて告げられる、あまりにも無慈悲な時間制限。

既にこの問題の厄介さを見抜いた一部生徒から軽い悲鳴が上がり、そうでない生徒も解き進めていくうちに息を呑《の》む。

そして生徒が悪戦苦闘する様子を見て、壇上の教員は嫌らしい薄笑みを浮かべていた。

そんな、生徒たちにとっては地獄のような時間が十分続き。

「終了だ。速やかに解答を私のところまで持ってきなさい」

教員の残酷な宣言。けれどひどい問題とこれ以上向き合わなくて済む安堵《あんど》も浮かんだ表情で、生徒たちが答案を提出する――

――が。本物の地獄はここからだった。

「さて。それではこれから一人一人、私が直々に採点をして差し上げよう」

生徒たちが青ざめた。

今の問題と自分の解答具合。そしてこの十分だけでもよく分かった教員の性格。

これから自分たちが何を言われるかは、もう誰もが予測できてしまって。

そんな生徒の予想に違わず――ガイスト教員が、口を開く。

「ではまず、アルバート・フォン・イェルク。……これはひどい。解けているところが全くないじゃないか。君は一体この学園に何を学びにきたのかね。どうせ君は魔法も大したことはないんだろう？　ならば他のもので補ってやろうという気概が全く感じられない答案だ。論外だね」

言われた生徒、アルバートが俯《うつむ》いて唇を噛《か》む。何か言い返したそうに、けれどできないといった表情で。

「続いてベアトリクス・フォン・アスマン。君も論外だ。白紙の答案は気まずいからとりあえず何か書いておこうという魂胆が見え見えだよ。こんなものは見るまでもなく零点だ、採点するこちらのことすら考えられないのかい？　これだから自分勝手な田舎貴族は」

解答に対する酷評、思考の決めつけ、極め付きは人格に対する批判。

その三拍子を採点した全ての生徒に対して、ある意味この上なく丁寧に行っていく。

当然ガイスト伯爵の顔に浮かぶのは、真摯さでも職務意識でもない――ただの、愉悦だ。

「……せ、先生！」

そんな更なる地獄に堪えかねたのか、もしくは単純に言わなければと思ったのか。

エルメスの隣で、サラが声を上げた。

「何かね？　こちらの話を勝手に遮る常識知らずなハルトマン男爵令嬢」

「っ。お、お言葉ですが……この問題を今のわたしたちが解くのは不可能です……！」

流石に彼女は気づいていたか。勉学に熱心で前期の内容をきちんと理解している者なら、そのことが分からないはずもない。

それでも、真っ先に声を上げたのはサラ。ひょっとすると前期の姿からは予想外だったのかもしれない、幾人かが驚いた顔で彼女を見ていた。

「明らかに前期でやる内容ではない。後期、或《ある》いはそれ以上、学園では習わないような内容まで入っています……っ！　現時点でわたしたちが解けないのは当然――」

そんな中、彼女は必死に続ける。間違いなく妥当な抗議だったが、しかし伯爵は。

「――だから何だね？」

平然と、そう言い放った。

「……え」

「はぁ。全く、こんなことすら分からないとはね」

思わず呆《ほう》けるサラに、ガイスト伯爵はわざとらしくため息をつくと。

「いいかい。どうやら全員自覚していないようだからもう一度言ってあげるけれど。……君たちは落ちこぼれだ」

きっぱりと、仮にも教員が、そう言い放った。

「そうだろう？『Bクラス』の諸君。君たちはここに配属された時点で、この学校の中でも劣る存在であることが確定しているんだよ。なのに何だい、前期の内容じゃ解けないだなんて。むしろ魔法や家格で劣る分、長期休みのうちにそれ以上の内容を予習するくらいしてくるべきではないかね？　意識が低いなぁ、私が学生の頃はそういった生徒がたくさんいたと言うのに。嘆かわしい」

あからさまな、悪意に満ちた言葉。

けれど、生徒たちは言い返せない。

自分たちは落ちこぼれ。家格や魔法で劣るからこそ『Bクラス』に配属された存在。

その厳然たる事実を、突きつけられてしまったから。それに逆らうことを、この国の風潮は許さないから。

「サラ・フォン・ハルトマンの解答は……これか。ふん、他の生徒より多少は解けているが――最終解は全て不正解だ。それなのに随分と偉そうに。『二重適性』ともてはやされ、アスター殿下に見初められたからといって調子に乗っているのではないかね」

「っ」

「私に物申すなら、せめて一問くらいは完全正解してくれたまえ。それなら考えなくもないがね？」

嫌みたっぷりに返され、サラもそれ以上何も言えず黙り込んでしまう。

それに気を良くし、愉悦の表情を尚更《なおさら》深めて再度ガイスト伯爵が嘆息する。

「レベルも意識も低いな、このクラスは。もう少し私が教えたいと思うように努力をして欲しいものだね。……まぁ、落ちこぼれに過度な期待をするのも良くないか」

……そしていい加減、エルメスも分かってきた。

先ほど、授業が始まる前にサラが言っていた意味。このクラスのエルメスに対する扱いの理由。それはひどく端的で、ここが『Bクラス』であることから決定づけられてしまった純全たる学園全土の認識、つまり。

――彼らも、ここでは虐げられる側なのだ。

きっと、今伯爵から受けているような扱いが今だけでなく日常茶飯事なのだろう。

この極端な身分と魔法至上主義の王国、その縮図のような制度を取る学校で。上の者に嘲笑され、優越感を満たす道具にされることだけが彼らが在籍する理由で。

……なるほど、その捌《は》け口《ぐち》を求めてしまう気持ちも分からなくはないかもしれない。

まぁ、だからと言って同じことを平民であるエルメスにするのはどうかと思うし、彼としてそれを甘受するつもりはないのだが。

「また駄目だ。本当にうんざりするなぁ、私が必死に考えた問題の意図に全く気付いてくれないのは。君たち、本当に学ぶ気があるのかい？……せめて一人でも全問正解者がいればこのクラスを認めてあげてもいいんだけれど」

どうせ無理だろうけど、と揺るがない自信と共に言外に告げてから、ガイスト伯爵は次の答案を取り出す。

「次は……エルメス？　家名がないけれど……ああ、そうか」

そして、伯爵がまた深く嘆息した。

「そう言えば聞いていたな、平民が後期から一人このクラスに編入すると。……勘弁して欲しいよ、いくら落ちこぼれの溜《た》まり場《ば》とは言え、曲がりなりにも高貴なる教育機関だよ？　最低限の格というものがあることを理解しているのかい？」

心底嘆かわしそうに、エルメスの答案の名前部分だけを見て首を振り。

「そもそもまともな計算ができるかどうかも怪しいものだ。……正直見たくもないんだけれど、一応生徒だからね。仕方ない、採点してあげよう」

そうして、口調からして貶《けな》す気満々の伯爵が、彼の解答に目を通し。

「…………は？」

たっぷり数秒固まってから、少々間抜けな声を上げた。

……ちなみにだが。

エルメスは学校に通ったことがなかった。だがそれは、決して彼に教養がないことを意味はしない。むしろ、全くの逆と言って良いだろう。何故《なぜ》なら。

彼には、非常に優秀な赤髪の家庭教師《ししょう》がついていたのだから。

曲がりなりにも彼女はかつての第三王女、当然王族としての基礎教養は本人の地頭の良さもあって完璧に修めている。

彼女はエルメスに魔法を教える上で、それらの知識も余す所なく伝授した。

何故かというと、それが魔法を扱う上で必要だからだ。

魔法陣を理解するために言語能力が必要であり、術式を構築するために算術能力が必要であり、魔法の背景を把握するために王国史の理解が必要であったからだ。

つまるところ……彼は既に、この学園の前期の内容どころではない。

それこそ王族にも劣らないほどの基礎教養を、取得しきっているのである。

──なので。

多分今のテスト、エルメスの自己採点によれば普通に全問正解だ。

恐らくそれは間違っていないだろう。必死に答案に目を走らせ「ありえない……」と呟《つぶや》きながら血走った目で解答の粗を見つけようとしている伯爵の様子からも明らかである。

……さて。まず間違いなく誰も解けないテストを出し、それを理解した上で生徒たちに悪戦苦闘させ、それを貶しきることを楽しんでいたこのガイスト伯爵が。

予想外の完全正答者を出してしまった時、どんな反応をするのか。正直あまり見たくないような、けれどある意味では少し気になるような。なんとも言えない表情で、エルメスは返答を待つ。

その後も引き続き、彼の自己採点によれば満点の解答を血走った目で見ていたガイスト伯爵だったが——やがて。

「…………ははは」

答案のとある部分に目をつけると、おかしくて仕方がないと言った風に笑い出し、こう告げてきた。

「なるほど、平民にしては中々やるようだね、君。——でも」

そこで一拍置いてから、それこそ鬼の首でも取ったような様子で。

「残念だったね、最後の問題だけは不正解だ！」

「……つまり、まず他の問題は正解だったと認めてくださるので？」

「そんなことはどうでも良い」

案の定だが、不出来な部分を咎《とが》めることしかこの教員の頭の中にはないらしい。

「そもそも私はできて当然の問題しか出していなかったつもりなのだけどね？　それを

『他は合っていたのだから許してくれ』などと片腹痛いにもほどがあるよ」

それこそそんなことは言っていないのだが。

「いくら他が完璧でも、ただ一つの間違いによって全てが台無しになる。それが貴族社会というものなのだよ。君は元貴族のようだが、どうやらそんな当たり前のことすら忘れてしまったと見える」

「……」

「だから駄目なのだよ君は。この問題の正答は〝2・43〟だ、君の答えは〝2・66〟だったね。全く、どんなふざけた計算をすればそうなるのやら。よもや単純な計算ミスなのではないかね？　これだから――」

そして伯爵は嬉々《きき》としてエルメスの誤答を論《あげつら》うため、まずは彼にとっての正解を述べる。

――ある意味、エルメスの予想通りの解答を。

「……お言葉ですが、先生」

なので彼は落ち着いた口調で、けれどきっぱりと告げた。

「その問題、間違っているのは先生の方です」

「……は？」

「まず先生は――」

伯爵の疑問の声を受けエルメスは解説を始めようとするが。

そこで、ふとあることを思い出したのと、新参者の自分が喋《しゃべ》りすぎるのも良くないかな、と思ったので。一旦言葉を止めて横を向き、隣の少女に話しかけた。

「サラ様」

「え、は、はいっ！」

「先ほど答案を回収するときに軽く見えたのですが——恐らく貴女《あなた》も件《くだん》の問題、僕と同じ解答でしたよね？」

「それは……はい、そうだと思います」

やはりか、と頷《うなず》いてから彼は話を続ける。

「恐らく先生と僕たちの解答は、最後に適用する誤差修正式による違いだと思います。貴女はどうお考えになったか、差し支えなければお教えいただけると」

「わ、分かりました……その」

同じ考え方だったのは自分だけではないということを示す狙いだ。

……それに先ほど彼女が、知己の人間がひどい言われようをしている件には思うところもあったので。そう思って話を委ねた彼に応えて、サラは丁寧に解説を始めた。

「エルメスさんの言う通り、問題は誤差修正式です。データの傾向的に、一見すると適用するべきは『アルスヴァート式』のように見えます。その場合だと先生の言う解答である〝2・43〟が正答になるのですが……」

「——あ」

「データの数や分布、適用式の厳密な定義を鑑みると、この場合は『ヨスマン式』を適用する領域に相当しているんです。その場合は答えが〝2・66〟になります。……わたしも最初は前者で答えそうになったのですが、よく見ると違うな、と。……なので、その、わたしも……正答はそちらかと」

「だ、そうです。僭越《せんえつ》ながら僕も同じ考えなのですが、異論は」

ガイスト伯爵からの返答は、ない。

彼も言われて分かってしまったのだろう。これは気づくまでが厄介なタイプの引っかけなのだから、一度正答を言われれば理解できてしまう、紛れもなく正しいのはそちらだと。

「いやしかし、すごいですね」

一旦そんな伯爵を放っておいて、エルメスはサラに話しかける。

「お恥ずかしながら僕もこの問題、初めて見た時は引っかかってしまったんですよ。その経験があったから今回は解けたのですが――サラ様は話の感じからするに初めてですよね？　初見でこの問題を正解できたのは素晴らしい」

「え、あ……ありがとう、ございます……」

屈託のない賞賛に、サラが照れ臭そうに頬を染めて俯《うつむ》く。

その姿は大変可憐《かれん》ではあったのだが、今はとりあえず置いておこう。

……そう、重要なのは。エルメスがこの問題を見たのは初めてではない、と言うこと。

実はこれ、かなりマニアックな分野で有名な引っかけ問題なのだ。

彼は十一か十二歳の頃、算術の勉強でローズに出題されて見事に引っかかり、軽くからかわれて結構悔しかった思い出もあって印象に残っていた。

記憶が正しければ――この問題、その時の問題とそっくりそのまま数値まで同じだ。

つまり、それは。

「――それで先生。先ほど先生はこれらの問題をあたかも自分で考えた風に仰《おつしや》っていましたが……」

「ッ！」

「少なくともこの問題は、どこかから引っ張ってきましたよね？　そう考えてみると他の問題もどことなく既視感があるのですが」

多分、この推測は間違っていないだろう。何せこれらの問題、解答者を貶《おとし》めるという嫌な意図とは言え――あまりにも作り込まれすぎている。

自分たちを悪戦苦闘させたい、でもそのために割く労力も惜しい。そんな考えのもとで、適当に有名な悪問を引っ張ってきたのではないだろうか。

故に問題の吟味もせず、解答の精査もしない。『それでも自分なら解ける』との傲慢のもと、ぱっと浮かんだ解答を正答だと思い込み。

だからこそ、この事態を招いたのだ。

「それで、先生」

未《いま》だ黙りこくるガイスト伯爵に、エルメスは意図的に穏やかな声で問いかける。

「一応全問正解者が出たと思うのですが、言葉通り真っ当な授業をしてくださるのでしょうか？　こんな何の成果も得られないものではなく。……あと、サラ様も一問は正解ということになりますね。それなら話を聞いてくださるのですよね？」

「ど、どうせ何か不正でも」

「解答を盗み見たと？　誰のを？　全問合っているのは今のところ僕しかいないようですが。正解例も多分用意はしていませんよね、不正のやりようがないと思うのですが」

先ほど述べたことに対して、きっちりと言質をもとに確認。辛うじての反撃すらノータイムで切って捨てるエルメス。

伯爵は脂汗と共にどうにか反論の隙を探そうとするが見つからず。いっそのこと全てを有耶無耶《うやむや》にしてしまおうと考えたその時だった。

「――えーと、正直全部は分かっていないんだけど」

別の方向から、声が響いた。

声の主は、サラとは逆方向のエルメスの隣。そこに座る銀の髪をした女生徒が、伯爵に疑問を投げかける。

「まとめると……先生は変に難しい問題を『自分が考えた』と言って出題して。自信満々にこっちの間違いを咎めていたけど――あろうことか先生も答えを間違えてた、ってことでいいの？」

その、あまりに簡潔かつ的確な要約が、とどめになった。

教室の数箇所で、軽く噴き出す音がする。改めて言葉にされると堪《こら》えられなかったのだろう。その滑稽さに。

『ただ一つの間違いによって全てが台無しになる』、奇《く》しくも伯爵が言った言葉を伯爵自身が綺麗《きれい》に証明してしまった形だ。

当然、その羞恥は耐え切れるようなものではなく。

「…………………ッ!!」

生徒たちの視線と向けられる感情に、遂《つい》に耐えられなくなったガイスト伯爵は。

――びりっ、と持っていたエルメスの解答を破いた。

「……おっと失礼。あまりにも見るに堪えない答案だったものでつい手が出てしまった」

「……」

「何だい、文句でもあるのかね？　全く、些細《ささい》な咎を見つけるや否や鬼の首を取ったように騒ぎ出して。度量の低さを自ら露呈していると分かっているのかい？」

それは今までと同じような論調。だが決定的に違う点があった。

まず、先ほどより明らかに早口だ。まるで何かを言い返されるのを恐れるかの如《ごと》く。

声色もやや震え気味だし、姿勢も及び腰。あと普通に言っていることが支離滅裂だ。

そして何より。――もう教室の誰も、彼の言葉に恐れを抱いてなどいない。

「もういいよ。やる気がなくなったあとは君たちで自習でもしていてくれたまえ！」

最後には、そんないかにも捨て台詞《ぜりふ》と言ったような言葉を吐き捨てると。

答案を放り捨て、かなりの早足で。若干入り口の段差に躓《つまず》きつつ、教室を出て行った。

──逃げた、という単語がありありと浮かぶような一連の挙動。教室を出る際、彼の耳が怒りと羞恥で真っ赤に染まっていたことを、多分生徒の大半が目撃しただろう。

かくして、横暴を尽くす教員が撃退され、教室内に平和が戻った。

──の、だが。

『…………』

教室内の雰囲気は暗い。いや少し違う、正確に言うなら──気まずい。

（……まぁ、それもそうか）

そんな雰囲気に晒《さら》されつつ、エルメスは思う。

当然だろう。何せその撃退に最も貢献したのが、朝礼の自己紹介から授業開始まで自分たちが蔑みきっていたエルメスなのだから。

紛れもなく助かったのだが、素直な感謝をするのもこれまでの態度とプライドが許さない。こういったところだろう。

──当然だろう、とエルメスは考える。

彼は特別気にしてはいない。感謝や羨望を受けたかったのではなく、単純にガイスト伯爵が腹立たしいと思ったから彼はあの行動をしたわけだし。むしろ、これで手のひらを返して無条件に賞賛してくるようであればそちらの方が嫌だ。

かつてカティアと訪れた記念パーティーで見た、貴族たちの盲目的な様子を考えると今の反応の方が健全なのではないだろうか。

少なくとも、侮蔑一辺倒ではなくなった。今はそれで十分だ。

なので、こちらを心配そうに見るサラに気にしていない旨を目線で伝える。

それを受けた彼女が一礼の後、机に向かうのを見届けてから。

彼も、何とも言い難そうなクラスメイトを尻目に机に向かい。言われた通り自習でも――内容は算術ではなく魔法理論だが――始めようかと資料に手を伸ばした時。

「その……すみません……」

隣の席から、サラが再度謝ってきた。

「……もう、お分かりいただけたとは思いますけど……Bクラスの扱いは、いつもこんな感じなんです。先生方にも見てもらえず、他のクラスや学年の生徒たちにも、いつだって下に見られるばかりで……エルメスさんもご不快だったと思います、申し訳なくて……」

――何故《なぜ》謝るのか、とエルメスは思う。

この学園の内情も、Bクラスに対する扱いも。全ては他人事《ひとごと》であり、サラが責任を感じる必要はどこにもない。自分にとって不都合ならば無視すれば良いだけで……

「……そして。それをずっと変えられなかったわたしが、一番駄目なんです」

「――――」

少し、目を見開く。

彼女の口調は、どこまでも真剣。恐ろしいほど真剣に――良く言えば責任感の強い、悪く言えば自罰的な言葉を告げていた。

それが、彼女の中のどんな価値観に由来しているか、今の彼には分からなかったけれど。

「……でも。あなたなら」

続けて述べられた、彼女の言葉。

「あなたなら、殿下の時のように。どうしようもないものも、どうにもできないものも、何とかしてしまうんじゃないかって……思うんです。思って、しまうんです。だから」

切実な響きと共に、少しだけ戸惑いに潤む瞳を上目遣いで彼に向け。聖女と称される美貌に申し訳なさと、けれどそれ以上の──希《こいねが》うような感情を宿して。

「だから……期待しても、いいですか……？」

「……」

この学園の内情も、Ｂクラスに対する扱いも。

全ては他人事であり、サラも──そしてエルメスも、責任を感じる必要はない。それが彼自身の認識だ。

……でも。今、彼に何かを願うサラは。

彼女は『他人』ではない。直接関わった時間は短いが、その中でも彼女の葛藤と、その果ての変化と気高い成長を見届けた。

──付け加えると。どうやら自分は、『他人』でない人間には割と……否、相当甘いらしい。何故なら師匠に過去そう指摘を受けたことがある。

故に。

「……分かりました」

静かに、彼は呟《つぶや》く。

「何をすればいいのかは、まだ分かりませんが。……もう少し、様子は見てみます」

正直言うと、今日一日で既に割と辟易《へきえき》していたが。

サラがそう言うなら——まだ、保留するのもやぶさかではない。そんな思いでの言葉に。

「……！　はい……っ！」

サラは、とても喜ばしげに。ふわりと、花も恥じらうような微笑《ほほえ》みを見せる。


そして、そんな両者を。エルメスのもう片方の隣の席から。

「……へぇ」

先ほど声を上げ、伯爵にとどめを刺した女生徒が、興味深そうに見つめているのだった。

◆

ガイスト伯爵の一件の後は、そこまで特筆すべき事件はなかっただろう。

エルメスはあの後、まぁ当然の帰結として教室全体から腫れ物扱いを受けたせいで話しかける人間もおらず。

そのまま初日の授業は終了し、トラーキア家に戻ってきたその日の夜。

「…………話は聞いたわ」

エルメスは彼の自室にて、仁王立ちしたご主人様と真正面から向かい合っていた。

「……まぁ、ね。あなたのことだから多分何かしらやらかすんじゃないかと思ってはいたわ。ええ、それ自体は決して予想外のことではないの」

呆《あき》れるような、戸惑うような。怒りたいけれど怒る場面ではないことも分かっている、でもやっぱりもの申したい。

彼女──カティアは、そんな何とも言えない表情で言葉を続ける。

「……でもね！　まさか編入初日の！　初っ端《しょぱな》の授業でいきなり！　割とんでもないことをやらかすとは流石《さすが》に思わなかったわ!!」

「……ええと、その」

そして、遂に爆発した。

怒っているわけでも、反省を促すつもりでもないのだろう。単に自分の従者が予想を超えることをやらかした件に対して、戸惑いとか諸々《もろもろ》の感情が行き場をなくしているだけだ。

エルメスもそれは分かっているから、何とも返答しづらい。

「やったこと自体を責めるつもりはないわ。どう考えてもあなたの方が正しいし、結果的にクラスのためになったんだもの。……でも！　よりにもよってあのガイスト先生を授業中にやり込めて、恥をかかせて追い出したですって!?」

今回のエルメスの所業を端的に説明してくださった後に、最後に彼女は。

　心からの声で――叫んだ。

「――何それ、私も見たかったわよッ!!」

　……何とも明け透けな欲望を。

　その後も、エルメスを責めることはできない以上、普段の愚痴とかAクラスでの不満とかを若干支離滅裂気味に吐き出してから。

「……落ち着きましたか?」

「……まぁ、それなりに」

　エルメスと隣り合ってベッドに腰掛け、息を整えるカティア。

　……どうやら彼女もBクラスにいた前期の頃、ガイスト教員にはしょっちゅうひどい扱いを受けていたらしい。あれが日常茶飯事だったとすればなるほど、流石に高潔な彼女と言えど多少の不幸は望みたくもなるだろう。何ならやり込める時に自分も一枚嚙《か》みたかったくらいまでは思っていそうだ。

　最後に大きく息を吐いたカティアが、気を取り直してこちらに問いかけてきた。

「とりあえず、よくやったわエル。……それで編入初日、そっちのクラスはどうだった?」

「……正直、問題なく馴染《なじ》めましたとはとても言い難いですね」

「……でしょうね」

　彼女が嘆息する。

「元侯爵家子息とはいえ今は平民、しかもあなたの魔法も『強化汎用魔法だけ』と偽って。

あのクラスの彼らがどう扱うかくらいは分かるわ」

彼女自身、前期には同じクラスに在籍していたからか。今のエルメスの扱いを予測はしており、それは間違っていなかったようだと呟く。

そして続けて、こう言ってくる。

「……エル。彼らの言うことに迎合したり受け入れたりする必要は勿論《もちろん》ないわ。でも……理解はして欲しいの」

「ええ。サラ様にも似たようなことを言われました」

彼らがああまで下の人間と決めつけて差別しようとするのは、彼ら自身が差別される対象だから。

学校に来るまでは貴族としての自負と誇りを持っていたはずの彼らが無慈悲に虐げられる。その落差に耐えられず、歪《ゆが》んだ形で自尊心を守るしか道がなくなってしまったから。

「まだ初日ですしね。一面的な印象だけで見限るには早いと、王都で学んだことですし」

ユルゲンに言われた件もあるし、本日サラにも期待を向けられてしまった。なので流石に即学園を辞めるだなんて短慮はしないつもりだ。有り体に言えば様子見である。

そう結論付け。エルメスは声のトーンを変えて、こう話を切り替えにかかる。

「カティア様のところはどうなのですか？　貴女《あなた》もAクラス初日でしたが、何か変わったことなどは」

「――」

しかし、予想とは裏腹にカティアは固まった。

「……その、カティア様？」

「……聞いてくれるかしら」

「え、あ、はい」

俯《うつむ》き気味に、どこかただならぬ様子を見せるカティア。身構えるエルメスの前で、彼女は口を開いて。

「……婚約の申し込みをされたわ」

厳かに、冗談ではない口調でそう告げた。

「…………はい？」

「婚約の、申し込みを、されたわ。編入初日でいきなり。しかも複数人から。段取りも何もなく」

「……それは、また」

比較的貴族の常識に疎いエルメスでさえ、明らかにおかしいと分かる行為だ。

「多分、普通にトラーキア家へ送ったらお父様に握り潰されると考えてのことでしょうけど。……そもそも握り潰されてる時点で察しなさいよ……っ。私はそういうのを考える気はないって！　まず私の立場を考えればしばらく時期を置くのが基本でしょう！」

それはそうなのだろう。何せ彼女が第二王子アスターから婚約破棄を受けてから、まだ二月も経《た》っていないのである。

「それに、申し込み方もとんでもないわ。本当にいきなり挨拶もなく、自己紹介も待たずろくに会話することもなく用件だけ告げた令息だっていたのよ!? もうその時点で外見と家柄しか見てないって言っているようなものじゃない！」

……どうやら、エルメスと同じように。カティアも新しいクラスでは中々ハードな目に遭っているようだ。

きっと、アスターがいなくなったことも関係しているのだろう。この国で絶大な権力を横暴に振るっていたアスターが、学園でも同じようなことをしていなかったはずがない。その権力構造の頂点が崩れたことで、Aクラスでは次のクラスの支配者を決めるべく水面下での権力争いが行われているとかなんとか、Bクラスで小耳に挟んだ記憶がある。カティアに迫った令息もその一環なのだろう。

「……しかし、まあ」

……だとしても、である。

彼女の辟易している様子から察するに、相当強引に迫られた件もあったと見える。

確かに彼女は非常に見目麗しい少女だし、実家も名門公爵家。繋《つな》がりを持ちたい気持ちもまぁ、貴族令息であればあるのだろう。

……でも。彼女が決してそれだけの少女ではないことを。過去を乗り越え、想《おも》いを貫き、今なお進み続けんと前を向く、気高い心を持った人だと。

僭越《せんえつ》ながら少しは知っている身からすると、そのような出来事があったと言うのは——

「……あまり、良い気分はしませんね」

「！」

彼の小さな、短い呟き。

カティアはしっかりと聞き取り、意図も理解して――微《かす》かに頬を染める。

けれど彼はそれに気づかず、カティアの方を向いて。

「何というか……お疲れ様です」

「……ええ、そうね、疲れたわ。だからその……労《ねぎら》ってくれてもいいんじゃないかしら」

「え？」

何故《なぜ》か軽くそっぽを向いての言葉に、首を傾《かし》げたその時。

カティアが急にこちらへと体を傾け、紫紺の髪が香りと共に鼻先を掠《かす》め。

そのまま――ぽてっ、と。彼女は彼の膝の上に頭を乗せてきた。

つまるところ、エルメスが膝枕をする体勢だ。

「！　え……っと、カティア様？」

「……聞こえなかったのかしら。労ってって言ったの、ほら」

こちらから顔を背けたまま、どこか甘えるように軽く頭を振るカティア。

これまでの経験から、彼女の望むところを察したエルメスは――手を伸ばし、彼女の頭の上に軽く手のひらを置く。

どうやら正解だったようで、彼女はそのまま体の力を抜いて身を委ねる。

「…………」

……最近、彼女はたまにこういう動作を要求してくることがある。大抵は無言で。

具体的な時期としては師匠が帰ってからだ。ローズに何かよく分からない影響でも受けたのかもしれない。自分の膝枕ってそんなに良いものなのだろうかと疑問に思うエルメスである。

ともあれ、嫌――とまでは言わないが、せめてもっと事前に何かしら言って欲しかったりする。いきなりの不意打ちで、しかも同い年の少女にこうされるのはその……流石の彼と言えど心臓に悪い。

膝の上にかかる温かく心地よい重みに、そんなことを考えつつ。無言の要請に従って、夜空を溶かしたような美しい紫髪を丁寧に梳《す》く。

そうすることしばし、彼女がぽつりと告げてきた。

「……エル、学校はどうかしら。楽しめそう？」

「え？」

「律儀なあなたのことだから、ちゃんとお父様の期待に応える行動をしようと思っているのかもしれないけれど。……多分お父様も、そして私も。あなたが自分を殺してまでこちらの望みを叶《かな》えることは望んでいないわ」

「！」

少しだけ心当たりのある思考に、彼女は異を唱える。

「あなたは、これまでたくさんひどい目に遭ってきたんだもの。普通に享受できたはずの生活を楽しむくらいは、許されるべきだと思うわ。だから……」

「……お気遣い、ありがとうございます」

　穏やかに、彼は告げる。

「ですがご安心を。あのクラスの中でもしばらくは様子を見ようと思うのも、できることなら変えたいと思うのも僕の意思です。……そもそも公爵様曰《いわ》く、僕は非常に我儘《わがまま》らしいので」

「……それもそうね」

　くすりと彼女が笑う気配が伝わってきた。

「何かあったら言ってちょうだい。力になれることはあると思うし、従者だからって遠慮はいらないわ」

「……では、次からこういうことをするときは事前に申請していただけると」

「…………善処するわ」

「師匠みたいなことを言わないでください」

　多分これあんまり改善しないやつだなと思いつつ、しばらくは髪を梳く作業を続け。

　緩やかに主従の時間、そして編入初日の夜は、過ぎていくのだった。

第二章　異端の少女

翌日。

エルメスが所属するBクラス、クラスメイトたちのエルメスに対する反応は――大別して二通りに分けられた。

一つは傍観。この中で一番身分の低い平民、けれど編入初日に見せた高い知能や得体の知れなさからとりあえず距離を置こうという反応。

そしてもう一つが――今と変わらない、侮蔑だ。

特に、エルメスに最初の朝礼でいきなり魔法を浴びせかけてきた男子生徒、それを筆頭として今もひそひそとエルメスの悪評を推測する会話がそこかしこで聞こえてくる。

正直言うと、もう慣れた。なのでしれっと聞こえないふりをして席に着く。

……また、そんな中。他のクラスメイトとは違う反応をする者もいる。

「……え、エルメスさん……っ」

彼の隣に座るサラがそうだ。

「その……何か、わたしにできることはありませんか……？」

彼女は昨日の一件を気にしてか、単純に順調に孤立しつつあるエルメスのことを放っておけないのか。先日以降、こうやって積極的に話しかけてくれる。言葉通りとにかく何かをしてあげたいといったような、どこか切実な雰囲気も漂わせて。

……流石《さすが》にそこまで言われると、むしろ何もないと断る方が申し訳ないような気がして。

「では……本日の授業、具体的にどういうことをするのか分からない教科がいくつかありまして。その辺りを概要で良いので教えていただけますか？」

「は、はい……っ！」

そう告げる。

すると彼女はぱっと顔を輝かせる。嬉《うれ》しそうに、少しだけ彼の方に身を寄せてきて。

「では、まず二限目の――」

「――サラ嬢！」

しかし、そこで前方から大声が響いてきた。

サラがびくりと体を震わせて反応すると、歩いてくるのは大柄な男子生徒――初日にエルメスに魔法を放った件《くだん》の生徒だ。彼はサラの前で威圧的に立ち止まると、けれど粗野な印象とは裏腹に比較的丁寧な所作で用件を告げる。

「来月の学園祭の件だ。クラス長の意見を仰ぎたい点がいくつかある、来ていただけるだろうか」

「え、それは……」

普通に真っ当な用件に、サラはエルメスとその男子生徒を交互に見やる。どちらを優先するか少し迷った様子だったが――

「そちらに行ってください、サラ様。僕の方はお構いなく」

躊躇《ためら》いなく彼はそう告げる。彼のこれはあくまで個人的な頼みだ、クラスの用件とあればそちらを優先すべき。彼女もそれは分かっていたのだろう、申し訳なさそうに頭を下げると、席を立って呼ばれている方に向かう。

それを見送ってから、男子生徒はエルメスの方に振り向いて。

「……平民が」

不快そうに、そしてどこか悔しそうに顔を歪《ゆが》めて吐き捨てると、その場を去るのだった。

「……」

……こうまで露骨な敵意を向けられるか。

そう思い、軽く嘆息しながら席に着いたその時だった。

「──やぁ。大人気だね、キミ」

どこかからかうような口調が、反対方向から聞こえてきた。

振り返ると、サラとは逆の隣の席。頬杖《ほおづえ》をつき、愉快げな微笑と共にエルメスを見つめる少女がいた。

……昨日のガイスト伯爵の件で、的確な要約で伯爵にとどめを刺した女生徒である。

動きやすく纏《まと》められた赤みがかった銀髪に、吸い込まれるような深い金瞳。どことなく猫を思わせる端整な顔立ちに人懐っこい表情。華奢《きやしや》な手足に対し、比較的女性的な体つき。

人を惹《ひ》きつける美しい外見に加えて、どこか親しみを覚えるような雰囲気。そんな第一

印象を与える少女だった。

「貴女《あなた》は――」

「ああ、自己紹介がまだだったっけ。ボクはニィナ・フォン・フロダイト。ニィナでいいよー。一応家は子爵だけど、クラスメイトだし。敬語じゃなくても構わないよ？」

「……これはご丁寧に。エルメスです、親しい人間はエルと。敬語に関しては癖のようなものなのでご容赦を、ニィナ様」

「あはは、そんな気はしてた。……でもそっか、やっぱりキミがエル君なんだね」

「おや」

彼のことを知っているような口ぶりだ。問いかけると、女生徒――ニィナは軽く笑って。

「カティア様から一回聞いたことがあったんだ、小さい頃離れ離れになったエルって男の子がいたこと。それでキミの名前と、トラーキア家の使用人って話を聞いてピンときたんだよ」

その言葉で納得した。Bクラスだった時カティアと仲の良かった子なのだろう。

頷《うなず》くと、ニィナは逆に少し不思議そうな顔をして聞いてきた。

「というかさ。気にならないの？」

「え？」

「ほら、ボクの呼び方とか口調とか。初対面の人は大体不思議に思うんだけど」

「――ああ」

確かに、貴族令嬢としては中々に特徴的な口調である……が、彼はそれ以上に特徴的な口調の元王族の師匠を知っているので、さほど驚きはなかったのだ。

「変わっているな、とは思いましたがそこまでは。事情をお聞きした方が良いですか？」

「いやー、言っても大したことじゃないんだよね。家庭の事情で小さい頃に慣れちゃったってだけ。むしろさらっと流してくれて嬉しいよ」

「なるほど……そう言えば昨日の件、ありがとうございました。あのまま僕が言い続けてもはぐらかされていた可能性が高かったので」

「ああ、あれ？　ふふ、律儀だねぇ。気にしなくていいよ、流石のボクでもクラスメイトがああまで言われているのは気分が良くなかったし。むしろ流れを作ってくれてこっちが感謝だ」

そのままいくつか言葉を交換するが……何だろう。正直、非常に話しやすい。

印象通り人懐っこい性格なのだろう。サラ以外に偏見なくこちらと話してくれる人間は貴重で、つい話し込んでしまいそうになるが――

「……しかしニィナ様、よろしいのですか？」

「ん？　何が？」

「その、お恥ずかしながら僕はこのクラスで腫れ物扱いされています。あまり親しくするとその人にも悪影響があるものだ、と聞き及んでいますが」

「……ああ、それねぇ」

そう告げると、ニィナはどこか苦笑じみた表情を見せる。

「みんなの気持ちは分からなくもないんだけどね。……正直、ボクとしては割とどうでもいいんだ。ボクは子爵令嬢だけどお兄様いるし、この口調のせいで貰《もら》い手《て》も少ないだろうしねー。名誉とかそんなのはあんまり。のんびり気ままにゆるゆる生きたいタイプです！」

「……なるほど」

釣られて苦笑する。どうやらこの少女、性格も比較的ローズに近しいタイプらしい。

そう思っていると、ニィナが気を取り直して顔を近づけてくる。

「それよりも、ボクは今キミに興味がある」

「興味、ですか？」

「そだよー？　あの基本的に心を開かないカティア様が従者にするくらい信頼してて、Bクラスの聖女サラちゃんからも特別気に掛けられてる。気付いてる？　そのおかげでキミ嫉妬がすごいよ。ぶっちゃけ男子生徒に嫌われてる理由の半分くらいそれだと思うよ？」

「──え」

何やら聞き捨てならない情報を聞いたが、言及するよりも早く再度ニィナが口を開く。

「それに、何より」

そして彼女は、これまでの雰囲気とはどこか変わった様子を見せる。微笑《ほほえ》みつつも目を細めて、どことなく妖艶な気配を身に纏って。

こう、告げてきた。

「――キミ。本当はものすごく強いよね？」

軽く瞠目《どうもく》する。

「……それは、どういう意味での『強い』でしょうか」

「んー、一番は魔法的な意味？　だってキミ、編入した時自己紹介の後、結構とんでもないことやってたよね。アルバート君を始め三人の汎用魔法を同時にノールックで防いで、しかも全く同じ魔法を返すなんてさ。流石にボクも無理、というかこの学校にできる人いないんじゃない？」

……気付いていたのか。

驚く。エルメスもあの場で全て理解できたのはサラくらいのものだと思っていたから。

「正直なところ、キミの魔法の効果がそれだけってのもちょっと不思議なくらい。まだ何かあったりとか？」

「……」

割と冷や汗が出そうになる。あまりにも鋭い。

だがそこでエルメスの気配を感じ取ったか、ニィナが慌てて両手を胸の前で振る。

「あ、ご、ごめんごめん！　別にキミの秘密を暴こうとかそんなことは思ってないから！」

「……そうなのですか？」

「うんうん。誰でも多かれ少なかれそういうのはあるし。……と言うか実はボクの魔法もその類《たぐい》だし」

少々気まずそうに告げてから、軽く咳払《せきばら》いして気を取り直すように。

「とにかく、気になってるよってことを伝えたかっただけ。……それに、ひょっとするとこの後にその一端は見られるかもだしね」

「え？　この後、って――」

エルメスが本日の時間割を思いだし、心当たりに行きあたると同時。

ニィナも先ほどの笑みを取り戻し、興味深そうに告げてきた。

「そ。一限目の『魔法演習』。楽しみにしてていいかな？」

◆

魔法演習。

その名の通り、教室外の広い場所で魔法の力を演習形式によって高めるための授業――なのだが。

まず大前提として、この国は血統魔法を特別視しており魔法の鍛錬を重視しない傾向にある。加えて貴族の持つ血統魔法は千差万別。当然効率的な鍛錬方法も多岐にわたり一様化が難しいこと等から、そもそもカリキュラムを組みようがあまりないのである。

従って。

「——では自身の能力に応じて二人、或《あ》いはそれ以上で組んで実戦演習を行いなさい。きちんと自分の鍛錬となる相手を選んで行うことだ」

という、聞こえこそいいがつまるところ、『適当に二人組を作って戦え』という極めて生徒に丸投げした内容となっているのだ。

(……なるほど)

雑さを嘆くべきか、それとも最低限演習の形態だけは保っていることを喜ぶべきか。

……まあ、今の自分にとっては後者か。そうエルメスは分析する。

何せ彼が学園に通う最大のメリットが、ある意味これだ。生徒たちが魔法での模擬戦を行う。つまり、生徒たちが魔法、血統魔法を行使する。

——すなわち。存分に血統魔法を観察、解析できるのだ。これ以上の機会はきっとない。

……そして色々とあれだが、ある意味その目的を果たすためには適当に戦っても問題ない相手の方が良かったりするのだ。

そんな彼にとって望ましい条件を満たし、事情も理解してくれる相手となると。

(——まぁ、サラ様かなぁ)

結局彼女ばかりに頼りきりになって申し訳ないと思う。いずれ何らかの形でお礼はするべきだろうと考えながら、彼女に声をかけようとするが——

「サラ嬢！」

「サラさん、よろしければ私のお相手を」

「貴女の魔法は素晴らしい、是非また一度見せてもらいたいのです！」

（……あー）

彼女は大人気であった。主に男子生徒たちから、魔法を見たいとの名目に何か別の目的も混じった誘いを熱烈に受けている。流石《さすが》にあそこに割って入れる気はしない。なるほど、彼女がクラス内でどう扱われているかが大体分かった気がする。

……しかし、そうなると。ひょっとすると、現在腫れ物扱いのエルメスと組んでくれる人は誰もいないのではないだろうか。

（……あれ？）

これは、実はまずいのではないか。

いや、別に組まなくても良いのならそれでいいのだが、流石に現時点でこれ以上変なことはやめた方が良いのではとも思う。そうなると、少なくとも組は作るべき。だがやはり組んでくれる人が——と謎の焦りを覚えかけた時。

「ふん。なんだ平民、相手がいないのか？」

覚えのある声が、今度は自分に向かってかけられた。振り向くと案の定、歩いてくるのは例の初日エルメスに魔法を放った男子生徒。名前は——

「——アルバート様、でしたか」

「貴様に名で呼ばれることを許可した覚えはない」

男子生徒、アルバートは彼の返答に、不機嫌そうに唇を歪《ゆが》める。

「それで？　相手がいないように見受けられたのだが」

「……ええ。まさか貴方《あなた》が組んでくださるので？」

「なぜ俺がそうせねばならん。俺は既に相手が決まっている」

じゃあ何故《なぜ》わざわざ話しかけてきたのか、との疑問は、次の彼の言葉で明らかになった。

「貴様には組むべき相手を教えにきてやったのだ。——いるではないか、まだ相手のいない生徒が、そこにも」

そう告げて、アルバートが指さす先には。

「……うぇ、ボク？」

何故か授業に参加せず、隅の木陰に腰掛けている。

先ほど話した少女、ニィナがあまり乗り気でなさそうに答えるのだった。

……勿論《もちろん》、彼女が隅の方で見学していることには気付いていたし、何ならどうしてそうしているのか本人に直接聞いた。その答えは——

「そういうわけだ、ニィナ嬢。……そもそも俺はお前が授業を怠けていること自体常々気に食わんと思っていたのだが」

「そんなこと言われてもさぁ、キミも知ってるでしょ？——ボク、は、家庭の、事情で、血統魔法の、公開が、禁じられ、て、る、って」

そうなのだ。

血統魔法はこの国の封建制を支えている根本の魔法。だがそうであると同時に——その家にとって血統魔法は、一家に伝わる秘中の秘でもある。切り札を、他家の目に触れさせたくないと考える家もなくはないのだ。

そのため、その子息が学園等で血統魔法を使用することを制限もしくは禁止する——つまり、今のエルメスと同じようなことをやっている家が一定数存在するというわけである。

その完全禁止の例であるのがニィナだそうだ。そのため今回の演習は仕方なく——いや、本人は割と乗り気で見学、というかサボっていたのだ。

そんな彼女は、アルバートの要請に面倒そうな顔を見せる。

「血統魔法が使えないんじゃ魔法演習に出る意味ないでしょ？　そもそもそんなボクがエル君と戦えるわけないよ。彼、多分すごく強いよ？　魔法対決じゃボクなんて瞬殺されて終わりだって」

「そうとは限らないだろう。——魔法対決でなければな」

しかし。ニィナの言葉を、アルバートは奇妙な言い回しで否定した。

その言葉に、ニィナの目がすっと細まる。まるで、『それを口にする意味を分かっているのか』とでも言いたげに。

彼女の視線を受けたのち、アルバートは周りを見渡して告げる。

「なぁ、皆も知りたいとは思わないか？　このトラーキア家の威光を笠《かさ》に着て編入してきた平民が、果たして如何《いか》ほどの実力なのかを！」

彼の声に応えて、ちらほらと賛同の声が上がり始める。……主に、エルメスを今日も蔑んでいるクラスメイトたちから。

……実力を確かめたいなら自分が来いと思わなくもないし、そもそも魔法演習で魔法の使用を禁じられているニィナをぶつける意味が分からない。

何もかも不明だが——とにかくアルバートはこの授業にかこつけて、エルメスとニィナを戦わせたいようだ。どういう意図かエルメスにはさっぱり分からなかったが……

「……そういうこと」

ニィナには把握できたらしい。どこか呆《あき》れた風に嘆息しつつ、しばし迷っていたが——

「分かったよ、キミの口車に乗ってあげる。……個人的にも、ちょっとだけ気になるしね」

何故か、最終的には頷《うなず》いてエルメスの方まで歩いてきて向き直る。

「ごめんねエル君、変なことに巻き込んで。そういうわけで、ちょっとボクと模擬戦してくれない？」

「どういうわけか本気でさっぱりなのですが……とにかく手合わせですね？　そういうことなら」

戸惑いつつも、元より試合形式の戦いは好きなエルメスだ。とりあえず了承して彼もニィナの方を向く。

……彼らがこの場を整えた理由等、色々と気になることも確かめたいと思ったたし。

いつの間にか周りの生徒も模擬戦をやめてこちらの方に観戦にやってきた。いやそれはまずいだろう、教員は何を――と思ったら既にいなかった。まさかの生徒に完全丸投げである。色々と大丈夫かこの学校。

　そんな彼のところに、今度はアルバートから得意げに声がかけられる。

「おい平民。知っての通りニィナ嬢は血統魔法を使えない。しかも令嬢相手に、お前だけ血統魔法を使うなどという恥知らずな真似《まね》はしない――」

「アルバート君。それ以上はちょっと黙ってくれるかな？」

　嬉々《きき》としてエルメスの手札まで制限しようとしてくる彼に、しかし今度はニィナの声が浴びせられる。これまでの彼女の印象とは違う、少し冷たい響きを孕《はら》んだ声。思わずアルバートも気圧《けお》されて黙り込む。

「改めてごめんね、エル君。……お詫《わ》びってほどでもないけど、一つ忠告するね？」

　静まり返った屋外の中心で、ニィナがエルメスに……こんなことを話しかけてきた。

「魔法は使ってもいいよ。というか使うことをお勧めする。じゃないと――絶対、ボクが勝つから」

「……え」

　その断言に、エルメスが目を見開くと同時。ニィナは懐から折り畳み式の金属を取り出す。それに魔力を込めて、簡単な地属性の汎用魔法をかけた。

「……ボクはね、自分でも結構適当だっていう自覚あるし、割とふわふわ手を抜いて生きてきたけどさ」

結果、金属塊が変形する。そうして彼女の手に握られたのは、誰もがよく知る──

「──剣《これ》だけは、絶対に手を抜かないって決めてるんだ」

剣士。

彼女の本質を把握すると同時だった。

「それじゃ、行くね？」

流れるような構えを取ったかと思うと、彼女はゆらりと体を前に倒し──

──消えた。

そう錯覚するほどの神速の踏み込み。一瞬でエルメスの懐に潜り込んだニィナは、踏み込んだ力を溜《た》め上方への勢いに変換し。音すら斬り裂くような、逆袈裟《げさ》の一撃を放つ。

「!?」

本当に辛うじて、エルメスは反応した。

完全回避は最早《もはや》不可能。そう刹那のうちに判断すると、剣閃《けんせん》とは逆方向に飛びつつ剣の軌道に右手を置く。同時に強化汎用魔法で光の壁を展開。極限まで圧縮して右手の甲に置き、稲妻の如《ごと》き剣閃を完璧なタイミングで受けて。

──それでも尚《なお》、腕が千切れ飛ぶのではないかと思うほどの衝撃が襲った。

限りなくギリギリの弾き《パリィ》。当然衝撃を逃すことなどできず、思いっきり後方に弾《はじ》き飛ばされる。距離を取るため敢《あ》えて逆らわず後ろ飛び、一回転して地面に着地。どうにか仕切

り直しまで持っていった。

（――なる、ほどっ）

アルバートたちの狙いがもう分かった。

彼らは知っていたのだろう、彼女がこの魔法学園では異端も異端、魔法使いではなく無類の剣士であることを。

初見ではまず対応できないと踏んで、彼女に自分を倒させるつもりだったのだ。その上で『血統魔法を使っていない人間にすら負けた』だの何だの言ってエルメスの評判を地に叩《たた》き落とすとかそういうところだろう。……こういう思考がすぐに出てくるあたり、エルメスもある意味この国に慣れてしまったのかもしれない。

だが――そんなこと、は、もう、どうでも、いい。

何故なら。

「――すごい」

見惚《みと》れたからだ。彼女の剣に。

かつてローズと出会った時に迫るほどの、極限を見た感動だけが胸中を占めていた。

彼自身、近接対策として多少の徒手格闘を学んでいるから分かる。彼のそれが児戯に思えるほどの、極め抜かれた一切無駄のない、あまりにも美しい剣閃。

これを成すために、果たしてどれほどの修練を積んできたのか。魔法使いである彼には片鱗《へんりん》しか分からないが、その片鱗だけでも彼の心を圧倒する。

……この学園にきて、辟易《へきえき》しているばかりだった時に出会った、『本物』の力を持つ存在。『魔法を見る』というエルメスの目的においては全く外れているにも拘《かか》わらず――紛れもなく、編入後最大の喜びが彼を満たす。

最早眼前の少女に、敬意を示すことに欠片《かけら》の躊躇《ちゅうちょ》もありはしなかった。

そしてそれは、向こうも同じだったようで。

「……すごいな」

ニィナが呟《つぶや》く。最大限の驚愕《きょうがく》と――それすら上回るほどの、確かな高揚を宿した顔で。

「初見の相手を、初撃で決められなかったのは学園じゃ初めてだよ。しかも魔法使いをこの距離で。……ふふ、ごめんね、見くびってた。

――キミ、めちゃくちゃ強いじゃん」

「こちらも甘く見ていました。『魔法抜きなら絶対に勝てる』との言葉を正直疑っていましたが申し訳ない。

今度はこちらから言わせてもらいます――魔法使わないと絶対に勝てないな、これは」

でも、今はもう違う。

あたかも達人同士が一太刀で互いの力量を把握するように、二人は認め合い向かい合う。

下賤《げせん》なくだらない思惑を外され、エルメスが地に這《は》いつくばる期待を裏切られ。呆《ほう》けた顔を晒《さら》しているアルバートのことなど、最早二人の頭にはない。

まだ模擬戦の決着はついておらず、ならばやることは一つとばかりに。奇《く》しくも力を制限されて学園に通う者同士が、それでも全力で戦える相手を見つけた喜びを胸に。

二人は同時に、地面を蹴ったのだった。

◆

魔法使い共通の弱点は、近接戦闘だ。

特にこの国の場合根幹となる魔法、血統魔法の発動に詠唱が必須である。故にそれができない領域での戦闘で魔法使いができることは極端に限られる。

従って対策のため、この国では魔法使いの他に『騎士』という職業が発達しているし、それが望めない人間は他の方法で近距離用の手段を習得している。

当然エルメスも、詠唱抜きで放てる強化汎用魔法に加えて徒手格闘の技術も師ローズから教わり、単騎でも一通りの戦闘はできるようになっている。むしろ他の魔法使いよりも近接にはかなり強いタイプだろう。

──だが。

これはいくらなんでも、桁が違いすぎる。

「ッ！」

白銀の稲妻が、耳元を通り過ぎる。一瞬遅れて、強烈な風圧が彼の顔を嬲《なぶ》る。華奢《きゃしゃ》な手足からは想像もできないほどに鋭い剣閃。最早冷や汗をかく余裕すら失われていた。

「――とっ！」

しかも、ニィナの攻勢はそこでは終わらない。強烈な一閃《いっせん》であるにも拘わらず動きの反動は最小限に、時には反動を次の攻撃にすら利用して。一切の無駄がない凄《すさ》まじい連撃を止めどなく叩き込んでくるのだ。無詠唱の強化汎用魔法すら、ほとんど使う隙を与えてくれないと言えばその脅威がどれほどのものかわかるだろう。

訓練用に刃を潰した剣ですらこれなのだ、真剣であったならばどれほどか。

今は辛うじて全て避ける、或《ある》いは捌《さば》くことができているが――それも時間の問題だろう。

一通りしか修めていない、悪い言い方をすればかじった程度のエルメスと違って。

彼女の戦いは剣を極める、その一点に膨大な時間をかけた者だけが到達できる境地だ。

同じ土俵に立てば、その差があまりにも隔絶した優劣となって現れるのは当然のこと。

加えて。

「――！」

流石《さすが》の彼女も一切止めどなく攻勢を続けることはできず、一呼吸程度の間であるが隙はなくもない。その空隙に捩《ね》じ込むかのように、彼は魔法を撃ち放つ。面制圧を意識して、かつ速度を優先した広範囲にわたる稲妻の網。

ほぼゼロ距離から高速の魔法が、ニィナのもとに殺到した――なのに。

（なんで――避けられるんだ!?）

超反応。稲妻が放たれる瞬間――或いは放たれるよりも前から。

流れるようなバックステップからの横っ飛び。完璧に間合いを読み切っての位置取りで稲妻の網をやり過ごすと、逆に魔法行使後の隙を突いて突撃、攻勢を再開してきた。

これなのだ。

意味不明な回避能力……否、そのからくり自体は既に把握している。

何のことはない、彼女はまさしく『理解している』のだ。どんな魔法が来るかを事前に、恐らくは魔力の流れから。

思い返すのは、今日の朝礼前の出来事。昨日エルメスが自己紹介の後に行ったことを全て把握していたという彼女。そして現在の戦いにおける超反応、そこから推理されるのは。

——彼女は、魔力感知能力が尋常ではなく高い。ひょっとすると、エルメスよりも。

その能力で相手の魔法を的確に察知、時にはその内容すら読み切って回避する。桁外れの近接戦闘能力に加えてこの感知力。一対一でこの距離の彼女はもう、無敵と言って良い。

(——よし)

……とは言え。エルメスだって勝利を諦める気は毛頭ない。

何よりこれほどまでに素晴らしい相手との戦いだ、勝利に全力を尽くさないのは勿体《もったい》ないだろう。そう考え、エルメスは戦闘を続けながら更に思考を回す。

まずは距離を取ることだ。彼の特技である相手の行動学習で隙を待つという手もなくはないが——恐らく学習するより先に叩き潰される可能性の方が高い。それに分かりやすい隙を見つけさせてくれるほど彼女の剣は甘くないだろう。

ならば、まずはニィナの優位な間合いから外れる。それを最優先目標に設定する。

幸い、その一点に絞れば彼にとって有利な要素もあるのだ。

何せ彼女は――近距離を保ち続けなければならない。

彼が引けば、追わなければならない。エルメスの魔法の力量を見た彼女なら分かっているだろう、少しでも距離を取られた瞬間現在の絶大なアドバンテージは即座に消失すると。

その情報から逆算すれば、彼女の行動はある程度絞り込める。そこを利用する。

まずエルメスは後ろに引く。多少の体勢の不利は厭《いと》わず、やや強引に。

当然ニィナは捨て置けないとばかりに突撃を仕掛けるが――逆に言えば。

この瞬間に限れば、彼女は突撃しか選択肢がない。

「!?」

ニィナが、初撃以降初めて驚きを顕《あらわ》にした。それもそうだろう、基本的に引きの行動を取ってきたエルメスが――あろうことか逆に、自分から距離を詰めてきたのだから。

戸惑いつつ、されどむしろ好都合と、間合いに飛び込んできた彼に向かって剣を振るう。

当然、避け切ることはできず。脇腹に彼女の剣が吸い込まれるが――

「――ぐッ」

これこそが、彼の狙いだ。

打たれる箇所にあたりをつけて障壁で防御。この近距離では衝撃を逃すこともできず強烈な痺《しび》れが彼を襲うが――

——敢えて、それに逆らわず。意図的に、遠く吹き飛ばされる。

「っ、なるほど！」

そこでニィナも気付く、彼の狙いと自身の失策に。

そう、初撃でやったことと同じだ。敢えて攻撃を受け、反動を利用して距離を取る手法。

今回はそれをより狙って、より遠くに。当然リスクはあったし多少のダメージも食らったが、エルメスの予想外の行動にニィナが戸惑い、完全な一撃を繰り出せなかったこともあって目論《もくろ》見《み》は成功する。

挽回《ばんかい》を狙うべくニィナが全力で追いかけてくるが、エルメスにとってもこれは千載一遇のチャンス。吹き飛ばされつつも、確実にニィナに狙いをつけて手を翳《かざ》す。

魔法の気配を察知してニィナが疾走しつつも身構える。どんな魔法が来ようとも回避してみせるとの意思の表れであり、実際彼女はそれを可能にするだけの能力がある。

——だが、これはブラフだ。

普通に撃っても避けられるとエルメスだって理解している。故にあたかも大技を撃つかのように魔力を高めて——本命は、疾走する彼女の先にある足元の地面。

タイミングを合わせて、地属性の汎用魔法で地面を隆起させて足を取る。多分彼女の技量を考えると転ばせられはしないだろうが、少しでも体勢を崩せれば十分だ。今の間合いに加えてそれがあれば、完全に自分の優位な魔法使いの間合いに持ち込める。

強大な魔力の収束でカモフラージュした上での、静かな本命の一撃。

彼女の疾走速度を読み切った上で、完璧なタイミングで罠《わな》が起動する――

しかし。ニィナの対応はあまりにも予想を超えていた。

罠を看破されることまでは予想していた。その場合は看破と対応にかかる時間を利用して次の手を打つだけだと思っていた。

「うそ――だろっ」

だが、あろうことか、彼女は。

丁度地面が隆起するタイミングに合わせて、右足をその地面の上に置き。

力を込めて、隆起の勢いで自らの体を持ち上げ、同時に地面を蹴って上前方に跳躍し。

勢いのまま、エルメスに向かって飛びかかってきた。

そう。彼女は罠にかかるでも、罠を看破して対応するでもなく。

罠を利用して、力技で自身の間合いを取り戻しにかかったのだ。

「ッ‼」

流石のニィナも力技が過ぎたのだろう、飛びかかっての一撃は倒れながらのもの。

しかし虚を衝《つ》かれたことに加えて、跳躍の勢いと落下速度を加えた威力は凄まじく。辛うじてガードは間に合ったが衝撃によって体を浮かされ、致命的に体勢を崩される。

それでも、彼とてここで崩れ切るほど甘くはない。むしろ最後のチャンスと捉え、倒れ込みながらも彼女に狙いをつけて魔力を高める。

ニィナも即座に起き上がり、魔法を放たれるより早く斬り込むべく神速の突進を仕掛け。

そして――

「「――」」

ぴたり、と。

エルメスの首筋に、ニィナの剣刃が添えられて。

同時に、倒れかけの体勢で伸ばされたエルメスの右手が魔力と共にニィナの鼻先にかざされて。

互いに、必殺の一撃を放つ一瞬前の状態で静止した。

（……さて）

エルメスは考える。この場合の勝敗はどちらかと。

恐らく、あのまま続けていれば魔法の発動は間に合っただろう。

――だが、彼女の剣閃《けんせん》もほぼ同時で。もしこれが戦場かつ真剣だった場合、彼の首が刎《は》ね飛ばされるのも必至だった。

つまり、良く見積もっても引き分け。加えて、彼の強化汎用魔法が確実に彼女を仕留め切れたとは言えないことも鑑みると、これは――

「……お見事です」

自分の、負けだろう。

そう潔く認め、この素晴らしい少女剣士への心からの賞賛を込めて。

彼は諸手《もろて》を挙げると、ぱたりと地面に倒れ込んだ。

眼前で、エルメスが宣言と共に倒れ込むのを見て。

（……勝っ、た）

荒い息を吐きながら、ニィナは思う。

彼女の見立てもエルメスとほぼ同じだ。もし戦場でこのまま続けていたら、確実に彼を仕留めることはできていただろう。

代償として至近距離で魔法が直撃、大怪我《おおけが》と戦線離脱は免れないだろうが——ぎりぎり、半々くらいの確率で生き残る。彼のこれまでの魔法の威力から、彼女はそう予想を立てた。

つまりは、ほぼ引き分け。判定があるなら辛うじて彼女の勝ちだろう。

……だが、その結果とは裏腹に。彼女に勝利の実感など微塵《みじん》もなかった。有り体に言えば、勝った気がまるでしない。

だって——そもそもこの勝負、凄まじく自分に有利な状況から始まっているのだ。

まずは情報的な優位。ニィナはエルメスの実力や性質をある程度把握していたのに対して、向こうは初見。しかもまさか剣士だとは思っていなかったという予想を外した有利も確実に影響していたはずだ。

極め付きは戦いの開始位置。魔法使い同士としてはやや近め、自分にしては二、三歩で詰められる距離。詠唱する暇はまずない、ほとんど彼女の間合いと言って良いだろう。

魔法使いの生徒が相手なら——否、教員含めてこの学校の誰が相手でも、確実に自分が勝てる状況。彼女を知る誰もがそう思うだろうし、彼女自身そうできる自信があった。

なのに、ほぼ引き分けまで持ち込まれたのだ。

その事実に、これまでの人生で味わったことのない驚愕《きょうがく》と。同時にそれを成した彼への賞賛、そんな彼と好勝負を繰り広げられた高揚が彼女の心を覆う。

――だが、そんなニィナの気分に冷や水を浴びせるように。

「……は、はは、ははははは！」

戦いを見ていたアルバートの、冷や汗をかきながらの笑い声が響く。

「ど、どうだ見たか諸君！　やはりあの平民はトラーキアの威を借る、口だけの人間ではないか。何せ――血統魔法を使えない相手にすら負けるのだからなぁ！」

彼の言葉に、周りの――主にエルメスを侮蔑する人間から戸惑いつつも賛同の声が次々と上がってくる。そう、ニィナに彼を倒させて、彼を貶《おとし》める……過程はともかく結果だけ見れば、完璧にアルバートの筋書き通りになってしまったのだ。

（……はぁ）

思わず、ため息をついた。

仮にもクラスメイトだ。彼らがそうせざるを得ない――それしか、己の心を守る手段がないことも分かっている。一応は貴族令嬢として、そうする心理もそうするに至った経緯も理解はしている。

……だが、それでも、流石《さすが》に今は抑えてほしかった。

そしてエルメスに申し訳なく思う。こんな、貴族同士のくだらない茶番に付き合わせてしまったことを。彼らの悪意と、自分の好奇心によって生まれたこの状況のせいで――これほどの好勝負を穢《けが》させ、向こうの狙い通り彼の名誉を貶めてしまったことを。

……だから、最初は乗り気ではなかったのだ。

なまじ自分の実力があり、魔法使いにとって天敵になると自覚しているから。高確率でこの状況になってしまうと、始まる前から分かっていたから。

それでも思ったのだ、彼ならひょっとすると、と。結果的に彼は予想を遥《はる》かに超える奮戦を見せてくれた――が、ある意味仕方なく、この状況は結果的に実現してしまって。

「……ごめんね」

申し訳ない思いを込めて、剣を引いて彼に手を差し出す。

「仕方ないよエル君。あの距離でスタートして、しかも初見だったんだもん。その辺りの不利を考えたならもう実質キミの勝ちだ。ちゃんとボクの方から後でみんなに説明するから――」

と、正直これもどうかと思うが精一杯のフォローをしようとした時だった。

「？　いえ、その辺りは正直、あまり気にしていないのですが」

意外にも。エルメスは、あっけらかんとした表情で。周りの罵声や自分を貶める声など、言葉通り思慮に入れていない顔で。

「そんなことより。ニィナ様」

彼は自分の手を取って立ち上がると――真《ま》っ直《す》ぐニィナだけを見て、目を輝かせ。

「――もう一度、お手合わせ願えませんか!?」

かなり予想外のことを告げてきた。

「………え?」

一瞬呆《ほう》けるが――案外悪くないかもしれない。

今の情報を加味してもう一度戦えば、多分今度はそこそこの確率で彼が勝つだろう。そうすれば『血統魔法を使わない人間に負けた』との不評も多少は緩和されるかもしれない。

「そ、そうだね。じゃあ今度はさっきと同じ条件で、もう少し開始の位置を離して――」

「あ、いえ、そうではなく。……差し出がましいかもしれないのですが……」

しかし、彼女の出した提案に対してエルメスは軽く首を振ると、やや控えめに。

「……今度は、全く同じ条件で。つまり――僕も魔法を使わない状態で、戦っていただきたいんです」

「――はい?」

今度こそ、本当に虚を衝かれた。

「いや……キミほどの人が分からないわけないよね? その条件だと、まず確実に――」

「はい、また僕が負けるでしょうね」

確認に、平然と彼が頷《うなず》く。

つまり彼は、負けることを分かっていて。また周りに貶められる要素を増やすと分かってこの提案をしたのだ。一体、どういう――

「でも、その……感動したんです、貴女《あなた》の剣に。これまで魔法使いとして研鑽《けんさん》を積んできたので、ある意味では軽視していた、武の分野を極めている貴女に」

けれど彼は、驚くほどに素直な口調で。

「だから、もっと見たいんです。貴女の剣を――今度は全く同じ条件で。僕と貴女の差が、はっきりと分かる形で」

「……あ」

そこで、ようやく理解した。

彼は、本当に気にしていないのだ。周りの人間が声高に語っている、名誉だの恥だのと言ったものは、一切。

今エルメスの頭にあるのは、優れたものに対する掛け値なしの賞賛だけ。それをもっと知りたいという好奇心と、それで自らを高めたいという向上心。本当に、それだけなのだ。

「……そっ、か」

周りの言っていることを疎むようで、囚《とら》われているのは自分だったと気付く。

それと同時に――この純粋な敬意が自分の剣技に向けられているということ。この魔法至上主義の国、学園では久しく向けてもらえなかった想《おも》いに、気恥ずかしさと共に嬉《うれ》しさが湧き上がる。

「うん、いいよ。むしろこっちからお願いしたいくらい」

そう思うと、もう躊躇《ちゅうちょ》なく返答ができた。

「キミ、格闘術がメインだよね？　すごい筋が良かったからさ、ボクも純粋に見てみたいな。——勿論《もちろん》、ボクの剣も存分に」

「！　はい、是非！」

「ああもう、ちょっと照れるからそんな目しないで。……好きになっちゃうよ？」

最後は少しだけ、悪戯《いたずら》げな笑みを取り戻して。

二人はもう一度、真っ向からぶつかった。今度はより純粋な形で。

当然、先ほどまで以上にエルメスは圧倒される。なんなら派手に転がされ、何度も剣を突きつけられる。

けれど、彼は悔しそうにしながらも楽しそうで。ニィナも最初の気乗りしない様子はもう欠片《かけら》もなく、純粋な高揚と共に剣を振るう。

周りの目など、悪意など、思惑など。

まるで関係ないとばかりに、一切取り合う価値はないとばかりに。

ただ、目の前の素晴らしいものをもっとよく見たいとばかりに、互いの磨いてきたものを、掛け値なしの敬意と向上心だけを宿してぶつけ合った。

「……なん、なのだ、あいつは……！」

そんな、二人の様子を。

この状況を作り出した原因の男子生徒――アルバートは、苦々しい視線で見ていた。

彼にとってエルメスは、本当に理解できない存在だった。

かつて神童と呼ばれていても、所詮は追放された存在。そうたかを括《くく》って初日にちょっかいをかけたら、圧倒的な魔法の技量で返されて。

自分たちが為《な》すすべのなかった教員の横暴にも平然と反抗し、救われたようで尚更《なおさら》腹立たしく。

そして今。普通の貴族なら恥のあまり縮こまって然《しか》るべき状況を狙い通り作り出したにも拘《かか》わらず――むしろ嬉しそうに、自分たちからすれば恥の上塗りとしか思えないことをやっている。

……本当に、なんなのだ。

彼のそんな態度、振る舞いを見ていると何故《なぜ》か。自分たちの方が、魔法に選ばれた存在であるはずの彼らの方が、取るに足りないような存在に思えてきて。

でも、認めるわけにはいかなくて。

もう一度エルメスを見る。腹立たしそうに、いまいましそうに――けれど、どこか憧憬のようなものも微《かす》かに混じった視線で。

周りの生徒も、似たような表情で彼を……二人の様子を見ていた。

唯一サラだけは、どこか納得したような感情と、他の皆以上の強い憧憬を宿して。

結局、授業が終わるまで。クラスの全員が、二人の――文字通り演武のような戦いを。

様々な感情と共に、見続けることになるのであった。

◆

同刻。

エルメスがBクラスで魔法演習の授業中、到底魔法演習とは言えなそうな戦いを繰り広げている頃。

カティアが所属するAクラスでは、現在生徒たちがホームルーム前の雑談に興じており……そんな中。

「――カティア様、是非今度お食事だけでも！」

「……」

またか、と彼女はため息をつく。

昨日からこの手の誘いがひっきりなしにやってくる。流石に昨日のようにいきなり婚約の話を持ち出してくる生徒はもういないが、それでも今のように食事の誘いなどが止《や》むことは未《いま》だになかった。

どうやら彼らにとって、『欠陥令嬢』の所以《ゆえん》である魔法の欠点を乗り越えた公爵令嬢というのは相当魅力的に映るらしい。なんとしてもお近づきになりたいと思う程度には。

あと、流石に彼女だって自分の容姿がかなり優れている部類にあることは理解している。

メイドのレイラが言うように王都一とまではいかないが、それなりであることは周りの反応から察せられる。その辺りがより声をかけられる原因になっているだろうことも。

……しかし、彼女は彼らの誘いを受けるつもりは毛頭ない。

何故なら知っているからだ。今カティアに誘いをかけてきている人間が揃《そろ》いも揃って——彼女がBクラスにいた時は、容赦なく蔑み貶めるような顔を向けてきたということを。

そんな人間を、どうして信じられるというのだ。自分を信じてくれない人を、どうして。

そのような意思を込めて冷たい視線を向けると、男子生徒は怯《ひる》み、取り付く島はないと悟ったのか引き下がる。今回は存外物分かりの良い方で助かった。

公爵令嬢としては、多少なりとも交友関係を広げるべきなのだろう。

だが、それでも。彼女はあんな人たちと関わるより、自分を信じて慕ってくれる人との時間を優先したいと思うのだ。

例えばそう、かつての小さな約束を果たしに帰ってきてくれて、自分の魔法の悩みを解決して、折れてしまった彼女の心をまた立たせてくれた——

「…………」

……流石に今の思考は反省した。

こんな些細《ささい》なことからも流れるように彼のことに繋《つな》げるなど、どれほど自分の頭の中はそれに支配されているのだ。まるで常時彼のことしか考えていないよう——いや、あながち間違いとも言えないのだが。恥ずかしさが顔に出て思わず息を吐いた。

尚《なお》、顔を赤らめ悩ましげにため息をついた彼女――本人は『かなり優れている』と評したものの、他人から見ればそれすら生ぬるい。文句なしに絶世の美少女である彼女のそんな姿に、また周りの生徒が目を奪われるが……残念ながら彼女がそれに気付くことはない。

ともあれ、と思考を切り替えるようにカティアはクラスを見渡した。

現在Aクラスは言うなれば……見えない権力闘争の真っ最中だ。

絶対的な権力を振るっていたアスターがいなくなったことで、頂点が空位化した状況。次にその椅子に座るのは誰かと言わんばかりに多くの生徒が授業の合間を縫って交友や工作に明け暮れている。

次のクラスの中心人物となる人間、その候補は概《おおむ》ね二人に絞られている。

その内の一人は――何を隠そうカティアである。

カティア自身はこの争いを極めてくだらないと思っているのだが、残念ながら立場がそうはさせてくれないらしい。簡単に言うなら、周りが彼女を勝手に担ぎ出しているのだ。

そして、もう一人が――

「――クライド様！」

とある伯爵家令嬢の、熱っぽい声がカティアの耳に届いた。

その声と視線の先を彼女も見やると、いたのは一人の男子生徒。

鮮やかな青い髪を緩やかに撫《な》で付け、深い紫の瞳はどこか底知れない雰囲気を漂わせる。

しかし全体的な甘く整った表情と柔らかな雰囲気がそれを和らげており――総じて言うと、

如何《いか》にも貴族の優男、と言った風体の生徒だ。

クライド・フォン・ヘルムート。

ヘルムート侯爵家の長男で、非常に優れた魔法使いである……らしい。

らしいと言うのにはとある事情があるのだが、今は一先《ひとま》ず棚に上げるとして。

重要なのは、彼が名門侯爵家――この学年に公爵家の子弟はカティアしかいないので、十分高い家柄の生徒であり。

加えて彼は――前期、第二王子アスターの側近だったということ。

そのネームバリューと家格、後は誰に対しても物腰柔らかに接するその雰囲気。

彼がカティアと双璧を成しているらしい、現在のAクラスの中心人物のようである。

……推定の形が多いのは、本当に割と興味がないからだ。

そんなクライドは周りの生徒――いずれも家格の高い人間と、実に楽しそうに談笑しており。特にそれ以上の関心も持てないので、教室前方に視線を戻したその時だった。

「……皆さん、遅れて大変申し訳ございません」

教室の扉が開き、一人の教員、Aクラスの担任教師が入ってくる。

それに合わせて、周りの生徒も談笑をやめて席に戻る。同時に教員が登壇し、ホームルームが始まった。

まずは細々とした連絡と、来月に控えている学園祭の件。そしてそれらの伝達が終わると、担任教師は一拍置いて。

「では、ここから先は皆さんに決めていただく形となります。まずは――ここのクラス長について」

軽く、生徒たちの間に緊張のざわめきが広がった。

「前期ここのクラス長だったアスター殿下が……その、学園を出てしまわれたので。本来は一年の任期ですが、急遽《きゆうきよ》後期からのクラス長を決めていただきたいと思います」

そういうことだ。

Bクラスの場合は、前期色々とあったがクラス長は最終的にサラとなった。後期もそれを引き継ぐ形で替わることはない。

しかしAクラスは違う。クラス長がいなくなってしまった以上新しく決める必要がある。

そして、これは相当に重要な意味を持つ。ただの役職と言ってしまえばそれまでだが、この貴族同士の権力争いが持ち込まれている学園においてはただの役職でも意味は重い。形式上でも、クラスの頂点を決定することになるのだから。

故に、生徒たちの間には緊張が走り。誰が立候補するか――と言うより、誰を推すか。生徒たちの中で多くの思惑が暗黙のうちに飛び交い。

その口火を、一人の生徒が切る。

「――私は、カティア様を推薦します！」

先ほど食事の誘いをしてきた男子生徒だ。言いながらカティアに目線を向けてきているあたり、若干狙いが透けて見える。

多分良かれと思ってやったのだろう。カティアも貴族であるのなら、名実共にこのクラスの中心となれることを望まないはずがないと。

……正直、とても的外れなのでやめてほしい。

だが、周りはそんなことなどつゆ知らず。逆にその男子生徒を皮切りに、次々とクラスの中からカティアを推薦する声が上がる。

「カティア様はクラス唯一の公爵家令嬢だ、これ以上に相応《ふさわ》しいお方はいないでしょう」

「魔法の欠点も克服したと聞く。この年齢で覚醒するなど滅多にない、魔法使いとしても素晴らしい証左だ」

「加えてあの凛《りん》とした態度、威厳の面でも申し分ありませんわ」

カティアを称賛してはいるが——その内面、どうにかして有能な公爵令嬢たるカティアに取り入りたいという打算が表情からも透けて見える。彼女はうんざりしつつも、自分にその意思はないとはっきり断ろうと口を開きかけたところだった。

「——待ってくれないか」

柔らかな声が、その流れを遮った。

響きの美しさ故か、皆がその方向に視線を向ける。

声の主は案の定、クライド・フォン・ヘルムート。彼は皆の注目を集めたのを確認してから、ゆっくりと芝居がかった動作で手を広げ、話し始める。

「みんな、君たちがカティア嬢を推薦する理由はよく分かる。魔法の欠点を克服した公爵令嬢、素晴らしい響きだ。彼女に任せておけばこのクラスも上手《うま》くいくように思えるだろう。――だが、考えて欲しい！」

そしてクライドは、少々わざとらしいほどに悲哀に満ちた、けれど端整な顔立ち故に迫真に見える表情を浮かべ。

「――アスター殿下は、どうだった？」

別種のざわめきがクラスを包み込んだ。

何故ならこのクラスの誰も触れなかったタブーに、彼は今自ら踏み込んだのだから。

「あのお方はあまりにも強すぎた、そしてあらゆることを自分お一人でなさろうとする方だった。僕たちはそれに依存し、彼に全てを委ねてしまった！……だが、その結果あのお方は不幸な目に遭ってしまわれたんだ！」

訴えかけるような、引き込むような表情で彼は語る。

「もう皆も分かっているだろう、それでは、あのお方では駄目だったのだと。……たった一人に任せるようなやり方では、これからは上手くいかないのだと」

「……」

「僕が言いたいのは、そのことだ。これからは――このAクラスの皆で、権力争いなどせず、力を合わせていかなければならないのだ！」

そこまで言うと、クライドは余韻を残すように一呼吸置いて。その端整な顔を、カティアの方に向けてきた。

「故に、カティア嬢。その理念に従うと、貴女《あなた》のような何もかもに優れている令嬢。そんなお方にクラス長の座を渡してしまうと、前期の二の舞になってしまう。そうは思わないかい？」

「はぁ。それで？」

「……僕が言いたいのは、力を合わせるためには『譲り合うこと』が肝心と言うことだ！」

カティアのあまりに淡白な反応を受け一瞬言葉に詰まったものの、すぐにクライドは声高に主張を再開する。

「何もかもを欲張っては、アスター殿下のようになってしまう。そのために僕たちは、ある程度自分を殺さなければならない。だからそう――カティア嬢、貴女はクラス長の座を僕に『譲る』べきだと思わないかい？」

「……何故《なぜ》あなたに？」

「決まっているじゃないか。何せ僕は――この学園で、血統魔法を使えない！」

そう。彼が優れた魔法使いであるらしいと推測しか立てられないのはそれだ。

クライドもニィナと同じく、家の事情で血統魔法の公開を禁止された者。それを声高に叫ぶと、彼は続ける。

「君たちはクラス長の座を僕に譲る。代わりに僕は血統魔法を用いた活躍の場を君たちに譲る。これこそが譲り合いだ、皆が小さな不満を飲み込むことでクラスが回っていく、これからの僕たちはそうするべきなんだよ！」

言い切るとクライドは、クラス全体に視線を向ける。君たちはどう思う、と問いかけるように。

「……確かに」

声が上がった。

「カティア様ばかりに任せるのは、よろしくありませんものね」

「クライド様であれば公平にクラスをまとめてくださるでしょう、安心ですわ」

賛同の声が、次々と上がる。……上げているのは主に、あまりに突出しすぎたカティアを疎ましく思っていた生徒、カティアの見目に嫉妬していた女生徒など。

そして残念なことに。今のAクラスで、そう感じている生徒は予想以上に多かった。

すぐに、クライドに賛同する声が過半数を超える。どころか、先ほどまでカティアを推していた生徒ですらその圧力に呑《の》まれてクライドを推すように主張を変えていった。

場の趨勢《すうせい》は、決したといって良いだろう。

……彼らは気付いているのだろうか。

なるほど、力を合わせるだの譲り合いだの、響きだけを鑑みればとても良いことを言っているように思える。

だが。まず、そもそもクライドが血統魔法の使用を禁止するのは家の事情であり我慢でもなんでもない。よって彼は、彼の論調で言うならばクラスの中心の座を、何一つ譲ることなく手に入れたことになり。

加えて……何より彼は前期、アスターの側近だった。

つまり──彼は今まで仕えていた人間を、なんの躊躇《ちゅうちょ》もなく皆の前でこき下ろしたのだ。

そんな人間に公正な判断ができると彼らは本気で思っているのだろうか。

……思っているからこうも盲目的に称賛するのだろうな、とカティアは心中で呟《つぶや》く。

まだまだ矛盾点はあるが……多分、それを指摘しても彼らは聞きはしないだろう。

よって、ここからクラスの意見を覆す手段はなく。

「みんな、ありがとう！──さてカティア嬢。そういうわけなのだが、僕がクラス長ということでよろしいかな？　まさかクラスの意見を自分の我儘《わがまま》で覆すような──アスター殿下のような真似はしないいいいだろうね？」

最後に彼は、当て擦《こす》りめいた口調で。

公明正大な優男のような表情で──けれど一瞬だけ、カティアからクラス長の座を奪ってやったという愉悦を微《かす》かに滲《にじ》ませて告げる。それを証明するように、彼はカティアがどんな反応をするか心待ちにするような表情を見せて……だが。

「ええ。どうぞ」

──繰り返すが。

カティアはまずその手の名誉だのなんだのに一切興味がない。前期までは必要かもしれないと思っていたが、彼と再会してからは本当に割とどうでも良くなっていた。

なので、むしろ結果だけ見ればありがたいくらいである。そう思って淡白に返答した。

クライドは予想外に軽い返答に思惑を外され、一瞬いまいましそうな表情を浮かべるが、すぐにいつもの顔を取り戻して。

「なるほど、貴女も不満を飲み込む度量はあったようですね。――ではみんな、この僕を推薦してくれてありがとう。これからはクラス一丸となって、貴族の責務を果たして行こうじゃないか！」

最後はそんな耳触りの良い言葉で締めて、クラス中の拍手を一身に受けるのだった。


（……くだらないわね）

改めて、カティアは思う。

彼がやっているのは、アスターと真逆のようで全く同じことだ。アスターがいなくなったところで、この国は変わらないという証左のようでもあって気が滅入《めい》る。

そして同時に思う。――多分この男とエルメスが出会ったら、かなり面倒なことになるんだろうなと。

それは厄介そうでもあり、けれど彼ならば、と少しだけ楽しみでもあり。

「……はぁ。エルに会いたいわ」

ひどい茶番を見せられた後のせいか、無性に癒やしを求めて。

彼女は、自らが最も信頼する従者の名を呼んでため息をつくのだった。

第三章 鳥籠の学園

そして更に翌日、昼休みのこと。

「……ようやくだわ」

学園中庭の一角、即席で用意されたティーセットを前にカティアは呟く。

そう、初日と二日目は色々と忙しく、加えてカティアは次々やってくる男子生徒の誘いを断るのに労力をかけていたせいで、実現しなかったことが今日はできる。すなわち――

「……今日こそ、お昼をエルと一緒にできる……！」

高揚と共に彼女は告げる。正直待ちきれず昼前の授業は若干耳に入らなかったくらいだ。

彼と再会して、彼と一緒に学校に通えるとなって空想した数々の事柄。クラスが別々になったせいで多くは叶《かな》わなかったが、それでもできることの大きな一つ。

彼が来るのを心待ちにすることしばし、中庭の向こうから足音がする。音の方を見やると、見慣れた銀髪の少年の姿が。

ぱっと顔を輝かせ、彼の名を呼んで手を振ろうとした――が。

「――というわけだよエル君。キミは基本的に、初手で受けに回る傾向が強い。キミの性質上ある程度は仕方ないのかもしれないけれど、攻めっ気がないと分かればこちらとしてはいくらでもやりようはあるわけだ」

「……なるほど、それで今朝はすぐにやられてしまうことが多かったと」

「そゆこと。近接を『凌《しの》ぐ』手段ではなく『倒す』手段の一つにできれば一気に変わると思うよ。何度も言うけどキミ、筋はすごくいいから全然いけるって。ボクも教えがいがあるから助かるよ」

「光栄です。貴女くらいの実力者に言っていただけると励みになりますね」

「ふふー、ほんとキミ、素直に褒めてくれるねぇ。照れるけど悪い気はしないね……っと。あ、カティア様！　久しぶりー！」

「…………え？」

　思わず、固まった。

　いや、一人で来なかったことに驚いたのではない。元から彼以外にもBクラス時代に仲の良かった友人二人が参加することは把握していた。本音を言えば二人きりが良かったが、かつての友人と話したい気持ちもあったため了承したのだ。

　故に、今自分も駆け寄ってくる少女――ニィナがいること自体に驚きはない。問題は。

「……な――」

　何故、編入僅《わず》か二日で。絶対に接点のなかったはずのニィナとエルメスの二人が。

　ここまで、異様に仲良くなっているのだと。

「――何があったのよッ!?」

　驚きと、焦りと、後は怒りとか嫉妬とか諸々《もろもろ》ちょっとあれな感情を込めた叫びが響く。

ニィナとエルメスは戸惑いながら首を傾《かし》げ。その後ろから控えめについてきていたもう一人の参加者、サラが体を震わせる。

とにかく、この瞬間。

彼女の中で、本日の昼食会で真っ先に問い詰め――話題に出す内容が決定したのだった。

そういうわけで、本日の昼は彼の主人カティア、そして彼女がBクラスで仲の良かったらしいニィナとサラ。三人での昼食会――とエルメスは認識していた。

一応自分も呼ばれたが、恐らくは給事役としてだろう。そう考えて彼は、ティーポットやナプキン等を完全装備して彼女の従者として恥ずかしくない振る舞いをせねばと意気込んできたのだが。

「…………なる、ほど」

何故《なぜ》か椅子は四つあり、何故か自分とニィナを離す形でカティアが間に座り。

神妙な面持ちでニィナから先日の魔法演習の件、そしてその後も彼女から近接戦闘の指導を受けていることまでを仔細《しさい》に――少々過剰ではないかと思うほど仔細に聞き取って。

納得と僅かな諦念を込めて、息を吐いたのだった。

「……そういう経緯があったのね。まぁ、その辺りならあなたたち二人は気が合うでしょうけど。……でも……私の知らないところで……そんな……っ」

「……えぇ……っ、と？」

一方のニィナは、そこまで問い詰められる理由が最初分からず首を傾げていたが。

一通りを聞き終えて悔しそうな表情を見せてから、少しだけ自分の椅子をエルメスの方へと寄せて。ぷくりと愛らしく染めた頬を膨らませ、ニィナに少し恨めしそうな、でも責めるわけにはいかないと自制するなんとも微妙な表情を見せ――流石《さすが》にそこまで情報を与えられると、彼女も大まかなところは理解する。

「えっとさ、サラちゃん。ボクの勘違いだったらごめんなんだけど……」

「……はい。多分ニィナさんの考えている通りです……」

よって一先《ひとま》ずサラに確認を取ると、概《おおむ》ね予想通りの反応が返ってきたので確信した。

「まぁ、あれだけ分かりやすいとね……逆にエル君は気付いてないの？」

「信頼や親愛との区別がはっきりつけられていないんだと思います。……わたしも詳しくはないのですが、どうも小さな頃からの経験が影響しているみたいで」

「あー納得。彼、なんとなく雰囲気浮世離れしてるもんね。……でも、そっかぁ」

サラと小声で話をして一通り納得すると、彼女は――ふっ、と。

どこか、柔らかな笑みを浮かべる。慈しむような、眩《まぶ》しいものを見るような。

その、あまり見たことのない表情に一瞬三人は目を奪われるが……次の瞬間には、彼女はいつもの快活な様子に戻って。

「それでカティア様。聞きたいことは、一通り聞けた感じかな？」

「え？　ええ。まあ……そうね」

「じゃあさじゃあさ！」

カティアの方に身を乗り出して、期待と興味に目を輝かせながら告げる。

「次は、カティア様のお話を聞かせてよ！」

「……私？」

「そう。カティア様と、エル君のお話。幼馴染《おさななじみ》で一旦離れ離れになっちゃったんだよね？　そこからまた再会して今に至るんだから、きっと色々あったと思うんだけど。その辺り是非詳しく！」

純粋な興味と共に、真《ま》っ直《す》ぐに言われて。カティアは一瞬視線を泳がせるが——そもそも彼女がエルメスのことを話したいか話したくないかと言えば、それは当然ものすごく話したいに決まっているので。

「……しょ、しょうがないわね」

口調ではそう言いつつも、体はうずうずと語りたそうに揺れさせて。

その動きに違わず、一度口が開くと一気に、彼女は彼との経緯を話しだしたのだった。

「——そこでね、エルが来てくれたの。『約束通り、すごい魔法使いになって帰ってきました』って」

「すっごい！　ロマンチック！　エル君格好良すぎないそれ!?」

そこからは、カティアがひたすら語ってニィナが相槌《あいづち》を打つ時間が続いた。特にニィナのハイテンションぶりが凄《すさ》まじく、思わずカティアも呆《あき》れたように話を止めて指摘する。

「……語ってる私が言うのもなんだけど、すごく乗り気で聞いてくれるわね」

「そりゃボクだって女の子だからねー。こういうお話は大好きさ！　それで、そのあとは!?」

「え、ええ。それからは──」

促されるままに彼女は話を続ける。流石にエルメスの魔法関連のことはぼかしているが、逆に言えばそれ以外のことはほぼ赤裸々に語られていた。

──なので一方、それを聞かされているエルメスはと言うと。

「………………」

「へぇ……！」

手のひらで顔を覆い、項垂《うなだ》れていた。指の隙間から覗《のぞ》く頬は軽く紅潮している。

あれだ。自分の大立ち回りを一度客観的に聞かされるというのは、想像以上に気恥ずかしいものであったらしい。なんだかんだで詳しく聞いたことのなかった隣のサラも真剣に聞き入り、時折尊敬の視線をこちらに向けてくるのが逆にいたたまれない。

「すごいですね、エルメスさん」

「……あの、光栄なのですが……普通に恥ずかしいですね……」

そう返すと、サラは少しだけ意外そうに目を瞬かせる。

「エルメスさんでも、照れることはあるんですね」

「それはそうですよ……確かに、人より感情が薄いと思ってはいますが……」

そんな彼の返答を聞いた彼女は、意外そうな顔から——少しだけ親近感を覚えるような微笑《ほほえ》みを浮かべて告げた。

「そうですね。……あ、お茶が切れてますね。お注《つ》ぎします」

「え、あ、僕の仕事なのでお構いなく——」

「いえ。……わたしは、すごく尊敬しているし感謝しているんです。カティア様にも——あなたにも」

遠慮するエルメスに対し、サラは珍しく少し強めにポットを手に取ると。

「だから……これくらいのことはさせて欲しいです。今わたしがあなたにできることは、できる限り」

「……」

編入時からの献身の理由、その一端を告げて。

丁寧にポットを傾ける彼女の穏やかな、けれど真剣な表情に目を奪われる。

彼の視線を受けて彼女も顔を上げ。感謝を伝えるようにもう一度柔らかく微笑んで——

「…………サラ？」

そこで。少し冷え込んだカティアの声が横合いから響いた。

はっとした表情で顔を上げるサラ。見るとカティアはなんとも微妙な表情、けれど温度の低い視線でサラを見ており。その更に横から、ニィナが悪戯《いたずら》げに告げてきた。

「わー、サラちゃん悪い女の部分が出てるー。いけませんねぇカティア様。ちょっと目を離した隙にあなたの大事な従者様に近づく女がいますよー」

「あっ、ご、ごめんなさい……っ！」

「……ニィナ、その言い方もどうかと思うわよ。確かに、ちょっと私たち二人で話し込みすぎたかもしれないわ」

カティアもニィナの発言はからかいと分かっているのだろう、軽く流してカップの中身で喉を潤し、一息つく。

そのまま次の話題に移ろうとするが……そこで彼女は、少し辺りを見回して。

「……なんだか、視線が多いわね」

ふと、そう告げた。

釣られてエルメスも顔を上げて、気付く。確かに、中庭を通る生徒たちの視線、そのほとんどがこちらに集中している。

そしてその原因も、簡単に当たりが付いた。

「ああ……大変華やかですからね、この場は」

カティア、サラ、ニィナ。三者三様ながら、いずれも非常に人目を惹《ひ》く容姿をした少女たちだ。それが一堂に会している様子は非常に絵になる、道行く生徒たちが軒並み目を向けてしまうのも納得だろう。

「いつものやつプラス、エル君に対する視線だろうねー。美少女三人とお茶できるあの男子生徒は何者だ！　と」

「ニィナ、それは自分で言うことではないわ」

「カティア様の従者、ということを知っている方は少ないですからね……あ、勿論《もちろん》エルメスさんもお綺麗《きれい》ですよ！」

「ありがとうございます。ただ綺麗、という評価は男としては喜んで良いか判断に迷いますね……」

前期もこの三人は仲が良かったとのことだから、こういう視線を受けるのは慣れているのだろう。

それに、流石に皆遠巻きに見てはくるが、声をかけてくる生徒はいない。多分これはカティアの影響が大きいだろう。学年唯一の公爵令嬢、加えてAクラスで様々な男子生徒の誘いを片っ端から断りまくっているという噂《うわさ》も手伝って皆恐れ慄《おのの》いている様子である。

ともあれ、視線を気にしない方向で行けば。この昼食会もこれまで通り進めることができるだろう——

——と、思ってしまったことがもしかするといけなかったのかもしれない。

「おお、なんだこれは。妖精の花園に迷い込んでしまったかと思ったじゃないか！」

何やら随分と芝居がかった、謎に流麗な声が響いた。

振り向くと、エルメスにとっては見慣れない青髪と紫瞳が特徴の生徒が、ゆっくりと歩み寄ってくるところであった。

「なるほど……察するに、AクラスとBクラスの交流を目的とした食事会だね？　実に素晴らしい。僕もクラス同士、いがみ合うことなく協力できていけたらと常々思っていたからね」

若干的外れなことを言いながら彼らの近くまでやってきたその男子生徒は、気障《きざ》な仕草で胸に手を当てて告げる。

「そういうことであれば。Aクラスのクラス長である僕、クライド・フォン・ヘルムートも参加させていただくべきだと思うのだが、どうだろうか？」

「……」

彼の言葉に、カティアは先のサラへの視線とは比べ物にならないほど冷えた瞳を向けて。

ニィナは、うぇ、と言いたげな露骨に嫌そうな表情を浮かべて。

サラでさえ、若干戸惑いつつも軽く体を後ろに引く。

そして、エルメスは。

（……ええと、どなた？）

名前と役職は先ほど告げられたが、逆にそれ以外のことは一切分からない男子生徒の登場に対しサラ以上に戸惑いを見せる。

……けれど、多分三人の反応からするにあまりいい人じゃないんだろうなとも思いつつ。

一応は見知らぬ生徒として警戒と共に魔法の準備をして、次の言葉を待つのであった。

◆

昼食会に突如として現れた男子生徒、クライド・フォン・ヘルムート。

彼は宣言の後、気障な笑みを張り付けて歩み寄ってくる。

近付いてきて、向かい合う先は――

「――やあサラ嬢、久しいね。ああ、二月の時を経ても相変わらず貴女《あなた》は美しい。むしろ魅力が増したように思えるほどだ」

隣に座る、金髪の少女。サラが戸惑い気味に一先ず会釈を返すと、クライドはそれを何かしらの了承と受け取ったか更に口を回し始める。

「先ほども述べたと思うけれど、僕がAクラス長となった。Bクラス長の貴女とは是非クラス間の架け橋として親密な関係を築くべきだと思うんだ」

「は、はい……」

「今の学園では何やらAクラスとBクラスで差別を行っているようだが、僕はそうは思わない。皆同じ学舎に通う仲間だ、差別などせず手を取り合うべきではないだろうか！」

「……」

「そういうわけで、その第一歩とするために僕も是非この場に加えていただきたい。如何《いかが》だろうか？」

疑問の形をとってこそいるが、実際は断られるなど考えてもいない表情で彼は告げる。

しかしサラは、申し訳なさそうにしながらもしっかりと。

「……その、ごめんなさい。今日のところは遠慮していただけると……」

「？　何故《なぜ》だい、何かやむを得ない理由でも？」

「もうお昼休みもあまり残っていませんし、まず、空いている席がないもので……」

妥当な理由だったはずだが、それを聞いたクライドは心底不思議そうに首を傾《かし》げると。

「親睦を深めることに時間はさほど重要ではないだろう。それに、席が空いていない？

ははは、冗談はよしてくれたまえ」

笑ってから、エルメスの方を指さして。

「──空いているじゃないか、そこの彼が座っている席が」

なんの臆面もなく、大真面目な顔で、そう告げたのだった。

「……はい？」

流石《さすが》に意味が分からず、疑問を返すエルメス。そんな彼に向かって、クライドは何ら疑いを持たない口調で。

「どうしたんだい？　知っているよ、君はカティア嬢の従者、しかも平民だろう？　大方給仕として呼ばれ、席が余ったから座らせてもらっていたと見える。そこで新しい参加者が来たんだ、速やかに立って本来の仕事に戻るのが従者の仕事ではないかね？」

「…………」

ある意味驚くべきことに。

この男は、それが当然と心の底から信じきっている声、迷いのない声で今のことを言い切ったのだ。沈黙したのは言い返せないからではなく、困惑と呆れで何を言っていいか分からなくなったからである。

そんな彼に向かって、クライドは少しだけ苛立《いらだ》ちを乗せた口調で言い募る。

「？　何だい、まさか立つのが嫌なわけじゃないよね？　従者の分を弁《わきま》えない行動は主人の格を下げることにも繋《つな》がるんだけれど、その辺りのことをきちんと理解しているなら早く――」

「――いい加減にしなさい、クライド」

そこで、我慢ならないとばかりにカティアが遮った。

「……カティア嬢、君からも言ってやってくれたまえ。従者の躾《しつけ》は主人の役目だ、君ならそれくらい――」

「エルは参加者として呼んだわ。だからそこに座るのは当然。分を弁えていないのはあなたの方よ」

「――は？」

今度はクライドの方が、わけが分からないと言いたげに表情を歪《ゆが》ませた。

「何の戯れだい、カティア嬢。従者と主人が同じ卓を囲むなど常識的にあり得ないだろう。……ああ、まさかクラス長の座を僕に奪われた腹いせかな？　そんな器の小さいことはよした方が君のためにも――」

「あのさ、クライド君。その辺りは正直どうでもいいんだけど」

尚《なお》も何かを言おうとしたクライドを、今度はニィナの声が遮る。

彼女は黄金の瞳をすっと細めると、先日のような冷たい声で。

「キミさっき言ったよね？　皆同じ学舎に通う仲間だって。その理屈で言うならBクラスに通うエル君だって仲間だ、それを従者だの平民だの言って遠ざけるのはそれこそ差別じゃないのかなぁ」

「！」

「とゆーか、ボクは普通にキミと同じ机で食事なんて嫌だから。エル君の方が百倍良い——って比べるのもエル君に失礼なくらいには嫌だから。なので全力で反対しまーす」

彼女らしく明け透けな、だからこそ痛烈な拒絶を言い放つ。

するとクライドは、今度はエルメスに矛先を向けてきて。

「……従者の君。君は随分クラスメイトと親しくなっているようだね。しかし、ならばもう今更親睦を深める意味だってないだろう？　ここはまだ交流のない人間に席を譲る謙虚な姿勢が必要だとは思わないかい？」

「……えー、っと。その、カティア様」

「エル、いいのよ。素直に言いなさい、私が許可するから」

「分かりました。全然思いませんしすごくお断りしたいです」

「だそうよ。ちなみに私も同意」

大変息の合った拒絶である。聞いて絶句するクライドに、更にカティアの追い討ちが。

「というかあなた、耳触りの良い言葉で誤魔化すのはやめたらどうかしら。──本当は、理屈をつけてサラに近づきたいだけでしょう?」

「ッ！　それは──そうやって人の目的を邪推するのは良くないことだよ！」

何やらものすごく覚えのあることを自ら言ったかと思うと、今度は唯一敵でないと判断したかサラの方に向き直って。

「サラ嬢！　何故か僕は貴女の知人からひどく嫌われてしまっているようだ。君の方から説得してくれないか、僕はただ皆と親睦を深めたいだけだということを！」

「……えっと……」

「まさしく聖女の如《ごと》き慈愛を持つ貴女なら分かるだろう！　可哀想《かわいそう》なことに、僕は昔から誤解されやすい。君の言葉で知人たちの曇った目をどうか覚まさせて──」

「っ、あの！」

言葉を並べるクライドに向かって、サラは心持ち大きめな声を放った。

それを聞いてか、或《ある》いは彼女が途中で声を上げるなど前期の彼女からは予想できなかったからか。言葉を止めたクライドに対し、彼女は優しそうな面持ちながらも眉を寄せて。

「……同じ学舎に通う者同士、親しくなりたいという心は分かります」

「！　ああ、そうだろうだから──」

「でもっ！……無理やり距離を詰めるのは、良くないと思います。それと──わたしの友達を、悪く言うのは……やめて、ください」

きっぱりとした否定口調に、一瞬言葉を失うクライド。だが直後に失言に気付いたのか、

「ち、違うんだよ！　今のはあくまで言葉の綾《あや》だ、決して君のご友人を悪くなど――！」

「っ！」

必死に否定しようとするあまり、更に彼女との距離を詰めて迫るように捲《まく》し立てる。

それを受けて、サラは怯《おび》えるように体を震わせて後ずさると。丁度隣に座っていたエルメスの上着の裾を摑《つか》み、逃げ込むように頭を彼の背中で隠す。

――それはあたかも、彼に縋《すが》るかのようで。守ってもらうかのようで。

「――ッ!!」

その光景を見た瞬間、クライドの表情が激甚な憤怒と嫉妬に彩られた。

直後、その顔が一転して冷酷な無表情に変化。そして次の瞬間。

ばちっ、と。

クライドとエルメスの中間で、微《かす》かな火花と魔力が弾《はじ》けた。

「――」

それはひょっとすると、この学校に通う一般的な生徒では気付かないほど刹那の出来事だったかもしれない。

だが、生憎《あいにく》と。この場にいるのは学校の中でもトップクラスに魔法の基礎能力が高い者たちばかりだ。故に、気付く。

今——クライドがノーモーションでエルメスに向けて雷の汎用魔法を放ち。

それを、エルメスが同様ノーモーションで結界の汎用魔法を展開し受け止めたことを。

クライドが目を見開く。まさか止められるとは思っていなかった、と言いそうな顔だ。

その表情、そして眼前で起きた出来事から彼の行動意図は明らかで。

「——クライド」

故に、カティアが告げる。先ほどよりも尚冷え切った言葉と目線で。

「一度だけ見逃してあげる。だから、さっさとこの場から去りなさい」

その言葉に彼は再度、先の憤怒を顔に乗せて歯軋《はぎし》りするが。またすぐに、かなり苦労したようだがいつもの顔を取り戻して告げる。

「……なるほど、どうやら僕の意思を今汲《く》み取ってはもらえないようだ」

どうやら考えを改めるつもりはないらしい。

「残念だが退散するよ、引き時くらいは弁えているからね。……ああ、でも、そうだ」

軽く後ろに下がるが、それからクライドは視線をエルメスの方に向けてきて。

「確か昼休み明けの授業は、『合同魔法演習』だったね。——楽しみにしているよ？」

何かしらの、凄《すさ》まじい感情を宿した瞳でエルメスを見据えると、今度こそ背を向けて去っていったのだった。

残された四人の中で、しばしの静寂が流れ——それを破ったのは、銀髪金瞳の少女。

「……目をつけられちゃったねぇ」

ニィナは呆《あき》れつつ、けれどどこか面白がるような目線を向けてきて。

「御愁傷様、エル君。多分次の授業、ちょっと愉快なことになるよ」

「……何だか楽しんでませんか？」

「楽しんでるよ？　だってボク、魔法演習は合法的にサボれるからね！　高みの見物させてもらいますよー」

くすくすと笑いつつ、からかい気味にそう告げてくる。

「……ニィナ、趣味が良くないわ。でも言う通りよエル、一応気をつけたほうが良いわ」

「え、ええ。ちなみにその、『合同魔法演習』とは――」

「字面で大体分かるでしょう？　あなたたちが昨日やった魔法演習。これを――AクラスとBクラス合同で行うのよ」

「……それは、また」

聞くからに厄介ごとの温床になりそうな授業である。

今の一件もある。カティアの言う通り警戒だけはしておこう。

「まぁ、あなたなら大丈夫だとは思うけど。……それとサラ、もうクライドは行ったわ。……手を放してもいいのよ」

「あっ、す、すみません……っ」

判断するエルメスを横目に、カティアがサラにも声をかけ。その指摘によって、ようやくサラがエルメスの上着の裾から手を放す。

「エルメスさん、ごめんなさい……」

「いえお構いなく。……しかし、裾を摑まれるというのは想像以上に照れくさいですね」

「は、はい……」

彼の指摘にサラは真っ赤になって縮こまり、彼もどこか誤魔化すように軽く笑って。

「……やっぱり悪い女じゃない？」

「否定できないわね……事情は知ってるから、強くは言えないけれど」

カティアとニィナの微妙な指摘を受けつつも。

エルメスは警戒と共に、意識を次の授業へと備えるのであった。

◆

かくして昼休みが終わり、次の授業——に向かう廊下にて。

「——にしても。キミは不思議な男の子だね、エル君」

道中遭遇し、演習場に共に向かう最中のニィナがエルメスに向かってそう告げてきた。

「不思議、ですか？」

「そだよー。だってボク、初めて見たもん。……カティア様が、あんな普通の女の子みたいな顔してるの」

「！」

言われて思い出す。そうだ、彼女は前期Bクラスでカティアと仲の良かった女生徒。

つまり——見てきたのだ。エルメスが王都に戻ってくる前のカティアを。

「あの王子サマがいなくなった、っていうのもあるとは思うけど……それだけじゃない。迷いとか、悩みとか。そういうのがなくなって、すっごく明るく、可愛《かわい》くなった。——多分、キミが何かしたんだよね？」

「……あの方が、ご自身で気付かれたことです。僕は少し手助けをしただけですよ」

かつての王都での出来事は、この場ではあまりにも話せないことが多すぎる。故にぼかして話さざるを得ないが……それでも、言葉自体は本心を告げるエルメス。そんな心情を察してか、ニィナは「そっか」と特別掘り下げることなく流してくれた。

……非常に人懐っこい性格の彼女だが、このようにしてデリケートなところではちゃんと引き際を心得ているあたり。非常に話好きで、同時に話すのが上手《うま》い子なのだな、との印象を受けた。

「それに、サラちゃんだってそうだよね」

代わりに、と言うべきか。彼女が続けて挙げたのはもう一人の少女のこと。

「サラ様？」

「うん。あの子さ、なんて言うか……誰にでもすごく優しいけど、だからこそ誰に対しても一歩引いてる感じがこれまではあったの。——でも」

ニィナ自身から見た彼女の特徴を語ってから、エルメスの方を見据えて。

「キミにだけは、特別に。気にかけて、何かを期待しているように思える」

「……」

「ひょっとすると無意識かもしれないけどねー。Bクラスみんなに慕われる希望の星の聖女様が、一人だけ特別に気にかける男の子、ね。……うん、これはBクラスの他の人たちに嫌われちゃうのも仕方ないかなぁ、あははー」

「そこは笑い事ではない気がしますが……」

　からからと可愛らしく笑った後――そこで、少しだけ表情を真剣なものに戻して。

「……でも、分かるなぁ」

　静かに、そうこぼしてきた。

「何となく分かるよ。キミ、他の人たちとは雰囲気が違う。サラちゃんが思わず期待しちゃうのもしょうがないって思えるくらい、なんていうか……何かを変えちゃいそうな雰囲気があるんだ、すごく」

「……それは」

「ボクもね、今のBクラスの雰囲気が良いものとは思ってないけど……まぁこの通りふわふわした性格だからさ、こっちは。何か言っても、多分薄っぺらで届いてはくれない」

　奇《く》しくも、ユルゲンから要請されたことを大まかに推測したニィナは続ける。

「でもキミはそうじゃない。きっとすごく真《ま》っ直《す》ぐで、綺麗《きれい》で強い芯を持っていて。キミの言葉は、行動は、否応《いやおう》なしに周りを巻き込んで変革してしまって――」

そして、最後に。

「――それを。望まない人も、許せない人も、いるんだよ」

「……分かりました」

きっと、それを忠告しておきたかったのだろう。実際それだけを告げると、ニィナは慌てたようにぱっと胸の前で手を振って、若干の照れ笑いと共に。

「やーごめんごめん、ちょっとキャラじゃない真面目な話しちゃったね！　一応言っておくとボクは中立派で、キミにもクラスメイトにも肩入れはできないけど……」

「はい」

「強いて言うなら、キミ個人には興味があって。ボクと『ちゃんと』戦える人だしね――で、えっと、何が言いたいかというとね」

やや照れ隠しに慌てた様子でニィナが前方に目を向けると……話しているうちに、どうやら演習場の前まで辿《たど》り着いてしまっていたらしい。

そこに集まって、相変わらずエルメスに複雑な視線を向け――同時に、これから行われる『合同魔法演習』への不安も滲《にじ》ませるBクラス生たちを見て。

「多分……いや絶対、これから厄介なことが起こるから。……気をつけてね」

「……はい。ありがとうございます」

現状唯一と言って良い編入後に仲良くなった少女の、改めての忠告を受け。エルメスはもう一度、気を引き締めつつ演習場に向かうのだった。

◆

こうしてエルメスとニィナを最後に、演習場に揃《そろ》ったBクラス。それにやや遅れて、悠々とAクラスの皆さんがやってきた。

「……」

カティア以外の、Aクラス生の顔に浮かぶのは——隠しようのない、隠す気もない優越感と嘲弄。そう、それはまさしく、Bクラス生が編入時からエルメスに向けてきたようなもの。それと同種の視線を、今度はBクラスが向けられる側に回っていた。

けれどそんな中、あたかもAクラスを率いるように前に出てきた男子生徒。

昼休みに一悶着《ひともんちゃく》あった彼、クライド・フォン・ヘルムートは、先ほどのことなどなかったかのような笑みを貼り付けて。

「やぁ、Bクラスの諸君！　本日も有意義な交流の時間にしようじゃないか！」

……大変に胡散臭《うさんくさ》い。

エルメスだけでなくBクラスの全員がそう思う中、合同魔法演習開始の鐘が鳴り。

——その予感は、早速現実のものとなった。

「ところでだ諸君！　前期までは各々実力の合う相手と組んでの模擬戦がこの授業の主だったわけだが」

挨拶もそこそこに、クライドが臆面もなく場の中心に躍り出る。

「しかし、だ。せっかくの『合同』演習がそれでは味気ない。僕はクラス間の交流をより重視すべきだと思っているんだ。——だから」

そのまま彼は、表向きは善意と信念に満ちたような——しかしその裏に黒い意思を覗《のぞ》かせるような満面の笑みで。

「こうするのはどうだろう？——必ずAクラス生とBクラス生で組を作る、という制限を設けては？」

その場の全員が、瞬時にその意図を察した。

「素晴らしいアイデアだとは思わないかい!?　君たちBクラスは僕たちから学び、僕たちAクラスは新たな魔法を見ることができる。加えて魔法のぶつけ合いによってよりお互いのことを知れるんだ！　魔法学園としてこれ以上に相応《ふさわ》しい交流手段はないだろう！

——なぁ、そうは思わないかい、Aクラスのみんな！」

この男の厄介なところは、決して自分のクラスに不利益となる提案をしないことである。

Aクラス生たちは当然理解する。彼の提案が何を意味するか。——自分たちがBクラス生と模擬戦をすることによって、自分たちに何をもたらしてくれるかを。

「……そうだな。普段見ない魔法を見ることも自らを高めることに繋《つな》がるだろう」

「確かに、魔法を教え導くのも我々の責務であろうからな」

「ですわね。クライド様のお志、素晴らしいと思いますわ！」

そうしてAクラス生も彼と同じように、表面上は良く聞こえる、けれど言葉の節々から別の意思を覗かせる言葉で賛同する。

一方のBクラス生も彼の意図を正確に理解し、理解した故に当然明確に賛成などできず。

――けれど、何か言うこともできずに、反論することなく黙り込む。きっと今まで、そうすることが許されていなかったから。

「っ、クライド。そんな一方的にことを進めるのは――」

「おやぁカティア嬢、どこが一方的なのです？　この通りAクラスの皆は賛同してくれている！　Bクラスだって自らの魔法を高める貴重な機会なのだ、貴族であれば逃すわけがないでしょう！　いい加減クラス長の座を奪われたことによる逆恨みはやめていただけますか、見苦しいですよ！」

見かねたカティアが反対意見を述べようとするが、それをクライドは一方的に捲《まく》し立てて、返す言葉を聞くよりも早く話を切り上げる。

そして彼はとどめとばかりに、この授業を監督する教員に話を振った。

「先生もそう思いますよね!?　せっかくの合同魔法演習なのですから！」

「え？……あ、ああ、そうだな。クラス間の交流が積極的になるのは良いことだろう」

教員も元来、大して授業に介入しない類《たぐい》の人間だ。ここまで流れを作られればわざわざ否を唱えるのも面倒だと感じ、聞こえの良い言葉を反芻《はんすう》して頷《うなず》く。この授業を取り仕切るはずの人間が、許可を出してしまう。

「そういうわけだ、さぁ皆！　望む相手、学びたい相手と組むが良いよ！」

最早《もはや》止めることはできず、その号令に従ってAクラスの生徒たちが相手を見繕いにかかる。それはまさしく、獲物を見つける獣のような様相だった。

そんなクラスメイトを見てクライドは満足げに頷くと、ゆっくりと歩みを進めてきて。

「――さて、従者くん。そういうわけで、僕とお手合わせを願えるかな？」

――自分の狙いはお前だ、と言わんばかりに。

明確に昼休みの出来事を引きずっていると分かる、どす黒い感情を込めた視線をエルメスに叩《たた》きつける。

「かつて侯爵家を追放された平民でありながら、何故かこの学園に編入できた人間。非常に興味があるね、是非その実力を僕に見せてもらえるかな？」

丁寧な口調の中に、詰まるところ『化けの皮を剝いでやる』とのメッセージを明確に込めて告げる。どうやら彼の中で、昼の出来事はまぐれか何かとして処理されているらしい。

「……分かりました」

正直、ニィナ相手のときと比べると全然わくわくしないなと思いつつ、これは逃げられないとも分かっていたので大人しく頷く。

それとほぼ時を同じくして、他の生徒も組む相手が大方決定する。

かくしてついに、合同魔法演習が本格的に開始されて。

——そして、蹂躙《じゅうりん》劇が始まった。

「おいおいなんだその魔法は、あまりにも貴族としての自覚が足りないな！」

「ふん、とくと目に灼《や》きつけるが良い！　これが本物の——血統魔法と言うものだッ！」

「ああ、なんて可哀想《かわいそう》なのかしら。そんな貧相な魔法で高貴なる存在を名乗るだなんて、きっと恥というものを遥《はる》か昔に置き忘れてしまったのね」

元々Aクラスは、貴族子弟の中でも身分の高い者が集められたクラス。具体的には、公、侯、伯爵家あたりまで。必然的にBクラスは子、男爵家の子弟で固められる。

そして血統魔法は基本的に、位が高い家の子弟ほど強力なものを受け継ぐ傾向にある。そもそも優秀な魔法使いの有無によって家格が上下するのがこの国の制度だ。かつてのエルメスの実家、フレンブリード家が好例だろう。

サラのような例外もないことはないが、あくまで例外だ。大半のBクラス生は家格から妥当と呼ばれる血統魔法しか受け継いでいない。

故に、家格が上の子弟と真っ向から血統魔法でぶつかった場合、蹂躙されるのは必然で。

「うわぁっ！」「や、やめてくださ——ッ！」「ぅ……うっ」

抵抗できたのは最初の一瞬くらいのもの、ひどい場合はそれすら許されない。すぐに為《な》すすべなく、Bクラスの生徒たちは嬲《なぶ》られ、いたぶられるだけの存在と化した。

彼らにとってはしょうがないことなのだ。だってまず扱う魔法の性能が圧倒的に違う。逆立ちしたって届きっこないほどの隔絶した差が横たわっているようにしか見えない。

魔法が違う。格が違う。――元を辿れば、生まれが違う。

だから、仕方ない。

血統魔法主義。この国を支配する理念。

未《いま》だ根強い風習が、今この演習場でありありと現れていた。

よってAクラスの生徒たちは、何ら疑いを挟むことなくこの演習で自分たちの歪《ゆが》んだ嗜《し》虐《ぎやく》心《しん》を満たし。Bクラスの生徒たちは、諦念と共に諾々とその運命を受け入れる。

それでも、どこかに希望はないのかと。

クラスメイトが、軒並み同じひどい目に遭っているのに耐えきれず。誰か例外はいないのかと嬲られながらも辺りを見回すが――当然そんなものは見当たらず。

Aクラスの生徒たちは、そんな様子に満足してクラス間の団結を深め。

この機会を用意してくれた立役者へ、感謝と敬意を込めて視線を向ける――

――その瞬間だった。

とさっ、と。

小さく間抜けな音が、けれどタイミング悪くやけに明瞭に、演習場へと響き渡った。

音の発生源に目を向けた者は、軒並み目撃する。

この状況を生み出した立役者。Aクラスの長。クライド・フォン・ヘルムートが――

――地面に尻餅をついているという、彼らにとってはあまりにも無様な光景を。

「…………え」

呆然《ぼうぜん》とクライドが見上げる先にいるのは、彼の相手をしていたエルメス。

エルメスは対照的に、尻餅をつくクライドに一切目を向けず。彼なんかよりむしろ、周囲を飛び交う血統魔法に興味を奪われている様子で、明後日《あさって》の方向に視線を向けていた。

あまりにも明確な、勝者と敗者の構図。かつAクラスの、しかも長であるクライドが敗者側で、Bクラスでも蔑まれていたエルメスが勝者側。

そんなありえない光景に両クラスの全員が目を奪われ、同時に目を疑う。

だが一方で。

「……そりゃそうなるでしょう。馬鹿なの？」「……」「んふふー」

彼の実力を知る三人だけは、違う反応を見せる。

カティアは恐ろしく冷めた表情で珍しく直接的な言葉を吐き、カティアの相手をしていたサラは何とも反応に困っていそうな表情を見せ。そして宣言通りちゃっかりとサボっていたニィナは面白そうに含み笑いをこぼす。

確かなことは、この明確な勝敗の光景を。

疑いようのない形で、全員が目撃してしまったということであった。

◆

授業開始時にまで時間は遡る。

「さて従者くん。悪いけど僕はこの学園で血統魔法を使えない」

合同魔法演習が始まり、クライドが模擬戦の相手としてエルメスを指定した後。彼がエルメスの前で口走った言葉がこれである。

「当然、血統魔法は神の魔法。それ以外の魔法とは性能に文字通り天と地ほどの違いがある。いくら君でもこれくらいは知っているね？」

「はぁ」

神の魔法云々《うんぬん》はともかくそれくらいは勿論《もちろん》知っているので気の抜けた返事をする。クライドはエルメスの返答に若干眉根を寄せるが、すぐに気を取り直して続けてきた。

「よって、血統魔法を使える者と使えない者が戦えば必ず前者が勝つ。これは君と僕が戦った場合に限らず、普遍的かつ絶対の真理なんだよ」

「……」

「だから提案だ。――お互い、汎用魔法だけを使って戦わないかい？　流石《さすが》の君でも、絶対勝てる勝負を嬉々《きき》として仕掛けるほど恥知らずではないだろう？」

と、いうことらしい。正直最初から予測できていた提案だったのでできればさっさと言って欲しかった。

「構いませんよ」

「！　本当かい。なんだ、もう少しごねると思ったんだが存外もの分かりが良いじゃないか」

エルメスのすんなりとした返答を受けて、クライドが表面上は喜ばしそうに、しかし案の定隠しきれない愉悦を宿して頷く。

……恐らく、クライドも素の魔法使いとしての能力には自信があるのだろう。

「この汎用魔法同士の戦いというのも存外馬鹿にならないんだよ。何せ同じ魔法を使う以上、純粋な魔法の能力差が言い訳しようのない形で明らかになるんだからね！　君の力を測るにはうってつけの方式と言うわけさ！」

そんな推測を裏付けるように、クライドは自信満々の様子で両手を広げて魔力を高め。

「さぁ始めよう。そして確かめようじゃないか、僕と君、一体どちらが優れた魔法使いなのか——！」


——そして特筆すべきこともなく普通にエルメスが勝ち、今に至る。

「…………え」

地面に座り込み、呆《ほう》けた顔でエルメスを見るクライド。その顔に浮かぶのは、昼休みの時と同じく信じられないという感情だけだ。

……まぁ、確かにそれなりに強かった。

魔力出力は生来のものか相当に高かったし、操作能力もセンス一辺倒だがそれなり。いくつかの例外を除けばこの場にいる者の中でもトップクラスではあると思う。

だがしかし、相手はエルメスである。

『同じ魔法を使えば魔法使いとしての能力差が明らかになる』、確かにその通りだ。

そして、その条件下において。エルメスは、同じ魔法でぶつかる戦いにおいてはこれまで——ローズを除いて負けた例《ためし》がない。

よって、忌憚《きたん》なく言えば楽勝だった。何なら途中からは血統魔法の観察に精を出す余裕さえあったくらいだ。

「…………」

彼にとってはあまりに予想外だったのか、放心し、沈黙と共にエルメスを見上げている。

しかし、やがて周りの視線に気付いた様子ではっと意識を取り戻すと——そこで、数瞬何かを考えてから。

「——全く、困るよ」

やれやれ、と言いたげに首を振りながらゆっくりと立ち上がり。

そのままびしっとこちらを指さして、こう告げてきた。

「君、血統魔法を使ったね？」

「……はい？」

「はい？　じゃないよ。見れば明らかじゃないか、君の扱う魔法はどれも汎用魔法の範《はん》疇《ちゅう》を大幅に超えていた。ならば血統魔法に違いない、そんなことが僕に分からないとでも思ったのかい？」

「……」

「知っているよ？　君の血統魔法はいくつかの属性を扱えると。その効果を汎用魔法と偽って使ったんだろう。全く、勝ちたいがためだけにこんなことをするなんて貴族の――いや、人の風上にも置けないね。まぁでも一回だけは見逃してあげよう。ほら、もう一回。今度は本当に汎用魔法だけで戦うんだよ？」

言い訳全開だし主観まみれの決めつけだし何故《なぜ》か自動的にもう一回戦う流れにされているが――なるほど。

言っていること自体は、悪くない点を突いている。

まず前提として彼は今の勝負、紛れもなく汎用魔法しか使っていない。強化汎用魔法ではなく、汎用魔法の範疇に収まるような性能に敢《あ》えて抑えた魔法を使用していた。クライドが『汎用魔法の範疇を超えている』と判断したのも、彼の高い基礎魔法能力で性能が底上げされたからに過ぎない。

だが――それを納得できる形で証明する手段もまたないのだ。

普通の貴族は、魔法の内情など知りようもない。故に普通より強い魔法――強化汎用魔法が魔法自体の性能によるものなのか本人の技量によるものなのか、判断は付かない。魔法の構造を理解させることができないからだ。

知ってか知らずか――まぁ後者だとは思うが、クライドはそこを突いて自分より優れたエルメスの基礎魔法能力を認めず『魔法の性能によるもの』と強引に定義したのである。

「……」

向こうが理解しない以上説明する手段はないし、多分しても絶対に納得しないだろう。

だから、彼は敢えて。

「——了解です、ではもう一度」

クライドの言い分に、乗ることにした。

「ご安心を。今度は『同じ魔法』しか使いません」

「ふん、分かればいいんだよ。——では、早速始めようか」

言質を取ったことを確認して、クライドとエルメスは再度立ち上がって向かい合う。

「——ふっ！」

同時に、クライドがやや不意打ち気味に炎の汎用魔法を放ってきた。

しかしエルメスは慌てず、同様に炎の汎用魔法を撃って対処。両者が中間で相殺する。

続けてクライドが放つは雷の汎用魔法。これもエルメスは雷の魔法で打ち返す。中間で消える。間髪を容《い》れず放たれた氷の魔法も同様に対処。中間で綺麗《きれい》に対消滅。

「——な」

「どうしました」

ここまでされれば、いくらクライドでも気付いただろう。

冷や汗をかき始める彼に、エルメスは抑揚の少ない声色で告げる。

「反則ではありませんよね？　仰《おつしや》る通り使ってませんよ、『貴方《あなた》と全く同じ魔法』しか」

そうなのだ。

先ほどからずっと、エルメスはクライドと同じタイミングで、同じ属性、同じ威力の魔法を真逆の方向から撃っている。結果クライドの放つ魔法は全て両者の中間で綺麗に打ち消されてしまう。

だが、そんなことは未来予知でもしない限り不可能。それを可能にしているのは——

「……へぇ」

演習場の木陰。観戦していたニィナが愉快そうに、そして嬉《うれ》しそうに呟《つぶや》いた。

「ボクが教えたことじゃん。すごいな、もう使いこなしてるのか」

そう。彼のこの技術は、ニィナの指導を応用したものだ。

彼女は戦闘において、相手の魔力の流れから次に放たれる魔法の属性や威力を、時に放たれるより前に察知する。並外れた感知能力と魔法への造詣があるからこそできる技だ。

エルメスはその要諦を彼女から教わり——加えて彼女は魔法の回避で使っていたその技術を、現在魔法の相殺に応用しているのである。

流石にまだ彼女ほどの精度で察知はできないが、クライドの魔力の流れは非常に分かりやすい。簡単な汎用魔法なら現時点でも問題なく次の手を読める。

「く——っ！」

何をやっても打ち消される。その事実に対してムキになったクライドが回転率を上げてくる。けれどエルメスは一切動じることなく相殺を完璧な精度で続け、そのまま——ゆっくりとクライドに歩み寄り始めた。

両者の距離が縮まるにつれて魔法の着弾までの時間は短くなり、その分相殺も難しくなるはずだがエルメスはそれでも全く乱れず。

遂《つい》には一歩の間合いまで近寄ると無造作に手を伸ばし——とん、と軽くクライドを押す。

クライドは地面に倒れ込み。結果、展開されるのは先ほどと全く同じ光景だ。

「……」

「——もう一度やりますか？」

見下ろしての、冷酷なエルメスの言葉。クライドはぎりっと歯が砕けるほどに噛《か》み締め。

屈辱と憤怒に満ち満ちた表情でエルメスを睨《にら》みつけ——同時に。

——ぞわっ、と。クライドの全身から異質な魔力が立ち上った。

「！」

よもや、血統魔法をここで使う気か。警戒と共に目を細めるエルメスだったが——流石に彼も、禁止されている魔法の独断解禁は躊躇《ためら》ったらしく。

魔力を収めると、今度は幾分か冷静になった表情で、もう一度立ち上がり。

「……はぁ、分かったよ。そんなに血統魔法を使ってまで僕に勝ちたいんだったらもういいさ」

ため息をつきつつ、こんなことを言ってきた。

「……あの？　今は貴方と同じ魔法しか——」

「そう言い訳するつもりだったんだろう？　どうせそれ以外のところで血統魔法を使った

に決まっている、じゃないとあんなことできるわけないからね」

——あそこまでやっても、認めるつもりは微塵《みじん》もないらしい。

「いいよ、君の勝ちで。僕はアスター殿下とは違う、ちゃんと負けを認めてあげるさ。君の血統魔法でも、僕の汎用魔法に勝つくらいの力はあったようだね。当たり前だけど」

言葉とは真逆の意図を感じさせる言葉選びで告げると、クライドは両手を広げて。

「それに、僕以外のAクラスは皆思った以上に圧倒してしまったみたいだからね、僕だけでも負けてあげないと。こうやってクラス間のバランスを取ることもクラス長として重要な役目だろうさ」

いかにも仕方なさそうな口調で言うと、今度はサラの方を向いて。

「——サラ嬢。誤解なきよう、今回は向こうが血統魔法を使っただけの話なのだから。……そして貴女《あなた》はお優しい、どうか邪《よこしま》な意思で言葉巧みに丸め込まれないよう、僭越《せんえつ》ながら忠告させていただくよ」

果たして誰のことを言っているのかかなり謎な言葉を言い残すと、最後にもう一度エルメスを昏《くら》い視線で睨《ね》め付け。

Aクラスの連中を引き連れて、去っていった。

……大体、クライドという男のことが分かってきたと思う。

詰まるところ、これまで出会ってきた貴族たちと何ら変わらない。何か物腰柔らかく、自分は他とは違うように振る舞っているが、本質は全く同じだ。取り繕えているつもりなのが尚更質《なおさらたち》が悪い。彼はそう感じた。

今回も何やら丸め込んだつもりのようだが、彼が公衆の面前で敗北したのは事実だ。Aクラスの連中からは異様に信頼されているみたいだが、今回の件で翳《かげ》りが見えてくるのではないだろうか。

そんなことより、とエルメスは振り向く。

「…………」

そこにいたのは、Bクラスのクラスメイトたち。皆、一様に沈痛な表情を見せていた。

それもそうだろう。魔法を志して入学したこの学園で、改めてあそこまで完膚なきまでの差を見せつけられ、自分たちが虐げられる側であることを思い出させられて。

しかもそこで一片の救いを与えられたのが、また自分たちが虐げているはずのエルメスだったのだから。

（……さて）

何を言えばいいのか、そもそも声をかけるべきなのか。

そう考えつつ、彼は歩みを進めるのだった。

◆

アルバート・フォン・イェルク。

魔法学園Bクラス所属の彼は——かつて、イェルク子爵家において将来を嘱望された魔法使いだった。

その要因となったのは、彼の血統魔法。隔世遺伝か、或《あ》いは未知の何かか。イェルク子爵家相伝ではあり得ない強力な血統魔法が彼の中に発現したのだ。

両親は彼に期待してくれた。彼ならば子爵家を背負って立ち、更なる発展を家にもたらしてくれるのではないかと。

彼もその期待に応えようと、また自身もそれを夢見て頑張った。

勉学に励み、交友を広げ。魔法で戦う経験も積極的に積んだ。

魔法を扱うのは楽しかった。自分の中に、こんな素晴らしい魔法があることが誇らしく。この素晴らしい魔法をもっと高めたいと思うことは最大のモチベーションに繋《つな》がった。

よって彼は、誰よりもその魔法にのめり込み。ひたすらに経験と知識を蓄えていったのだ。

そんな彼の努力は身を結び、栄えある王都の名門魔法学園に入学できることが決定した。

紛れもなく栄誉なことだ。彼はそれに更なる自信をつけ。必ず立派な魔法使いであり貴族となって卒業し、家に戻って領地の発展と貢献に力を尽くそう。

そう考え、意気揚々と魔法学園の土を踏み。

——そして、すぐに地獄を見た。

「ほらアルバート君、どうしたんだいそんなに黙りこくって！」

合同魔法演習の時間。

クライドの提案によってAクラスの人間と模擬戦をする流れになって。

アルバートの相手に名乗りを上げたのは、ネスティ・フォン・ラングハイム。

ラングハイム侯爵家の長男であり……アルバートにとっては、多分この男がくると予測できるものだった。

何故なら——入学直後にもあった合同魔法演習。

それでアルバートを完膚なきまでに叩《たた》きのめしたのが、この男だったのだから。

「さあ、立ち向かってきなよ入学時のように！——『俺の魔法はAクラスにも劣らないはずだ』って身の程知らずにも向かってきた時の滑稽な君のようにさぁ！」

「ッ、血統魔法——『天魔の四風《アイオロス》』！」

挑発に乗る形で、彼は自身の血統魔法を放つ。『天魔の四風《アイオロス》』。本来ならばエルドリッジ伯爵家相伝、すなわち伯爵家クラスの強力な血統魔法だ。

イェルク子爵家とは家系的に近しいらしいのでその遺伝関係と思われているが、ともあれ彼にとっては非常に恵まれた魔法だった——だが。

「血統魔法——『煌の守護聖《セントエルモ》』」

ネスティが魔法の宣言と共に生み出した青い炎——何故か質量を持つ異質な聖炎が、アルバートの放った風を完璧に受け止める。

「そら！」

返す刀で掛け声と共に、青い炎がこちらに迫ってきた。血統魔法で吹き散らそうとするが、やけに重く膨大な炎の量にそれすら叶《かな》わず、そのまま炎がアルバートの体に殺到し。

彼の体に纏《まと》わり付き、凄《すさ》まじい熱量が全身を苛《さいな》んだ。

「がぁあああッ」

「あはははは！」

のたうち回るアルバートを見て、ネスティが大笑する。

「無様だ、そして愚かだ！　『この程度の魔法』でAクラスになれるだなんて本当に思っていたのかい!?　田舎貴族というものはこれだから度し難い、もう一度身の程というものをしっかり教えてあげるよ、存分にさぁ――！」

格差、というものを見せつけられてしまった。

少しばかり強い血統魔法を習得したくらいでは到底届かない。あまりにも圧倒的で、絶対的な生まれの差。どうしようもない、血統魔法の中にある格の違い。それほどの差を、魔法のぶつけ合いでまざまざと感じ取ってしまった。

……それだけなら、まだ良かった。これから頑張ろうとも思えたかもしれない。

でも、それだけではなかったのだ。この学園におけるBクラスへの当たりは彼の想像以上にひどいものだった。

Aクラスの人間には事あるごとに馬鹿にされ、彼らの不満や優越感を満たすための道具として扱われる。

生徒だけでなく教師陣もそうだ。無理難題の授業、雑用の押し付け、不満の捌《は》け口《ぐち》。

Bクラスはここでは、自分たち《じぶんたち》以外の結束を深めるための存在でしかなかったのだ。

そんなことを半年も続けていれば、もう諦めるしか道などないではないか。

少しずつ容赦なく、自信も自尊心も磨り潰《す》されて。他のBクラスの人間も同じような目に遭ってきたせいか、その間には奇妙な連帯感のようなものさえ生まれた。

魔法を扱えない公爵令嬢や王子に見初められた聖女様などは、どこか別の世界の存在として扱った。

自分たちはこういう存在。こう在ることが、この国における自分たちの役割。こうして上位貴族の犠牲になることが、自分たちの責務なんだと。

そう思い込み心を殺して、諾々と犠牲者として振る舞った。そうするしかないと思った。

——なのに。

あの男は、そんな自分たちを嘲笑《あざわら》うかのようにBクラスへとやってきたのだ。

彼のことは知っていた。エルメス・フォン・フレンブリード、かつてのフレンブリードの神童。けれど血統魔法を持たないと判断され家を放逐されて、平民となったはずの存在。

そんな人間が、どうやってかは知らないが血統魔法を携えてBクラスへと編入してきた。

どういうことだと訝《いぶか》しみつつ、彼の魔法を見て……安心した。

ああ、大したことはない。所詮は放逐された人間が運よく魔法を手に入れただけ。おまけに平民。ならば、蔑んでもいいだろう。自分たちだって同じ目に耐えているのだ、この学園に入った以上お前もその仕来りに従って貰《もら》おうと。

そう考え、他の同じ考えを持つ者と彼のことは容赦なく扱おうと決定して、その通りにした──はずだった、のに。

彼の行動、そして技量は自分たちを遥《はる》かに超えていた。

まず、編入初日にかけたちょっかいは完璧に返された。自分たちが受け入れるしかなかった理不尽にも堂々と抗《あらが》ってやり返した。そういう恥だの面子《メンツ》だのには一切興味がないかのように、優れた相手に何度も挑み、自分たちなら恥じるはずの敗北を平然と積み重ねた。

そして、今も。為《な》すすべなくやられた、それを当然だと認識していた自分とは裏腹に。絶対的な上位存在。Aクラスのしかもクラス長。彼を相手に同じ魔法で上回るという、こちらでは明確な勝利を見せつけた。

流石《さすが》に自分だって分かる、あの勝利は本物だ。エルメスは間違いなく、純粋な魔法使いの技量でクライドを上回っていた。

かつての神童は、健在だったのだ。

……だが。そんなエルメスを見てまず自分が抱いたのは、感謝でも憧憬でもなく。

──激烈な、拒否感だった。

やめてくれ。

そんなことを、この学園の秩序を乱すような真似《まね》をしないでくれ。

どうか――成り上がらないでくれ。落ちぶれたままでいてくれ。

だって、だって。そんなことが許されるなら。逆転が許容されるのなら。

一体何のために――自分たちは、この扱いに耐えなければならなかったのだ。

そんな思いを抱きアルバートは、戦いを終えて歩いてくるエルメスに近づくのであった。


「……何なのだ……貴様はッ」

クライドが退散し、Bクラスへと戻るエルメスの前に。

ひどい苦渋の表情をした、アルバートが立ち塞がった。

「何なのだ、と言われましても。あなたと同じ生徒ですが」

「ふざけるなッ、俺と貴様が同じであるものか！　Bクラスの生徒が何故《なぜ》あんなことができる、そもそも――貴様は何故この学園にやってきたのだ、一体何が目的でこんな!!」

……何を確かめたいのか、今ひとつ要領が摑《つか》めないが。

とにかく、彼は投げかけられた質問に対し自分の中で一番大きな理由を答える。

「それは勿論《もちろん》学びにきたからです、魔法を。ここは魔法学園なのですから」

「寝ぼけたことを！　あんなことができる貴様が今更ここで学ぶことなどあるものか!!」

けれどアルバートは、悲鳴じみた否定で返し。遂《つい》に耐えきれなくなったように叫ぶ。

「よく分かったさ、貴様が紛れもなくかつての神童そのままであることはなぁ！　認めてやるよ、だからもういいだろう！　Ｂクラスから――いや、この学園から出ていってくれ！」

「――」

「いたずらに学園の秩序を乱すな！　貴様がいると全てが混乱するんだよ、どうか、俺たちの知らないところに消えてくれよ!!」

……それは。

紛れもない、拒絶。排斥の言葉。

(……ああ)

その言葉を聞いた瞬間、彼の中で――何かがすぅっ、と冷えていく感触がした。

(こ、この人たちも、結局こうなのか)

優れたものを称賛するふりをして、優れすぎたものは排斥する。

彼の師匠がよく言っていた言葉だ。師匠はそれにうんざりして王都を出たと語っていた。

今彼が聞いているのは、間違いなくそういう意味の言葉。この国が変わり始めているとは思えない、かつての師匠にぶつけられた言葉がこの世代でも飛び出てきたのだ。

だからエルメスは、思わずこぼす。

「……もう、いいかな」

元々、かなり心に負担はかかっていたのだ。

クラスの連中は意地で自分への当たりを一切変えようとしない。昼休みにやってきたわけの分からないAクラス長はひどくくだらない人物で、先の戦いでも自分に都合の良い理屈しか認めようとせず、学ぶ意思もない。

極め付きに、この言葉だ。

ニィナに会え、新たな世界が見えたことは楽しかったが——それを差し引いてもなお、この学園は彼にとって居心地の悪い要素で溢《あふ》れすぎていた。

『——それを。望まない人も、許せない人も、いるんだよ』

ニィナの言葉が思い出される。

あれは、所謂《いわゆる》Aクラスのような『上』にいる人間の、虐げる側の人間のことを指すと思っていた。下克上をされる側の人間だけのことだと。

……でも。

それだけでない、虐げられる側ですらも。己の不幸を他に押し付けることでしか安寧を保たず、己を含め誰も成り上がることを、下克上を、変革を起こすことを望まないのなら。

——何のために、何を変えろと。

「…………」

自分の心のどこかが、どうしようもなく冷え込んでいくのを感じる。

すぐに見限るのはやめようと思ったが——ここまで待ってこれなら、もう十分ではないのだろうか。

「──分かりました」

ひどく乾いた、けれどどこか恐ろしげな響きを感じさせる声。

それを聞いたBクラスの全員が悪寒に身を震わせる中、彼はくるりと背を向けて。

「それでは、お望み通り。学園から──いえ、もう王都から消えるのも悪くないかもしれませんね。……公爵様やカティア様には、悪いことをしてしまいますが」

少なくともあの二人にだけは掛け値なしの味方でいよう。

そう考えて、けれどもう行動を止めることはできず。

完全に興味を失った顔で背中を見せて、躊躇《ためら》うことなく歩き出そうとした──その瞬間。

ふわり、と。

まるで冷え切った心を温めるように。離れていく彼を繋《つな》ぎ止めるように。

エルメスの右手が、温かく柔らかな感触で包まれた。

「──」

振り向くと、そこには。

「……だめ……です……っ」

怯《おび》えながら、恐れながら。けれど放さない、放してはいけないとの確かな意思を込めて。

金髪碧眼《へきがん》の美しい少女──サラが、彼の手を両手で握り、切実な表情をこちらに向けているのだった。

◆

それだけは、許してはならないとサラは思った。

だから、一も二もなく。後も先も考えず、しがみつくように彼の手をとって繋ぎ留める。

……なんて傲慢な行動をしているのだろう、と自己嫌悪する。

わたしなんかが、こんな素晴らしい人の行動に異を唱えることなどあってはならない。

大罪だ、あり得ないことだ、何様のつもりだと己の良心が叫ぶ。

それに、彼はこれまで散々慈悲をくれたではないか。

編入した瞬間から、きっと夢見ていただろう学園生活を裏切られ続けて。上からも下からも、有形無形の悪意に晒《さら》され続けた。

本来なら、すぐに見限ってしまっても仕方がないところを。自分の我儘《わがまま》を聞いて、ここまでずっと保留にしてくれた。十分に、猶予はくれたのだ。

それを裏切ったのも、結局変われなかったのも自分たちで。彼にいよいよ見限られてしまうのも当然。どうしようもない、至極真っ当な判断で——

（でも……っ）

でも、それでも。彼女は。

——おとぎ話のヒーローみたいだと、思ったのだ。

とても優しくて、鮮烈で。己の抱いたものに向かってどこまでも真《ま》っ直《す》ぐに進み。誰に何を言われようとも自分を信じて、突き進むことをやめず。ついにはこの国の歪《ゆが》んだ認識を根底から一つ、ひっくり返してみせた。

そんな、とてもとても強い。自らの力だけで全てを切り開いていける存在が。夢見ていたものを、楽しみにしていたものを。

……こんな形で、終わらせることなどあんまりだ。

――いや、分かっている。どんな言葉で取り繕ったって、結局言っていることは『まだ見捨てないで欲しい』という都合の良すぎる言葉だ。弱い立場から強者に慈悲をねだる浅ましい行為と何も変わらないのかもしれない。

……でも、同時に。何故かどうしようもなく。彼女は、こうも思うのだ。

その先に――彼の未来はない、と。

これも都合の良い妄想かもしれない。彼の未来というものがどんなものかも分からない。何が正しくて何が間違いなのか、今の彼女には判断できないほど頭の中はぐちゃぐちゃで。

それでも……何より彼のために。この手だけは、放しては駄目だと。

そんな、わけの分からない直感のまま。サラは潤んだ瞳で、エルメスを見据える。

◆

「…………サラ様」

自らの手を掴んで引き止める少女の名を、エルメスは呼ぶ。

サラはエルメスの冷えた瞳に怯《ひる》んだ様子を見せつつも、ゆっくりと、丁寧に言葉を紡ぐ。

「……どうか、お考え直しを。アルバートさんの言葉にも確かに問題はあったと思います。でも……その件はわたしからも謝りますし、ちゃんとお話をします。だから、どうか」

「何故貴女《あなた》が謝るのです？　悪いのは貴女ではないでしょうに」

「……クラスメイト、ですから。そしてわたしはBクラスのクラス長です。あなたを繋ぎ止められないことは……わたしにも、責任があります」

正直なところ、あまり理解のできない考え方だった。

エルメスの価値観からすると、究極的に個人は個人だ。何をするにしたって、その責任は善果も悪果も当人に帰結する。

だって、それを突き詰めたものが魔法だ。誰かに影響を受けることはあっても、最終的には自らの内側にある願いを形にする必要があるのだから。

サラが続ける。

「エルメスさん。かつてあなたはわたしに、自らの想《おも》いを信じて良いと言ってくださいました。そのおかげでわたしはここにいます。同じように、他の人にも。クラスメイトたちの想いももう少しだけ、信じてもらうことはできませんか？」

「……以前の件は、貴女に見込みがあると感じたからそう言ったまでです。同じものを、僕は彼らに感じることはできないしするつもりもない。……忌憚《きたん》なく言えば、どうでもいいです」

「っ……」

エルメスの、欠点と言えば欠点なのかもしれない。

彼がカティアやサラにしたこと、感じたものは本当に例外で。

感情の起伏が薄い彼は、他者に共感する能力が極端に低い。共感したいと思うもの以外には、これが基本の対応なのだ。

そんなエルメスの意思を感じ取ったか、サラが言葉を詰まらせて俯《うつむ》く。

……ここで、話を切り上げても良かったのだけれど。

彼女の表情が、あまりに切実で。どうしようもなく真剣だったから——少し、疑問に思って聞いてみることにした。

「逆にお聞きするのですが」

「はい？」

「貴女は、どうしてそこまで彼らを庇《かば》うのですか？　何か事情はあるのでしょうし、貴女が友人を悪く言われることを好まないことも知っています。なのでお気を悪くしたら申し訳ないのですが——僕にとって彼らは、どうしようもない人間にしか見えない」

「！」

「だから知りたいのです。貴女が、そうまでする理由を。理念を」

エルメスの問いに、サラはしばし下を向いて考え込む。

答えに迷っているのではなく、ここが彼を繋ぎ留める分岐点だと理解していたからだ。

そして、彼女は遂《つい》に顔を上げて——告げる。

「……尊敬、しているからだと思います」

「尊敬？」

「はい。貴方《あなた》もそうですし、クラスのみんなもそう。それだけじゃなくて——少し大きすぎる言い方かもしれませんが、人そのものを。ちゃんとした意思と自分だけの物語を持っている人、全てを」

「……」

少し曖昧すぎると思ったか、サラは一息ついて少しだけはにかみつつ、こう続けてきた。

「……アルバートさんは、確かに少し頑固なところがあります。けれど裏を返せばしっかりとした意思を持っていて、その時々で自分のできることを精一杯行う努力家なんです」

「——な」

「ニィナさんは、お調子者で気分屋ですが……その実、譲れないものに関してはすごく芯が通っていて。あと、とっても仲間想いの方です」

「おっとと、照れるねぇ」

「ベアトリクスさんは、要領を得ないことも多いですがちゃんと自分の伝えたいことを全力で言ってくれます。レインさんは無口でも細かい気配りが上手で。カストルさんは
──」

そうして、一つ一つ丁寧に。

サラはお世辞でもなく、心からの言葉で。クラスメイトの長所を全員分挙げていく。その褒め言葉のどれにも、とってつけたようだったり誰かと被《かぶ》っていたりするようなものはなかった。エルメスの知っているクラスメイトの姿も、何一つなかった。

それは、きっと。

上辺だけではない、他の貴族たちのように魔法だけで決めつけてかかったりしない、エルメスのように端的に見限ることも……良くも悪くも、絶対にしない。

きっと入学からの半年間、本当に、一人一人と。真っ直ぐに向き合ってきたからこそ出せる評価だっただろう。

「こんな感じ、です。勿論《もちろん》みんな──とはいかないかもしれませんが、それでも。ちゃんとその人を知るつもりで接すれば、尊敬できるところはたくさん見つかります。……きっと、あなたの思っている以上に」

「──」

そこで、エルメスは理解する。自分とサラとの違い。そして真逆の部分に。

もし他人への印象を、好悪の面だけから定義するとして。

エルメスは初対面の相手に対する印象は『無』だ。好悪どちらにも振れていない、極めてフラットな状態。悪く言えば一切の興味がない状態だ。

一方サラは同条件の場合、最初から『好』に振れた状態で接する。仲良くなりたい、相手を知りたいと思って接し――そして宣言通り尊敬できる部分を多く見つけてくれる。

そして、それを可能にしているのが彼女の、エルメスと真逆の部分。――彼女は、他者に共感する能力が非常に高いのだ。

だからこそ、彼女は。これほどまでに、クラスメイトたちに慕われているのだろう。

「……」

相変わらず、彼女の考えを理解しきれたとは言い難い。

ただ――彼女の、その在り方だけは。そう在れたらいいなと、微《かす》かな憧憬を抱いた。

「エル君」

彼の心が、少し揺らいだのを見計らってか。今度は後方から、ニィナが声をかけてきた。

「正直ね、キミの気持ちもすっごくよく分かるから……ボクはサラちゃんほど熱心に引き止めることはできない。中立って言っちゃったしねぇ――でも」

そう前置きしてから、ニィナはふっとどこか儚《はかな》げな表情を見せて。

「多分その先に行っちゃうと――すごく、寂しいよ。それはきっと、かの『空の魔女』と同じ道だ」

「！」

エルメスがローズの弟子であることを、ニィナが知っているはずはない。

だが——だからこそ。その言葉はエルメスの中に重く響いた。

……そうか、確かにそうだ。

嫌われ、疎まれ、排斥され。見切りを付けた結果関わること自体を諦める。

自分は今、まさしく——師匠と同じ道を辿《たど》るかどうかの場所にいるのだ。

それを、悪いことだとはさほど思わない。

けれど事実、王都を出て、王都の近くで戦っている師匠の横顔に……時折寂しげな色が混じるのを修行時代に何度も見たのだ。

「……エルメスさん。わたしは、あなたのことも尊敬しています。願わくは、同じくわたしの尊敬する人たちと同じ場所で。尊敬する人たちの、良いところを知って貰《もら》いたい。……そして何より。あなたのことももっと知りたいし、知って欲しいんです」

「……」

「だから、何度もごめんなさい。……どうか」

そうして彼女は、両手を合わせて頭を下げる。

それはあたかも、人から外れようとする怪物を祈りで引き戻そうとするかのようで。

「——」

サラとニィナの言葉で、エルメスはある程度の冷静さを取り戻す。

そして考える。……自分は、彼女ほど。クラスメイトたちを『知ろう』としていただろうかと。大まかな背景だけで、全てを一括《ひとくく》りにしてしまってはいなかっただろうかと。

そう考えると……まぁ、確かにと思う部分がなくもない。

……けれど。彼らに――サラとニィナ二人以外のＢクラスの人間に、失望してしまっていることも事実で。

だから、彼は。

「……ちゃんと、その人のことを知るつもりで――か」

サラの言葉の一部を反芻《はんすう》してから、とあることを決心し、確認するために。

前を向いて、こう告げたのだった。

「……サラ様、そしてアルバート様も。お二人だけで――僕を、ある場所に案内していただけませんか？」

◆

アルバート・フォン・イェルクは困惑していた。

自分の言葉に従って、エルメスがこの場から出ていこうとした瞬間、自分たちのクラス長であるサラがそれを引き止めて。

彼女とニィナの説得にしばし黙ったかと思うと、いきなり謎の要請を言い出して。

サラの懇願で仕方なく、彼の要望通り――三人で人目のつかない場所にやってきていた。

一体何をするのかと訝《いぶか》しむアルバートの前で、エルメスは飄々《ひょうひょう》と。

「ではサラ様。この一帯に、『精霊の帳《テウル・ギア》』による結界を張っていただけませんか？」

「え……？」

「魔力の遮断に重点を置く方向の結界でお願いします。お手数をおかけしますが」

更に、謎の要望を告げてきた。

サラは意図を摑《つか》みかねている様子ながらも、彼の言う通り結界を展開する。

よもやこの場で自分を始末するつもりか。いや、だったらサラは呼ばないだろう――そう困惑するアルバートを他所《よそ》に。

エルメスは、魔力を高めて唄《うた》う。

「……【斯《か》くて世界は創造された　無謬《むびゅう》の真理を此処《ここ》に記す
天上天下に区別無く　其《そ》は唯一の奇跡の為《ため》に】

創成魔法――『原初の碑文《エメラルド・タブレット》』」

それは、編入時にも見せた翡翠《ひすい》の文字盤。彼の血統魔法――いや待て。

こいつは今、この魔法のことを……何魔法と言った？

「アルバート様。編入の時に説明したこの魔法の効果、覚えていますか？」

疑問を他所に、エルメスが問いかけてくる。疑念と苛立《いらだ》ちのまま、アルバートは反射的に返答した。

「覚えている。『簡易な多属性魔法操作』だろう！　それが一体どうした――」

「すみません。それ、嘘です」

「――は？」

言葉の意味が一瞬理解できず、困惑するアルバート。同時に別の驚きで目を見開くサラ。

そんな中、エルメスは更に――信じられない詠唱を開始した。

「【集うは南風《ノトス》　裂くは北風《ボレア》　果ての神風無方に至れり】

術式再演――『天魔の四風《アイオロス》』」

「な、に――!?」

ありえない光景が、目の前に広がった。

『原初の碑文《エメラルド・タブレット》』が血統魔法だと言っていたエルメスが、別の血統魔法――よりにもよって自分の魔法を。しかも、明らかに自分より高い威力で展開したのだから。

まさか、サラと同じく二重適性――との咄嗟《とっさ》の推測は、すぐに裏切られる。

更に、信じられない方向性によって。

「僕の魔法は創成魔法、『原初の碑文《エメラルド・タブレット》』。

効果は――『視認した魔法の再現』です。勿論血統魔法も例外ではありません、これも再現によるものです」

しばし、彼の言った意味を受け止め、反芻して。

──そして理解すると同時、あまりの恐ろしさに鳥肌が立った。

「ま……さか。おい、貴様、だとすれば、一体幾つの血統魔法を────！」

「そうですね。現時点では──ざっと二十と少しくらいかと」

化け物。

かつての神童、どころの話ではない。落ちぶれてなどいない。

彼は貴族家を追放された結果──貴族の常識を超える怪物になって帰ってきていたのだ。

あまりの衝撃に、驚きの方は麻痺《まひ》してしまったのか。

次にアルバートの中に浮かんだのは……疑問だった。

「──何故《なぜ》、それを俺に教える⁉」

「……」

「絶対に隠すべきものだろう！　ならば何故俺に！　俺がこのことを他に触れ回らないとでも思っているのか⁉」

至極真っ当な問いに、エルメスは数瞬の沈黙を挟んで答える。

「……知りたかったからです」

「知りたい、だと？」

「はい。貴方が──この魔法を見てどう思うか。どのような感想を抱いて、何をしようとするのか」

そう言って、彼は魔法に視線を誘導する。

『天魔の四風《アイオロス》』。伯爵家クラスの血統魔法。かつてエルメスが別のルートから再現に成功した、アルバートの血統魔法。

「どう思っていただいても構いません。別にばらしたいならばらしてもいいです。——その場合は今度こそ遠慮なく、王都を出て行くだけですので」

言われてアルバートはもう一度、その魔法を観察した。

明らかに、アルバートの扱うそれよりも遥《はる》かに洗練されており、同じ魔法でも桁違いの性能を持っていることが一目で分かる。

しかも彼の言葉が嘘《うそ》でないのなら、エルメスはそれに加えてまた別の血統魔法をいくつも扱えるのだ。

——あまりにも、規格外すぎる。

こんなもの、許してはいけない。学園どころではない、放っておけば貴族界全てを揺るがしかねない存在だ。

……ならば、彼の宣言通り王都を出て行ってもらう方が良いだろう。

言葉通り言って回り、異分子として彼を追い出す。そうすれば王都は今まで通り平和で、これまで通り自分たちが役割を粛々と受け入れるだけで、この国は問題なく回っていく。

そう、下手に夢を見ても、反抗してもろくなことにはならないのだ。

ならば向こうの言う通り、王都を乱しかねない異端分子はさっさと追い出して。今まで通りの生活を守る。それこそが、貴族の責務で。

この学園で学んだ、自分たちの、やるべき、ことで——

(——違うッッ!!)

それは。

微かに、でも確実に。アルバートの中に残っていた原初の想《おも》いだった。

そうだ。貴族の責務や学園の安定だの、そんなことは今考えるべきことではない。

今考えるべきは、見るべきは——

——思い出せ。この魔法をおいて、他にないだろう。

この学園に来る前よりもっと昔、自分の中で生まれた始まりの想い。責務だの何だのを考えなかった、本当に純粋な、自分の中の魔法が発現した時に生まれた意思。

それは——

(この魔法を、もっと高めたい。それだけが、俺の願いだったはずだ!)

ならばほら、見ろ。目の前に展開されている『天魔の四風《アイオロス》』。自分のそれより遥かに優

れた、けれど同じ魔法。つまり。

——自分の魔法の目指す先。絶好のお手本が、目の前にあるんだぞ。

ならば貴族ではなく、魔法使いとして。やることは一つだろう!

「…………一つ聞かせろ、エルメス」

長い沈黙の後、アルバートは声を発した。意図してかせずか、初めてエルメスの名を呼んで。

「――俺にも、同じことはできるか?」

その問いに、エルメスは目を見開く。

彼が期待していた、けれど本当に来るとは思わなかった問いを、違わずに受けて。

「……いいえ」

故に、エルメスも答える。

「貴方《あなた》は、これ以上のことができます」

「!」

「血統魔法としてこの魔法を受け継いだ貴方は、僕のように他の魔法は扱えません。

――でも、この『天魔の四風《アイオロス》』に限ってならば、僕よりも――誰よりも自由に、強力に扱える。血統魔法はそういうものと、僕は先日教わりました」

エルメスから返ってきたのは、アルバートの期待をも上回る回答。それを受けて、彼の中で血が騒ぐ。心臓が痛いくらいに脈打ち、久しく感じていなかった高揚が全身を包む。

……ああ、業腹だが。これまで蔑んでいた相手にこんなことをするなど無様極まりないし、彼に対してもこの上なく失礼なのだろうが。

それでも。この高揚に比べれば――そんなものは、欠片《かけら》の躊躇《ためら》う理由にもなりはしない。

それに、だ。

彼は今、歩み寄った。サラの説得によって己の流儀の一部を曲げて、胸襟を開いて己の秘中の秘を見せた。

ああ、今なら分かる。きっとこの男はここまで、幾度も自分たちに失望してきただろう。これほどの力を持って、それを手に入れるための道のりを歩んできた彼にとって自分たちなど、取るに足りない存在に思うのが当然だ。あの態度も、至極真っ当な反応だった。

なのに、それほどに失望し、見限ろうとして尚《なお》、今。ここまでしてくれて。

それで、何もしなければ——いよいよ自分たちは、堕《お》ちるところまで堕ちてしまう。

……嫌だ、と思った。

ちっぽけだけど、くだらないけれど、見栄《みえ》と絶望に塗りつぶされてしまう程度のものかもしれないけれど、それでも。

——本物の、『誇り』というものが。自分の中にもあると、信じたいのだ。

故に、アルバートは。

「——頼む」

頭を、下げた。

平民の彼に。かつて追放された彼に。貴族の常識では落ちこぼれだったはずの、エルメスに。

「あんなことを言っておいて虫の良い話だとは分かっている。お前を追い出そうとした張本人がこんなことをするなんて馬鹿げていることも！

――だが！　俺は、もっと魔法使いとして先に行きたい！　目標を諦めたくない、家族の期待にも応えたいのだ！　だからどうか――そこまで魔法を高めるやり方を、鍛え方を、教えてくれ……ッ」

「――」

あまりにも真《ま》っ直《す》ぐな言葉。

それを受けたエルメスは、しばし放心したかと思うと。

「……しっかりとした意思を持っていて、努力家、か。――なるほど、その通りだ」

そう言って、結界を張り続けている少女の方を向く。

「サラ様」

「は、はい!?」

「謝罪と、感謝を。……なるほど、どうやら知る努力が足りないのは僕の方だったようです」

……正直、色々と蔑まれた恨みはまだ残っていないこともないけれど、それでも。

自分よりも、遥かに優れた魔法使いを目の当たりにして。否定するでもなく、排斥するでもなく。――教わりたいと、学びたいと、純粋に思える人間がまだいるのならば。

確かに、見切りをつけるにはもう少しだけ、早かったのかもしれない。

エルメスは、再度アルバートに向き直って告げる。

「条件が二つあります」

「な、なんだ？」

「一つ、僕の魔法の内容を漏らさないこと。そして二つ——絶対に、音を上げないこと。そうすれば、すぐには難しいかもしれませんが……いずれは必ず、僕以上にこの魔法を使いこなせるようにしてみせると約束しましょう」

「ッ！」

一切の躊躇《ちゅうちょ》なく、アルバートが頷《うなず》いた。

——瞬間、音がした。

現実のものではない、むしろ結界の中は隔絶された静寂に包まれている。

……しかし、その瞬間、この場の全員が確かに聞いた。

繋《つな》ぎ留めた少女と、歩み寄った少年と、取り戻した少年の三人が始まりとなる——変革の火が、灯《とも》る音を。

こうして。ある意味、ようやく。

この学園を変えるための第一歩が、踏み出されたのであった。

◆

そこから数日は、最初の二日と比べれば波乱のない、平和な日々が続いた。

Bクラスにおけるエルメスに対する扱いは、彼を蔑んでいた筆頭だったアルバートがあの日以降奇妙に沈黙しており。そのため他のクラスメイトもどう扱っていいか分からず、相変わらず浮いてはいるものの露骨な侮蔑はなくなっている状態だ。

数日間は、Aクラスとの魔法演習もなく。ある意味で粛々と、安定した日常が続き。

――けれど、この学園。そしてエルメスという存在がいる以上、それで済むはずもなく。


週明けの初日。

エルメスはとある用事で、サラについていく形で廊下を歩いていた。

先を歩く彼女の顔に浮かぶのは、緊張の一色。それもそうだろうと思いながら後を追い、とある扉の前に立って。一つ深呼吸をしてから――扉を、開け放った。

「――やぁ、Bクラスの諸君」

出迎えたのは、無駄に爽やかな声色。

以前のことなどなかったかのように、表面上はにこやかな笑みを浮かべて。

けれどサラに向ける目線は執着を、エルメスに向ける目線は憎悪を感じさせる。

そんな男子生徒――クライド・フォン・ヘルムートは、後ろにカティアを伴った状態で場を支配するように手を広げ。

「それでは始めよう。――来たる学園祭に向けた、クラス代表者会議をね！」

……そういうわけだ。

時折話にも出ていたが、この魔法学園では来月に学園祭が開かれる。仮にも貴族子弟の晴れ舞台なので、比較的多くの、しかも立場の高い人間が訪れる一大行事だ。

そしてこの学園では通例として、学年単位で出し物を行なっている。

故にその出し物の内容を詰めるために、両クラスのクラス長と学園祭代表者を加えた計四人での話し合いが開かれたのである。

ちなみに、何故《なぜ》そんな場に編入一週間程度のエルメスがいるのかと言うと。答えは単純、他に誰もやりたがらなかったからである。

それもそうだ。……考えてもみて欲しい、学園祭代表者になればこの会議に参加できる、つまり自分の意見を通すことができる――

――わけでは、断じてないのだ。少なくともBクラスにおいては。

だってこの学園で。学年単位――つまりAクラスとBクラスが合同で出し物をする上で。Bクラスの意見など、受け入れてもらえるはずがないだろう。

実際過去においても、基本的にこの手の出し物はAクラスの提案そのままになり、Bクラスはその下準備等の手伝いを一方的に押し付けられるのがある種の慣例となっている。

そんな会議に参加し、しかもAクラスの嘲弄を真っ向から受ける役割など誰もやりたくはないだろう。よってエルメスにその役目が——押し付けられたというわけである。

「……しかし、あれだね」

以上の理由からここにいるエルメスに、クライドが嘲りを隠さない視線を向けてくる。

「Bクラスの人を見る目は大丈夫かい？　こんな編入したばかりの得体の知れない人間を代表者に据えるだなんて。これでは何が起こるか分からない、そもそも同行させられるサラ嬢が可哀想《かわいそう》だ」

「……」

「サラ嬢、ご安心を。自分勝手な意見には惑わされず、僕と貴女《あなた》の二人で有意義な話し合いをしていきましょう」

サラに向けてのみ、にこやかな表情を浮かべるクライドだが——よもやこの男、以前の昼休みの件でサラが言った言葉を覚えていないのだろうか。

「……四人で、です。わたしはエルメスさんも、カティア様も信頼しています」

控えめにしっかりと返答するサラにクライドは不機嫌そうな表情を浮かべ、更に何事かを言おうとするが。

「——クライド、早く始めなさい。会議の時間も無限じゃないのよ」

見かねたカティアが口を挟み。クライドはそれを受けて気分悪そうにため息をついた。

……そうしたいのはこちらなのだが。

「……まぁいいさ、始めよう。——それじゃあ僕の提案だ」

彼はある意味驚くべきことにすぐ気を取り直すと、宣言通り会議を始め、すぐに自分の提案を告げる。

まるでその案が通ると疑っていないかのように。いや、実際そうなのだろう。

「僕は常々、AクラスとBクラスはもっとお互い交流するべきだと思っていてね。謙虚にお互いを思いやり、尊重し合ってこそ良好な関係を築けると思うんだ」

「……」

例によって微妙に的の外れたところから始まるが、そこを指摘すると面倒になると分かっているので今は大人しく聞き流す。

「そしてここは魔法学園。やはり出し物は魔法に関連するものにするべきだろう。そこで僕は考えた、学園祭に来てくださる方に我々の研鑽《けんさん》の成果を見せ、かつAクラスとBクラスがより密接に交流できる案を。すなわち――！」

そしてようやく本題に入ると、クライドは自信満々に、その案の内容を告げてきた。

「――Aクラス対Bクラスの集団魔法戦だ。どうだい？」

「……」

そうきたか、と思った。

あまり嬉《うれ》しくない話だが、クライドがこの案を考えるまで至った経緯は大凡《おおよそ》見当がついてしまった。

多分クライドは今、先日の合同魔法演習の一件が響いてクラス内での信頼を失いつつあるのだろう。

今回の提案は、その補塡。クラスメイトに良い気分を味わわせて信頼を取り戻す。……詰まるところご機嫌取りだ。

大勢の貴族たちが観《み》に来る大舞台で、自らの魔法を存分に発揮してBクラスの魔法使いたちを叩《たた》きのめす――なるほど、Aクラスの連中にとってはこの上ない快感、自己承認欲求を満たすには持って来いの場所だろう。

それに、とエルメスはクライドを見やる。

彼の顔に浮かぶのは自信と、確かなエルメスに対する敵意と愉悦。

――集団戦なら、他のクラスメイトたちと協力してエルメスを潰せる、と言う本音が透けて見えていた。

それを踏まえた上で、エルメスが問いかける。

「……何故集団戦なのでしょう。一対一を繰り返す案はないのですか？」

「それでは見応えがないよ。あくまで出し物だ、観に来ている方々を楽しませるものにしなければ」

「クラス対抗である理由は？　実力を合わせての混成チームでは駄目なのでしょうか」

「クラス間の団結が深まらないではないか！　クラス内で力を合わせて、クラス間で正々堂々戦う。これでこそ正しい交流ができると言うものさ！」

流石《さすが》にこれくらいの質問は予期していたか、すらすらと予《あらかじ》め用意しておいた回答を並べ立てるクライド。

「そもそも従者くん、どうして混成チームなんて案が出てくるんだい。……まさか、普通にやったら絶対にBクラスが負けるとでも考えているのかい？　クラスメイトの実力を信じることもできないいんだね、なんて嘆かわしい！」

……よくもまぁこんな白々しい台詞《せりふ》を吐けるものだ。誰よりもBクラスの敗北を疑っていないのは他でもないお前だろうに。

だが。

「エル」

そこで、これまで後ろで見守っていたカティアがエルメスに向かって声をかける。

何か自分に不都合なことを言われるかと思ったクライドが声をあげて静止しようとするが──

「カティア嬢！　最終決定権は僕にある、あまり場をかき乱す──」

「黙ってなさい。エル──気付いてる？」

一言で黙らせると、彼女は端的に確認してきた。

その意味を正確に把握して、エルメスも頷く。ええ、気付いていますと。

──これは、チャンスだ。

なるほど、確かにクライドの提案は見事なものだ。Aクラスでの信頼を取り戻し、エルメスに対する私怨も晴らせるまさしく一石二鳥の案だろう。

だが、あくまでそれは。

絶対にAクラスが勝つ、という前提の下での話に過ぎない。

故に、これはチャンス。

この学園に蔓延《はびこ》る固定観念を打ち壊す好機であり、エルメスのこの学園を見限らない判断が正しかったのか確かめる機会。

彼は、合同魔法演習等を通しての魔法や技量の分析。そしてこれまでの経験から、こう予測している。

もし、彼の所属するBクラスが、以前のアルバートのように考えを変えることができたのなら。真摯に、魔法を学ぶ姿勢を取り戻すことができたのなら。

――Aクラスの勝利は、必ずしも絶対のものではない。彼らの努力次第では、ひっくり返せるものだと。

だから彼は、まず隣のサラに確認を取る。エルメスをよく知る彼女も、彼の考えに行き着いたのだろう。あなたができると思うのなら、と頷いてくれたので。

「……分かりました。貴方《あなた》の提案でいきましょうか」

決意と期待を胸に、エルメスはクライドにそう返答し。

ここに学園祭の出し物――Aクラス対Bクラスの魔法対抗戦が、決定したのだった。

第四章　正しい魔法の学び方

「というわけで、学園祭での一学年の出し物は——Aクラス対Bクラスの対抗戦に決定しました」

会議の後の、ホームルームにて。

一応は代表者となっているエルメスが壇上で発した言葉に、Bクラス全体がざわめいた。

そして、瞬時に気付く。

ああ——どうやら今年の学園祭。自分たちは、公開処刑の見世物にされるんだと。

子爵男爵家が集まった自分たちと、それ以上の家格の子弟が集まったAクラス。この国の性質上、その差は魔法の差となって現れる。

自分たちがどう足掻《あが》いても勝ち目がないことは、もう以前の魔法演習、そしてそれより前の学園での扱いで、嫌と言うほど思い知ってしまっていた。

だからBクラスのほとんど全員が、その運命を逆らう気力もなく受け入れようとして。

「——なので」

故に。

「どうやって、勝つか。今からそれを説明させていただきたいのですが、よろしいでしょうか」

続いて彼から放たれた、その一言に。

クラスのほぼ全員が、耳を疑った。

「……待て、エルメス」

声を発したのは、アルバート・フォン・イェルク。編入時点から常に彼に突っかかっていたこの生徒が、今回も真っ先に声を上げた。

それを聞いて、他の生徒たちも安心する。ああ、またアルバートが物申してくれた。流石に今回ばかりは編入生の言い分に無茶がある。きっと止めてくれるだろう。

もううんざりだ。これ以上この学園を掻《か》き乱さないでくれ。そもそもどうして出ていかない。等々、エルメスへの敵愾心《てきがいしん》とアルバートへの期待を込めて二人のやり取りを見守る。

それを知ってか知らずか、アルバートは真剣な顔でエルメスに問いかける。

「聞き間違いでなければ——どうやって勝つか、と今言ったのか？」

「ええ」

「勝ち目があると、お前は思うのか？　このBクラスが、あのAクラスを相手にして」

「それを、今から説明しようと思います」

「……」

淀《よど》みない返答に、アルバートがしばし黙ってから。

「……分かった。続けろ」

ぎょっとする生徒を他所《よそ》に着席し、言葉通り視線で続きを促す。

「では。まずBクラスの――」

「ま、待てっ！」

それに従って続きを話そうとしたが、またもや別方向からの声で止められる。

立ち上がったのは、アルバートとは別の男子生徒。彼は驚きと、焦りと、少しの敵意を含んだ視線でエルメスを睨《にら》みつけて告げる。

「勝つ、だって？　ふざけるのも大概にしろ、そんなことできっこない！」

「まだ何も話していないのですが、何故《なぜ》そう思うので？」

「っ、うるさい！　そもそもお前はなんだ、編入してきたばかりの分際でそんなにしゃしゃり出てきて！　もういい加減変なことをするのはやめてくれないか！」

「……」

以前、アルバートに言われたことと同じような台詞。

しかし、それ故に今度はエルメスもその言葉を冷静に受け止めて。

「……逆に聞きたいのですが」

落ち着いて、疑問を返す。

「どうして、こちらの話をそこまで頑《かたく》なに聞こうとしないのですか？」

「っ！」

「そもそも、Aクラスと戦うことは既に確定事項。そして今のまま戦ったなら確実に敗北するのは貴方がたもお察しの通り。……なら、真偽はともかく『勝つ手段がある』とのこちらの言葉、耳を傾けるくらいはしても良いと思うのですが」

「そ、それは――」

「――あー、っとね、エル君」

言葉に詰まる男子生徒に代わり、返答したのは教室右奥に座る女生徒、ニィナだ。

「あんまり言いたくないんだけど、ボクは想像つくから代わりに答えるよ。

――頑張りたくないのさ、彼らは」

「……え」

彼女の容赦ない言葉に、当の男子生徒だけではない。他の幾人かの生徒も、歯軋《はぎし》りをしたり俯《うつむ》いたりと、心当たりがあるような反応を返した。

「だってどうせ勝てっこない。なら、そのために無駄な努力をしたくない。頑張って負けるより、何もしないで負けて少しでも言い訳の余地を残したい。仕方ないって言いたい」

「……」

「うん、唾棄していいよ。……ボクはBクラスのみんなが前期にされてきた仕打ちを知ってるから多少は同情できるけど、キミはそれを知らないもん」

「……それが、悪いって言うのか」

ニィナの言葉を受けて、当の男子生徒が絞り出すように告げる。

「お前たちはな、違うんだよ！　もうみんな分かってるさ、そこの平民が化け物ってことは、本来ならBクラスにいるような人間じゃないってことは！

選ばれた人間なんだよ、僕らとは違って！　だからそんなことが言えるんだ、負けたことがないからそんな――」

「へぇ。負けたことがない？　エル君が？」

「ッ！」

その言葉は聞き逃せないとばかりに、ニィナが静かな怒気を漂わせて告げる。

「最初の演習。ボクとエル君のやりとりを見てまだそう思うんだったら――流石に、ボクも軽蔑するよ」

そう、彼らはもう見ているはずだ。

エルメスが挑戦を恐れないのは、敗北を知らないからではない。敗北に伴う経験値を糧とし、その悔しさを受け止めて進むことができる人間だからだと。彼らが失ってしまったものを未《いま》だ持っているからだと。

「……わたしは、羨ましいと思いました」

再度黙り込む男子生徒に、別方向から訴えかけるような声が響いた。

声を発したサラは、切実な表情で続ける。

「エルメスさんとニィナさんの戦いを見て――綺麗《きれい》だな、と。すごいなと、ああなれたらいいなと思いました。……他の皆さんも、多かれ少なかれ、そう思ってくださったのではないでしょうか」

あの場のクラスの様子を最も客観的に外側から見ていた彼女だからこそ、ほぼ確信に近い響きでその言葉を告げられる。

事実そうだ。あの瞬間確実に、全員があの光景に魅入られていた。

その瞬間に憧憬の感情を欠片《かけら》も抱かなかったものは——きっと、一人もいない。

「……ごめんなさい。エルメスさんを引き止めたのは、わたしの我儘《わがまま》です。彼に文句があるのならば、まずわたしが受け止めます。

その上で、彼はわたしたちに歩み寄ってくれました。……だから今度は、皆さんの方が彼に歩み寄っては、くれないでしょうか」

彼女の言葉に。クラス全体に、沈黙が満ちた。

……他の人間が同じ言葉を言ったのならば、ふざけるなと一蹴できたかもしれない。けれど、他でもないサラなのだ。

入学時から二重適性の天才だ、聖女だと騒がれても。高貴な人間に声をかけられ、第二王子に見初められても決して驕《おご》ることなく。落ちこぼれである自分たち一人一人に寄り添って支えてくれていた彼女の、真剣な懇願。

自分たちがどうしようもないと理解していても。あらゆる恥辱と抑圧を受け続け、捌《は》け口《ぐち》を求めるしかなくても。それでも、そんな彼女の願いだけは。

無下にできるほど——彼らは、恥知らずではあれなかった。

クラスを代表する人物に説得され、視線と注目がこちらに戻る。

それをエルメスは感知すると、数秒何を言うか考えて——とある人物に、声を掛ける。

「アルバート様」

「……なんだ？」

「いつものを、お願いします」

「!?　こ、ここでか？」

「ええ。ご安心を、うまく流すので」

エルメスの要請に困惑しつつも、アルバートは意外なほど素直に頷《うなず》いて。

そして——魔力を高め、詠唱を開始した。

【集うは南風《ノトス》　裂くは北風《ボレア》　果ての神風無方に至れり】

血統魔法——『天魔の四風《アイオロス》』！」

まさかの、教室内での血統魔法の発動。驚きに目を見開く生徒たちを他所に——アルバートは、容赦なく風の砲弾をエルメスに向けて撃ち放った。

「ッ！」

仮にも血統魔法、凄《すさ》まじい威力の一撃がエルメスに迫る。

けれど彼は冷静にまず光の壁で受け止める。威力の差で壁はあっさりと割れるが、減衰した一撃を腕を交差させてのバックステップと同時に受け、弾《はじ》き飛ばされる勢いに逆らわず空中で一回転、すたりと地面に降り立つ。

痺《しび》れが残る様子で両腕を振りながら、彼は微《かす》かな驚きと共に告げる。

「——お見事。また少し威力が上昇しましたね」

「……ほざけ。あっさり汎用魔法で受け切っておいてよく言う」

クラスメイトたちは呆然《ぼうぜん》としていた。

血統魔法を平然と捌《さば》いたエルメスもそうだが——驚きが強いのはアルバートの方。

彼の魔法は——あれほどまでに強かったか？

その答えは、エルメスの口から更なる衝撃と共に放たれた。

「アルバート様には数日前より、僕が考案した訓練を受けてもらっています」

クラスが再度の驚きに包まれた。

エルメスの言い分が信じられないことは納得できる。ならばまずは——信じるに足る証拠を見せるべき、そう判断しての今の演目だ。恐らく、思った以上に効果はあったようだ。

話に多少の信憑性《しんぴょうせい》を持たせたところで、彼は続ける。

「さて。恐らく僕に対する心理的な面はニィナ様やサラ様の方が詳しいでしょうから——僕からは、一つだけ」

そして、教室内をざっと一瞥《いちべつ》して。

「——悔しいとは、思わないんですか？」

ただ、一言。

されどどうしようもなく心を抉《えぐ》る、一言だった。

「高い志を持ち、意気揚々とこの学園に入ったにも拘《かか》わらず。学園全てから虐げられて、諦めることを強要される。申し訳ございませんが僕は一週間でうんざりしました。これを半年耐えた貴方《あなた》たちの耐久力だけは賞賛に値します」

微妙に煽《あお》っているような言葉を続けてから、けれど、と彼は言葉を区切って。

「諦め切ってしまったと、僕は思いたくない。僕が王都に来て、残った意味はあるのだと信じたい。……師匠がいた時と比べて、この国は変わり始めているのだと思いたい」

ある意味で初めてかもしれない、彼の本心を告げてからもう一度確認する。

「故に、改めて聞きます。——悔しいとは、思わないんですか」

「——思わないわけがないだろうッ‼」

即座に答えたのは、先ほどエルメスに突っかかった男子生徒。

「黙っていれば好き勝手！ こんな仕打ちを受けて何も思わなければもう人ではない！」

「そうよ！ うんざりしているのが貴方だけだとでも⁉」

「こちらにも誇りが、意地があるのだ！ 俺たちのことなど何も知らないくせに！」

「……そうですね。だから今から知っていこうと思いますよ」

次々と放たれる意思の言葉を受けて、彼は呟《つぶや》く。

——それは確かな、彼の変化だった。

極端に親しい者以外は無関心の線を引いていた、彼の歩み寄りだった。

「あなた方がそう思っているなら、もう一度。今度はもっと直接的に言いますね？」

それを自覚した上で、改めてエルメスは。

「——Aクラスの連中に一撃かますチャンスを差し上げます。それを望むなら、話を聞いてください」

返答は、沈黙という名の肯定。

それを見て、エルメスは安心した。……ああ、この人たちは。危ないところだったけど、見捨てるところだったくらいにはぎりぎりだったけど。

けれどまだ、あの貴族連中のようにはなりきっていない。

全てを受け入れ、意思を持たず。まさしく人でなくなってしまった何かではない。

願いと想《おも》いを持つ――魔法使いの資格ある存在だと。

「……では、改めて」

その感慨もそこそこに、エルメスは息を吸って。

「僭越《せんえつ》ながら、学園らしく。――『講義』を、始めさせていただきます」

◆

ほぼ同刻、Aクラスにて。

「――というわけで僕たちの出し物は、Aクラス対Bクラスの魔法対抗戦に決定した！」

壇上にクラス長クライドの声が響き、学園祭の演目が知らされた。

ちなみに、本来ならば学園祭クラス代表者であるカティアが説明するべき事柄であるのだが、当然のように彼はその役割をカティアから奪い取っていた。

そんな彼の言葉を聞いて、クラス中にざわめきが広がる。クライドはクラスメイトの反応に対し満足そうに頷くと、解説を続けた。

「今君たちが想像している通りだよ。細かいルールは追い追い決めていくが——そう、学園祭という晴れ舞台、多くの貴族の方々が観に来られるその前で、Aクラス対Bクラスの戦いだ。つまり、君たちの血統魔法を大々的に披露できるというわけだ！」

クライドはあえて言及しなかったが、するまでもなくクラスのほとんどが気付いていた。

そう、つまり、多くの貴族の方々の眼前で、自分たちの魔法を使って——Bクラスの連中を徹底的に嬲れるんだ、と。

それは、どれほどの愉悦だろう。素晴らしい機会を与えてくれた。そう考えてクラスメイトたちは、合同魔法演習で若干失いかけていたクラス長への信頼を再び募らせ始める。

感情の流れを実感しているのだろう。クライドはより笑みを深めてから、けれど少し真剣な表情を見せて。

「——しかし、懸念もある」

クラスが再度ざわついた。

「それは、この戦いが団体戦だということだ。いくら相手がBクラスでも、向こうだって血統魔法の使い手だ。流石《さすが》の君たちも四、五人に囲まれて集中的に攻撃されれば或《ある》いはやられてしまうこともあるかもしれない」

確かに、と頷くクラスメイトを見回すと、今度は安心させるように微笑《ほほえ》んで。

「でも、恐れる必要はない。――そのために、僕がいる。向こうは恐らく力で劣る分智《ち》略《りゃく》を巡らせてくる、その点は僕の智略で対抗しよう。僕は血統魔法を使えない分、その点で役に立たなければね。選ばれた君たちを、僕が導く。そうして磐石《ばんじゃく》の姿勢で、このクラスは勝利できるだろう！」

おお、とクラスの中がどよめいて。

「さあ、見せてあげようじゃないか。アスター殿下の持っていた個の強さとは違う、僕が考えている協力し合う強さというものを！　皆で力を合わせる、新しい貴族の在り方をこの国に示すときだ、僕たちがその始まりとなるんだよ！」

（……よくもまあ、あそこまで口が回るものね）

そんな、出来の悪い三文芝居のような大演説を、教室の隅でカティアは聞いていた。

クライドは何やらこのクラスを導くだの何だの言っているが、彼に指揮の経験があるかどうかは極めて怪しい。そもそも彼は前期第二王子の取り巻きだったのだ、そういった機会は恐らく全てアスターに譲っていただろうし。

故に彼の言葉は、少々悪意を持って解釈するなら――『自分は血統魔法を使えないから指揮官の席に立たせろ、そうすれば手柄の大部分は僕のものにできる』辺りだろうか。多分彼の性格を考慮するとそう外れていないと思う。

それを言葉だけは巧みに誤魔化す彼も彼だし、鵜呑《うの》みにするクラスメイトもクラスメイトだ。くだらない、と再度嘆息すると。そんなカティアの様子を見かねたのか、クライドが声をかけてきた。

「──カティア嬢」

「……何かしら」

「どうしたんだい、ため息なんてついて。困るよ、今は学園祭に向けてクラス全体が一つになるべき時だ。公爵令嬢だからといって我儘な行動は慎んで、ちゃんと協力してくれないかな？ それではアスター殿下と同じだよ」

そういうものは、強要する類《たぐい》ではないと思うのだが。そう言おうとしたカティアだったがそれより早く。

「それとも何だい、まさか古巣のBクラスを気にして本気を出せそうにないだとか？ そう言えばBクラスには君がやけに信頼している従者くんもいたからね。よもや彼らに忖度《そんたく》する、もしくはAクラスを裏切るなんて真似《まね》は──」

「するわけがないでしょう」

クライドが寝ぼけたことを言ってきたので、一言で切って捨てた。

「勝負をすること自体に、私も異存はない。そうなった以上、手を抜くようなことはBクラスに対する侮辱よ。そうでしょう？」

本心も言葉通りだ。

多分、Bクラスは何かしら仕掛けてくるだろう。そしてエルメスを焚《た》きつけた以上、カティアもBクラスの勝利を望んでいることも否定しない。

だから、手を抜かないのだ。

もし、彼女の期待通りBクラスが下剋上《げこくじょう》を起こしたとして。

その時に――『カティアが本気を出さなかったせいで負けた』だなんてくだらない言い訳の余地を一切残さないために。完膚なきまでにAクラスの敗北を突きつけるためにも、カティアは手を抜かない。抜けるわけがない。

そんな思惑はともあれ、意思自体は伝わったのか。

「……ふ、ふん。分かっているならいいんだよ」

クライドはカティアの眼光に怯《ひる》みつつも、不機嫌そうに返事をする。

（……さて）

そんな彼から早々に興味を外しつつ、彼女は当の相手クラスに思考を飛ばす。

（こっちはこんな感じだけれど……Bクラスは今、どんなことを話しているのかしらね）

◆

「考慮すべきは、この戦いが団体戦だと言うことです」

奇《く》しくも、ほぼ同じ時刻。

クライドと同様にエルメスも壇上で、クライドと同じようなことを口にしていた。

「故に、個々の勝敗に頓着する必要はない。誰かが倒されても、そこをまた別の誰かが倒せれば良い。最後に戦場に立っている人数が多ければ良いのだから、戦術を駆使し、数的有利を作って連携し、時には自らを捨ててでもクラス全体の勝利に貢献すべき――」

だが、そこでエルメスは言葉を区切って。

「――なんて馬鹿げた考えは、今すぐ捨ててください」

クラス全体が静かな驚愕《きようがく》に包まれた。

「言っておきますが、僕はこの戦いを団体戦――集団戦だと認識していません。三十人対三十人ではなく、一対一が、た、ま、た、ま、同じ場所で三十回発生するだけ。そう思っていますし、皆さんもそう思っていただいた方が良いと考えます」

「ど、どういう……こと、ですか？」

疑問を呈したのはサラだ。

ある意味、彼女の在り方とは真っ向から反発する考え方だからだろう。彼女が一番驚くのも当然だとその疑問を受け、エルメスは回答する。

「そもそも、集団戦が威力を発揮する状況。つまり連携が有効な状況、条件というものはいくつかあるのですが――

――その一つは、『扱う力が同じ』ということです」

「扱う、力？」

「はい。例えば武器をとっての戦いであれば装備の統一、魔法使いであれば魔法の統一です。そうであれば個々の差は少なく、最適な行動というものはある程度固定されてくる。故に味方の行動は比較的予測しやすく、合わせることも容易《たやす》い。よって連携の効果も簡単に発揮できる。でも――」

「……あ」

ここまで言えば、彼女は気づいただろう。彼女だけでなく、教室のいくつかでも声が上がる。

「そう。血統魔法はそうじゃない」

「……です、ね」

「個々によって威力も射程も、属性も性質も全く違う。そんな魔法の使い手が集まったところで、即席で高度な連携なんてものはどうあっても取れるわけがないんです。勿論《もちろん》、じっくりと時間をかけてお互いの魔法を把握し、連携力を育んできたというなら話は別ですが――多分、そういうことはしてきてませんよね？」

ある意味では研鑽《けんさん》の不足を咎《とが》めるような言葉に、クラス全体が俯《うつむ》く。

「ご安心を、責めるつもりはないです。むしろ――その方が今後やりやすい」

なので軽くフォローを入れておいて、彼は続けた。

「ということです。この状況、学園祭まで二週間という限られた時間の中では、連携力を鍛えるより個々の能力の上昇を重視した方が遥《はる》かに効率的なんです。むしろ誰かの存在ありきの考え方は、『自分が負けても構わない』という甘えを引き起こす点でデメリットでしかありません」

「……」

「もうお分かりですね。――『みんなで一緒に』『協力し合う』『力を合わせて』なんて考えは、耳触りが良いだけの戯言《たわごと》でしかないんですよ。少なくとも、この戦いにおいては」

あまりにもシビア。

けれど現実的な、きちんと理論立てて地に足のついた考え方だ。故に説得力が段違いの理屈を告げてから、彼は結論を述べる。

「よってここからの二週間、策略や戦術と言ったことは一切仕込みません。この時間、僕はただひたすら――皆さんの個の能力を限界まで鍛え上げる。そのことだけに注力します。具体的な手段については後々話しますが――効果のほどは、先ほどのアルバート様の魔法を見ていたなら多少は実感していただけるかと」

クラスメイトたちが、心中で納得と期待……けれど、それでも一抹の不安を抱く。

そんな不安を代表するように、今度は当のアルバートが声を上げた。

「……エルメス」

「なんでしょう？」

「業腹だが、お前の手によって俺の魔法は強くなった。その点については感謝する」

「光栄です。業腹は余計ですが」

「だが、それでもだ。……本当に、このまま鍛えていって勝てるのか？　Aクラスの、桁違いの血統魔法を持つ連中を相手に」

「……良い質問です」

　Bクラスの全員の不安。これまで散々、合同魔法演習で格の違いを見せつけられたが故の不安。それをもっともなことだとエルメスは肯定し、まずは結論から告げた。

「はっきり言いますが――難しいかと。仰《おっしゃ》る通り向こうの血統魔法、その性能は本物ですから」

「なッ！　それでは――！」

「落ち着いてください。判断は最後まで話を聞いてからで」

　ざわめくクラスメイト、思わず席を立つアルバートに対してまずは冷静になることを要請する。しばしの時間を置いて静まったことを確認して、彼は続けた。

「まず、難しいというだけで決して不可能なわけではありません。向こうの血統魔法は強力です。けれど術者の隙や魔法の相性、それらで勝率はいくらでも変動します。……そして、その勝率を可能な限り高めるのが僕の仕事だ。具体的に言うと――」

　そしてエルメスはついに、このクラスを勝利に導く最重要の作戦を言い放った。

「――皆さんには、『特定の相手を倒すこと』だけに特化してもらいます」

　一瞬の困惑が、クラス内に広がった。

「特定の……相手、だと?」

「ええ。あなた方一人につき、Aクラスの誰か一人。魔法の相性等を考慮して、最も勝率の高い相手にぶつけます。それを前提に、あなた方にはその相手を倒すためだけの特訓をひたすらにしていただきたい」

……確かにそれなら、勝率は上がるかもしれない。

だが、その作戦には重大な欠陥がある。それは――

「待て、その相手はどう決めるんだ。お互いの相性とその組み合わせなどそうそう決められるはずが――」

「いえ、普通に僕が全て決めますが」

「何!? 待て、それはいくらなんでも無理だろう! そもそもお前一人で全員の相性など分かるはずが」

「分かりますよ。だって」

アルバートの焦り気味の指摘を遮ると、エルメスはとん、とこめかみに指を当てて。

「全部見ましたから。あなた方の血統魔法と、クライド様を除くAクラスの方々の血統魔法。ここ数日で全て視認し、解析も完了しています。魔法同士の相性を割り出すくらいならそう難しくはない」

――信じられない一言。

けれど何故《なぜ》か、絶対に真実と理解できる説得力を持った一言に、クラス全員が息を呑《の》む。

そう。サラがエルメスを引き止めたあの一件から、既に数日が経《た》っている。その間に、Aクラスとβクラスにそれぞれ一回魔法演習があった。

Bクラスは、自身も参加した上でしっかりと。そしてAクラスの方も、幸いその時の授業が自習だったために屋上からじっくりと。

授業の時間目一杯使って、確実に。全ての血統魔法を視認し解析し——彼の魔法にインプットしてある。今は使えないが、なんならいくつかの魔法は既に再現も可能なくらいだ。

「既に、大まかなマッチングは決めてあります。後で話しますが、ここでは一言だけ。もし、該当するAクラスの方に、あなた方の一人が持つ血統魔法で立ち向かうとして」

奇妙な言い回しの後、彼は息を吸って一息に。

「もし、僕が同じ血統魔法を使えるとしたら——絶対に勝てます」

あり得ない仮定だ、とクラスの大部分は思った。

けれど、一部の人間はそれがあり得る仮定と知っているだけに息を呑み。そうでないクラスメイトも、恐ろしいほどの確信に満ちた一言に困惑と——されど期待を見出《みいだ》す。

「だから、勝機は十分にあります。まとめましょうか」

そして遂《つい》に、言うべきことを言い終えて。彼は最後に、発破をかけるべく言葉を紡ぐ。

「ここから学園祭までの二週間、あなたが行うのは特定の相手を倒すことに特化した個人の特訓。力を合わせることは考えないでください。頼れるものは自分だけ、負けたなら己の責任。真にクラスに貢献したいと望むなら、自身の勝利以外に道はない」

相変わらず、厳しい言葉。

けれどクラスメイトたちは――もう、それに怯んでなどいなかった。

だって、誰もが思っていたからだ。

他でもない、自分だけの力で。強い血統魔法の使い手を打倒し、自身の強さを証明する。

そんな、誰もが夢見て――けれどこの学園で半年かけて諦めさせられたその夢想。

それを実現できる機会が今、目の前にやってきているのだから。

「けれど――勝利できたならそれは。紛れもなく貴方《あなた》がたの功績であり、誇って良い偉業です」

その期待に応えるかのように、彼ははっきりと報酬を提示して。

「それを真に望むのであれば、どうか今日からの特訓に付き合っていただけると。多分、控えめに言っても地獄だと思いますが――脱落者はいないと、信じさせてください」

かくして、彼の講義は終了し。

心動かされたBクラスの面々の、打倒Aクラスのための猛特訓が始まったのだった。

◆

「……エルメスさん」

その日の放課後。

早速特訓に動き出すべく教室を出たエルメスの背後から声。振り向くと、サラがいつもの優しげな美貌に——何処《どこ》か、罪悪感のようなものを湛《たた》えて話しかけてきていた。

彼女は、その表情のまま続けて告げる。

「……申し訳、ございませんでした」

「？　えっと、今度はなんでしょうか……？」

編入して以降、こう言ってはあれだがサラには何度も謝罪を受けてきている。

その多くが、彼にとっては理由の分からないもので。今回もそうだったため素直に首を傾《かし》げて問いかけるエルメスに、サラは少しだけ迷う素振りを見せたのち、口を開いた。

「その、今までのこと全てと……あの時——『引き止めてしまったこと』、です」

「！」

そんな言い回しに。何かただならぬ——彼女の内面に踏み入るようなものを感じた彼は、少しだけ表情を引き締め直す。

「引き止めていただいたことに関しては、むしろ僕は感謝していますが……そういうことではないのですか？」

「……はい。勿論、わたしも後悔自体はしていません。でも……あれから、あの時の自分の行動を省みて。そしてニィナさんとも少し話をして気付いたと言うか……その」

その辺りで、彼女も思考がこんがらがっていることを自覚したのだろう。

少しだけ、思考整理の沈黙を挟む。当然エルメスもそのことを察したため静かな沈黙で、ゆっくりと彼女の言葉を待って。

やがて、サラはぽつりと。

「……期待、してしまっていたんです」

まず、そう呟《つぶや》いた。

「王都の路地裏で、あなたに出会って。その時からあなたは、しっかりとした自分の意思と考え方を持っていて。その考えをどこまでも貫いて――遂には、この国の窮屈な考え方に風穴を開けてしまった。……本当に、すごい人だと思います」

「ええと、ありがとうございます……？」

改めて自分のやったことをここまで真《ま》っ直《す》ぐに賞賛されると、少しばかり気恥ずかしいものを感じつつ。彼女の次の言葉を待つ。

「そんなあなただから、この学園も。どうしようもない袋小路で、鳥籠になってしまっていたこの学園も、変えてくれるんじゃないかって。わたしなんかじゃ無理だった変革を、成し遂げてくれるんじゃないかって思えて、期待して、夢を見て――」

言葉を区切り。静かに、少しだけ潤ませた碧眼《へきがん》を向けて。

「――理想を押し付けて、しまっていたんです」

サラは、震えながらも真っ直ぐに。罪を自覚する言葉を吐き出した。

「わたしができなかったことでも、あなたならと。期待という言葉で縛り付けて、誰より自由なはずのあなたを束縛してしまったと。……許されない、ことです。だから……っ」

「……サラ様」

それは、まさしく懺悔《ざんげ》だった。

サラが、エルメスをどう見ているのか。その全貌は未《いま》だ分からないが……少なくとも彼女は、エルメスをこの上なく評価しており。エルメスを歪《ゆが》めること、変えること、縛ることをひどく罪深いものだと思い込んでいるらしい。

……その根源までは、まだ把握しきれないけれど。

「……とりあえず」

まずは、彼女の懺悔に応えるべきだろう。そう判断し、エルメスは口を開く。

「改めて言いますが、僕自身は引き止めていただいたことに感謝しています。貴女《あなた》の理想がどんなものかは知りませんが、僕は押し付けられたとは思っていません。変革はもう僕自身の意志で行うことですし、そもそも――本当にやりたくないことならたとえ貴女の理想であろうと僕は突っぱねます」

「っ、はい」

聞こえようによっては厳しい言葉だが、それは彼女の罪悪感を慮《おもんぱか》ってのことだ。それを理解したサラは静かに頷《うなず》く。そんな彼女に向かって、エルメスは続けて。

「だから大事なのは、僕が大事だと思うことは。

今の結果を受けて――『貴女がどう感じたか』だと思いますよ」

「わたし、が……？」

「ええ。この学園を変えることが、貴女の理想に繋《つな》がるとして。今はその変革を僕が代わりに行なった。少なくとも貴女はそう認識している」

ならば、とエルメスは。

「その認識の上で、貴女はどう感じましたか？　理想の体現を代わりに行ってくれて安心したのか、感謝したのか。それとも――」

叡智《えいち》を宿した翡翠《ひすい》の瞳で、静かに彼女を射貫《いぬ》いて告げる。

「――『悔しい』と思いましたか？」

「っ！」

「どうして、自分でできなかったのかと。自らの手で理想の体現を成せなかったのかと。そう、僅《わず》かでも思いましたか？」

「それ、は……っ」

眼差《まなざ》しを受けたサラは、何かを葛藤するように俯《うつむ》いてしまう。

……今すぐ答えを出すのは、どうやら難しいらしい。それを確認したエルメスは、少し声色を変えて。

「……誰かに理想を、願いを託すこと。正直少し前の僕にはあまり理解できないことでしたが……今は、きっとそういう願いの形もあるのだろうと思います。自分だけではない、誰かとの間に在る思いも、魔法もあるのだと」

まずは自身の変化を。サラと、そしてBクラスとのやり取りで変化した心境を述べて。

「でも、それとは逆に――誰かに託せないもの。自分自身の想《おも》い、自分だけの願い、自らで叶《かな》えるしかないものも、確かにある。そこの認識は、変わっていません」

それでも、変わらない自分の中にある認識。変化したものとそうでないものをはっきりさせる。その上で。

「――あなたの理想は、どちらですか？」

「！」

問いかける。彼女の内面、この優しい少女の内側を。

「誰かに託して良いものなのか、それはできないものなのか。貴女の願いはどこにあって、何が妥協できて、どこから許せないのか。……貴女は、何を想って魔法を使うのか」

かつてカティアにもした質問。エルメス自身が、魔法を定義するときに問いかける質問を、彼女の内に優しくぶつける。

これも、すぐに答えが出るものではないだろう。が――それで良い。元よりエルメスは例外こそあれ、他人の願いをあるがままに尊ぶ。

自分がするべきことは問いかけで、そこから先は彼女が決めること。だから、今できるのはこれだけだ。

そして、言葉を受けたサラは。

「……でも、わたしは、わたしなんかじゃ……」

「なんか、はやめましょうか」

きっと根深いのだろう否定の言葉を口にしかけるが、そこはエルメスが遮って。

「貴女が、どうしてそこまで自分に否定的なのかは分かりませんが。少なくとも僕は。貴女を……きっと貴女が思っているよりも、素晴らしい人だと思っていますよ」

「……ふぇ。あ、は、はい！」

静かに、けれど真っ向から肯定の言葉をぶつける。それを受けたサラは——きっとこれくらいの褒め言葉は日常的にもらっているだろうに何故《なぜ》か、顔を真っ赤にして頷いて。

若干疑問に思いつつも、今言えることはこれくらいかとエルメスは最後に告げる。

「……もし、それでも理想を押し付けてしまったと罪悪感があるならば。ここからの特訓を、全力で手伝ってください。多分……いえ、Bクラスの方々にとっては絶対厳しいものになるはずなので」

「わ、分かりました……！」

これからの話題を出すと、彼女もそちらに意識を向けたのだろう。若干紅潮の残滓《ざんし》が見える表情ながらも、真剣な顔をして「頑張ります……！」と頷いてくれた。

エルメスも首肯を返して、さて急ぐか、と踵《きびす》を返した瞬間。

「………えーと、お二人さん？」

横合いから声。二人同時に視線を向け……そこで呆《あき》れ顔《がお》をしたニィナと目が合った。

「なんかすごい大事な雰囲気出してるから一応話し終わるまで待ってたけどさ。……そんな告白みたいな空気で、廊下ど真ん中でお話しするのやめよっか？……周りの視線、すごいことになってるよ？」

「え」「……！」

言われて、これも二人同時に周囲に視線を向けると――確かに。

周囲のそこかしこに、野次馬のような目線が。多いのはただならぬ雰囲気に関する興味本位と……それ以上の、学内でも有名なサラにこのような表情をさせているエルメスに対する嫉妬の視線。

というか、その多くにBクラス生のものも含まれている。……何故か、先ほどの講義で少しは縮まったかと思われる彼らとの精神的な距離がまた離れるのを感じた。

……とりあえず、このままはこの上なくいたたまれないので。

「…………移動、しましょうか」

「はい……」

「ボクもついてくよ、というかここで二人はすんごい気まずいでしょ？」

ニィナの申し出に割と最大限に近い感謝を抱きつつ。サラとの見えないわだかまりもある程度解消されたところで、憂いなく三人で演習場へと歩を進めるのだった。

◆

演習場に到着したエルメスたちは、先ほどの一幕を目撃していたBクラス生にはなんとも微妙な視線をいただきつつも——

今はそんな場合ではないと、全員が理解したのだろう。早速エルメスの指導のもと、打倒Aクラスを目標に掲げたクラス全体での特訓を開始した。

やること自体は特別奇抜な内容ではない。

まず、エルメスがアルバートにやったような訓練——基礎的な魔力出力や魔力操作能力を磨き、少しでも魔法の能力を上昇することを全員に行ってもらう。

これはエルメスが師匠から教わったものであり、効果のほどは間違いない。

……とは言っても、この手の訓練はあくまで継続的にやることで長い目で見て効果を及ぼすものだ。二週間でどこまで伸ばせるかわからないと言われればその通りではある。

だが——無意味ではないはずだし、この状況においては存外効果も高いのではないかというのが彼の見立てだ。

何せ、彼らは言ってしまうと……これまでの魔法の扱い方が、あまりにお粗末すぎた。

恐らくは他の貴族同様、血統魔法の性能にものを言わせて真っ当な訓練を積んでこなかったと見える。或《あるい》いは積んできたとしてもやり方が大幅に間違っていたのか。

そういうわけだから、最初に限って言えば——ちょっとした意識の違い、魔力の扱いで大幅に性能が上昇する時期がある。実際先んじて彼の指導を受けていたアルバートが短期間であれほど成長したのもそう言ったからくりだ。

よって、この共通訓練で全体の力を底上げしつつ――彼が一人一人呼び出して、個別訓練を行っていく。これが、ここから学園祭までの基本的な特訓スタンスになるだろう。


そんな思惑のもと、始まったBクラスの全体特訓にて。

エルメスの前にて、どさりと一人の生徒が疲労から膝をつく。

「……はい、ここまでです」

「わ……わか、った……っ」

「貴方《あなた》はまだ魔力出力にムラがあります。貴方の魔法は回転率が強みだ。対して貴方の想定する相手は溜《た》めの必要な大技が多くなる傾向になる――今見せた通りに。細かい一撃を繰り返して向こうの攻撃を封殺するイメージで戦ってください」

一人の生徒に対する一通りの特訓が終わり、荒い息を吐く生徒とは対照的にエルメスは表面上涼やかに告げる。

途中の言葉に、改めての驚愕《きょうがく》を見せつつも相手をしていた生徒が頷く。その生徒が基礎訓練に戻っていくのを見送り、さて次は誰にしようかと辺りを見回したところで。

「――や。お疲れ」

傍《はた》から、にゅっと水入れが伸びてきた。

振り向くと、相変わらずの笑みを浮かべた銀髪の女生徒の姿。

「ニィナ様。これはありがたい」

「あはは一。この訓練で一番楽してるのはボクだからね。これくらいはさせてよ」

彼女は例外的に、魔法の訓練が必要ない人間だ。勿論《もちろん》彼女にも対抗戦で役割がないわけではないのだが、この場においてはできることが少ない。そのため基礎訓練で間違ったやり方をしている人間がいないかの監督と補助をお願いしている。

そんなニィナが、呆れと感心を多分に含ませた表情で告げてきた。

「……しっかしキミ、相変わらずとんでもないことやってるね」

「え？　とんでもないこと、とは」

「今の個別訓練だよ。そもそもボクとサラちゃんを除いた二十七人全員と連戦するって時点で正気じゃないし……それに」

彼女は、いつか見たように目を細めて。

「——戦い方、一人一人に合わせて変えてるよね？　多分それぞれが当たるだろう相手に合わせて、魔法の打ち方やスピード、タイミングや呼吸まで擬似再現してると見た。魔法の内容すらキミの魔法を応用して似たような効果を持つ魔法にしてるしさ」

……ニィナの言う通りである。

エルメスがAクラスの魔法演習を見て得た情報は、何も血統魔法だけではない。

Aクラスの人間そのものの、魔法を扱うときの癖。出力はどれほどのものなのか、操作精度はどれくらい高いか。どんなタイミングで魔法を放ち、どこに隙ができるのか。そう言ったことまで一人一人詳細に認識し、今回同じように相手をする際に再現している。

加えて彼らの扱う血統魔法も強化汎用魔法で可能な限り擬似再現し——詰まるところ、『彼らの本番での対戦相手に近しい特徴を持った相手』として立ち塞がっているのである。

「……今日の訓練が終わったら言うつもりだったのですが、流石《さすが》に貴女《あなた》には見抜かれますか」

「ふふ、まあね。……正直ボクも最初は目を疑ったけど、まぁエル君なら不思議じゃないかって思った。なんか順調に毒されてる気がする」

若干目を逸《そ》らしつつ告げると、ニィナは真剣な表情で向き直って。

「でも、実際効果的なのは間違いないね。結局のところ、本番で戦う相手と直接戦ってコツを摑《つか》むのが一番なんだから」

「ええ。最低限僕に勝てるようになってもらえれば、本番でも勝機が見えてきます。……流石に威力だけは再現しきれないのが歯痒《はがゆ》いところですが」

「いや、それ以外を再現できてる時点で普通にとんでもないからね？」

今度は純度百パーセントの呆れで言うと、とは言え、と言葉を区切って。

「流石のキミもこれ以上はね。と言うことで——ていっ」

「え」

すぱっ、と実に綺麗《きれい》な足払いをかけられて、エルメスが尻餅をつく。

いきなり何を、と思いながら手をついて立ち上がろうとするが——力を込めたはずの腕が、かくんと崩れた。

「あれ」

「あれ、じゃないよ。……かれこれもう十九連戦だよ？　いくらキミでも疲れ知らずじゃあるまいし、少しは休みなよ。――というわけでみんなー！　エル君ちょっと休憩するから自主練続けててー！」

エルメスが何か言うより早く、ニィナがクラス全体に声をかける。

……まあ確かに、どうやら思った以上に連戦の疲労が蓄積していたらしい。このままだと次の相手あたりで思わぬ失敗をしてしまった可能性があった。ここは大人しく忠告通り少し休憩を入れるべきだろう。

「ほら、動かなくていいから水飲んで体休めて。汗も拭いてあげるから」

「え、あ、わっ」

と思ったのだが、何やら予想以上にニィナが甲斐甲斐《かいがい》しく世話をしてくれる。宣言通りタオルが上からかけられた。……流石に汗を拭かれるのは気恥ずかしいが、振りほどくわけにもいかずされるがままになる。

「……申し訳ない、皆さんの前で」

「いいのいいの。みんなもむしろ『あいついつ休むんだ』って奇異の視線向けてたから。ちょっとは人間らしいところ見せておこうね？」

「いや、らしいも何も人間なのですが……」

しかし、言う通りクラスメイトからはむしろ『良かった、流石にそこまで化け物じゃなかった』と言いたげな安堵《あんど》の視線を感じる。少しばかり心外である。

　そんなことを考えていると、ニィナがタオルを動かしながら声をかけてきた。

「……でも、本当に頑張るね」

「はい？」

「どうして？　言っちゃあれだけどキミは……その、あんまりこのクラスに興味なさそうに見えたからさ。なんでいきなり……こんな、頑張るようになったのかなって。責めてるわけじゃない、というかボクはすごくありがたいんだけど」

「……そう、ですね」

　きっかけは間違いなく、サラに引き止められた一件だっただろう。

　そこからまだ見限るのは待とうと思って、アルバートの変化に期待が強くなり。

　クラス対抗戦の話が出て、本当にこの国は終わっていないのだろうかと確かめたくて、Bクラスを焚《た》きつけた。

　その結果として……

「皆さんは諦めないでくれたし、ついてきてくれた。この普通にすごくしんどい訓練に付き合ってくださっています」

　そう。

　さらっと流していたが、本来この訓練は相当にきついものだ。

　何せ考案はローズ、本来ならば『原初の碑文《エメラルド・タブレット》』を習得するための基礎訓練の一部。血統魔法に頼らず魔法を習得するための修練だ。当然、相応の負荷を強制する。実際クラスの中でも既に荒い息を吐いている人間がそこかしこに散見されるくらいだ。

でも、彼の期待通り未《いま》だ脱落者はいない。なら——

「だとしたら、皆さんを焚き付けた僕が一番地獄を見る必要があるでしょう。……一番、頑張らなければならないでしょう」

でなければ、きっと誰も真について来ることなどない。そう彼は考える。

エルメスの回答を聞いたニィナは、しばしの沈黙を挟んでから。

「……それを実際にできる人が、どれだけいるのかって話だよねぇ」

「え？」

「んーん、なんでもない。……ありがとね」

小さく何事かを呟いてから、囁《ささや》くように感謝を告げてきた。

「前にも言ったかもだけど、ボクはさ——みんなに寄り添うことはできても焚き付けることはできなかった。ボク自身、どうしようもない状況に流されるまま生きてきた人間だし。……でも、あの頃のみんなより今のみんなの方がすごく生き生きしてる。……だから、ありがと」

その声は、彼女にしては珍しく真摯なもので。だから、余計なことは言わずに彼も頷《うなず》く。

「はい」

「……むー、なんかちょっと軽いなぁ。ほんとに伝わってる？」

しかし彼女はお気に召さなかったようで、少し不機嫌そうに告げてから何故《なぜ》か口を耳元に更に近づけてくると。

「ほんとに感謝してるんだよ？　今なら、キミのお願い一つくらいならなんでも聞いてあげちゃうくらい。……どうする？」

含み笑いと共に、どこかからかいを帯びた蠱惑《こわくてき》的な響きで、そう囁いてきた。

……なんだか嫌な予感がしたエルメスは、努めて冷静な声色を保ちつつ返答した。

「……では、今度は剣を用いた戦いも教えていただけたらと」

「えー、そこでそれー？　まあそれはそれで嬉《うれ》しいけどさぁ」

案の定というかこれもお気に召さなかったようで、彼女は拗《す》ねたように顔を離す。

「そこはほらさー、男の子ならボクとデートしたいとか言ってみたらどうなの？」

「……デート？」

「……うんごめん、キミにこの手のことを聞いたボクがこれは間違ってたかも」

何かを思い出したのか、また呆《あき》れ顔《がお》で呟いてから今度こそエルメスからぱっと離れて。

「さて、そろそろ休めたかな？　これ以上止めるのもまずいし、訓練に戻ろっか！」

そういつもの声色で告げ、明るい様子でクラスメイトたちのもとへと戻って行った。

「……」

……とは言え、流石の彼も今のは少しばかり心臓が跳ねたのも確かで。少々精神統一に時間を費やしてから立ち上がり、気を取りなおす。

「……さて」

ニィナの言う通り、体の調子も戻った。訓練はまだ初日だ、やることはたくさんある。

まずはクラスメイトの調子や性質をより詳細に確認するところから。

そう考え、次の相手を呼ぶべく彼は意識を切り替え、訓練を再開するのだった。

◆

しばらく訓練を続けたのち。

また、どさり、と生徒の一人が地面に倒れ込む音が響く。

「はぁ……はぁっ」

周りの目も一切気にせず地面に這《は》いつくばり、ひたすら空気を取り入れるべく荒い息を吐く。

しかし、咎《とが》める者は誰一人としていない。

──周りの生徒も、全員似たような状態だからだ。

『………』

まさしく疲労困憊《ひろうこんぱい》、死屍累々《ししるいるい》。

むしろ声を出せている生徒はまだ元気な方だ、大半の生徒はそれすらできず、それこそ死んだように地面に横たわり、指一本も動かせないまま下手すると眠りそうになるのを必死に耐えていた。

彼の考案した——厳密には師から教わった訓練を生徒たちに合わせてアレンジしたものは、彼の宣言通り地獄そのものだった。

まずは魔力操作能力の訓練。簡単に言えば『同威力同属性の汎用魔法を逆方向からぶつけて相殺する』ことを自分でひたすら行えと言うものだった。一回でも完全に成功したらもう次の訓練に移って良いとも。

生徒たちは最初バカにした。あまり舐《な》めないでもらおう。それくらい簡単にやってみせると意気込んで——

——結局、初日に成功した生徒は誰一人としていなかった。

改めて理解した。本当に精密な魔法の操作がどれほど難しく、どれほど精神力を消耗するか。今までどれほど自分たちがいい加減な感覚で魔法を扱っていたか。

そして以前の合同魔法演習の日。それをクライド、つまり自分ではなく敵に対して同じことを行っていた彼があの時どれほどの神業を披露していたのかも。

続いては魔力容量、魔力出力の訓練。これは操作訓練とは別の意味でひどい。何せ——自分に出せる最大出力でひたすら汎用魔法を撃ちまくれという何の工夫もない単純極まりなく、そして故にシンプルな地獄の内容だったから。

おまけにそれを魔力切れまで——否、『自分が魔力切れだと感じた状態から更に五発撃つまでやれ』とのことだ。鬼である。

エルメス曰《いわ》く、

「『辛《つら》くなければ意味がない』とまで言うのは語弊がありますが。……少なくともこの訓練に限っては、『辛いこと』に確実に意味がありますから」

とのこと。詰まるところ、体力訓練と同じだ。限界ぎりぎりまで追い込むことで、『今のままでは駄目だ』とのメッセージを強制的に肉体に伝え、進化を促す方法。

技術ではない単純な基礎能力鍛錬は、結局のところそれに集約される。

なるほど確かに、そう考えるとこれまで彼らはそこまで必死に魔法を使ってこなかった。学園に入るまでは血統魔法に甘え、学園に入ってからは血統魔法を理由に諦め、本気で魔法を『頑張る』ことはしてこなかったのだろう。

かくして、ある意味では生まれて初めて真っ当な努力をした彼らは、そのあまりの辛さに現在全員魔力がすっからかんの状態で地に倒れ伏しているのである。

……そして、彼らにとって尚《なお》も信じられないことは。

そんな自分たちに個別指導を行うべく、きっちり各々に合わせて戦い方を変えた上で。

途中休憩こそ挟んだが宣言通り全員と模擬戦を二十七連戦した彼が。どう考えても自分たちよりも遥《はる》かに辛い荒業を積んだはずの彼が、今まさに倒れ伏している自分たちの眼前で。

──何故、ぶっ続けでニィナと近接戦闘の訓練まで行えているのかという話である。

響き渡る、剣と拳がぶつかる音。流石にエルメスも通常時と比べれば動きが落ちてこそいるが、それでも崩れ切ることなく体術を駆使し、時には魔法を的確に挟み、格上を相手に渡り合っている。

その底なしの体力、無尽蔵の魔力。磨き上げられた技術、そして恐ろしいまでの精神力。

生徒たちは、倒れた状態でそんな光景を呆然《ぼうぜん》と見守り、改めて驚愕《きょうがく》と共に彼のいる場所の遠さを確認し。

——けれど、それに対しては。畏れを、諦めを抱いている生徒は一人もいなかった。

何故なら——彼の指導の根底には、『理論』があるのだ。

こうすれば、こういう理由でここが改善される。

これを得るために、僕はこの原理に従ってこのようにしてきた。

こちらの方が、こんな理屈が働くからこれくらい効率的になる。

そんな、どこまでも論理的な。彼が歩んできた道のりを、どうやって今の力を得たのかを。自分たちへの全体指導と個別指導の中で、一切包み隠さず懇切丁寧に教えてくれる。

それを聞いて生徒たちは思うのだ。

確かに遠い。凄《すさ》まじく遠い——でも、一歩一歩着実に進んで行った先に。遥か遠くとも確実に地続きの場所に、彼はいるんだと。

ならば自分たちだって辿《たど》り着ける、辿り着く資格は持っているんだと。

それは、生まれついて全てが決まる血統魔法故に。理屈も何もない、授かったものだけを理由に諦めを強制された彼らにとって、どれほどの光明となったことだろう。

それに、彼の指導方法だってそうだ。

……まあ確かに、正直ちょっと怖いところはある。どこか淡々としており、あんまり関心を強く持ててはいないんだなと分かってしまう。

けれど、放たれる言葉自体はどこまでも真摯で。欠点には的確な指摘を、改善には純粋な賞賛を。

どこまでもフラット、言い換えれば色眼鏡をかけることなく自分たちを見てくれている。これも貴族社会で生きてきた彼らには覚えのない、ある種の心地よさを感じるものだった。

……編入時点では、得体の知れない人間だと思っていた。だから最初は劣等生と決めつけ、そうでないと分かれば今度は自分たちとは違う存在と決めつけ、いずれにせよ排斥をしようとした。

でも、ここで、ようやく。サラの言うように彼らは——初めて、エルメスを正しく認識しようとしたのかもしれなかった。

「——はい」

相変わらず、惚《ほ》れ惚《ぼ》れするほどに鋭いニィナの剣閃《けんせん》。息つく間もなく襲いかかるそれに、遂《つい》に衝撃を逃しきれず体勢が崩れる。

その僅《わず》かな隙を彼女が逃すはずもなく、首筋に剣が突き付けられる。

「……参りました。ここまでですね」

「だねー。これから意識するべきは剣と拳の間合いの差かな。距離を詰めた方が安全な場合もある、ってことまで意識に組み込めると選択肢が広がるよ。やっぱり魔法使いは本能的に距離を取りたがるけど、むしろ相手が魔法使いなら詰められるのは向こうも嫌なはずだもん」

「確かに。修正しましょう」

これまでクラスメイトに指摘を出す側だった彼も、流石《さすが》にこの場においては指摘される側に回る。

けれど彼はそれを素直に受け止め、頭の中で戦術を更新する。

それが完了すると、もう一度――と言おうとしたところで、ふらりと体が傾《かし》ぐ。

……いくら何でも、無理をしすぎたか。

そう考えて今後の予定を修正し、とりあえず踏ん張ろうとしたところで。

「っ！」

「おっと」

とすっ、と横合いから支えられる気配。

見ると、慌てて手を伸ばしてこちらを支える金髪の少女の姿が。

そのまま彼女――サラは手をかざし、そこから蒼《あお》い光が放たれる。柔らかな魔力が流れ込んできて、それに溶けるように疲労が消えていく。

「お疲れ様です。だ、大丈夫ですか……？」

心配そうにこちらを覗《のぞ》き込んでくる彼女に、彼は落ち着いて返答する。

「ええ、ありがとうございます。少し疲れが出ただけなので、貴女《あなた》の魔法で十分――」

「あー、サラちゃんの魔法かけてもらってるー！　いいなー、ボクにもしてよ」

その言葉の途中で、ニィナが不服そうに割り込んできた。

「ねーいいでしょ？　ボクだって頑張ってるんだからさ」

「えっと、その……ニィナさんはまだお疲れではないようなので……無駄遣いも今はできませんし」

「えー」

そのまま何故かサラに魔法をねだるが、彼女は申し訳なさそうな顔をしながらも拒否。

ニィナが軽く頬を膨らませた。

サラの血統魔法の一つ『星の花冠《アルス・パウリナ》』は、傷の治癒に加えて疲労回復の効果もある非常に強力な魔法であるが――弱点として、燃費があまり良いとは言えない。効果に見合うだけの魔力をきっちり持っていかれるため、いくら相当の魔力容量を持つサラと言っても連発はできないのだ。

それを知っていることもあって、エルメスが若干呆れ気味に告げた。

「……疲れていないのに回復魔法をねだる方は初めて見ました」

「だってボク、サラちゃんの『星の花冠《アルス・パウリナ》』かけてもらうの好きなんだもん。なんて言うかね、回復した後もすっごくあったかいのが内側に残ってて、元気をもらえる感じがするの。エル君も分かんない？」

「まぁ、何となくは」

彼女ほどふわふわしてはいないが、確かに『星の花冠《アルス・パウリナ》』は通常の回復魔法と違って効力を及ぼした後も魔力が長く内に残る感覚がある。

それがただの特性なのか、或《あ》るいはこの魔法の知られざる効果によるものなのか――いずれ解析してみるのも良いなと思いつつ、エルメスはサラに声をかける。

「サラ様も、お疲れ様です。……というか、まだ魔力は大丈夫なんですか？」

「は、はい。結構減ってますがもう少しなら何とか」

サラも他のクラスメイトと違って、直接的な攻撃力のある血統魔法を持たない人間。故にこの手の戦闘訓練からは外してある。

その代わりに、魔法で負傷や疲労したクラスメイトを回復する役割をお願いしていた。

……一見すると怪我《けが》の対策も万全であると言っているようだが、その実は『疲れたからもうできないは言い訳にさせませんからね』という普通に鬼畜のメッセージであることを既にクラスメイトは全員把握していることだろう。

「でも、ほんとにお疲れ。多分サラちゃんの魔法と応援があったから頑張れた人もいると思うよ？　特に男の子」

そんな彼女の働きを、ニィナも若干愉快げな響きを乗せつつ賞賛する。

実際そうだろう。彼女は演習場に結界を張りつつ、クラスメイト一人一人の様子に気を配り、時に魔法を、時に言葉を駆使して懸命に励ましていた。この特訓初日、一人の脱落者も出なかったことに対する陰の、或いは最大の功労者と言っても良いのかもしれない。

……それは、自分にはできないことだとエルメスは思う。

そう思って彼女を見ていると、視線をどう思ったか彼女が落ち着かなそうに体をそわそわさせる。

「……？　な、何でしょう？」

「いえ。……改めて、敬意を抱いただけです。自分ではない誰かを理解しようとして、諦めず、純粋に信じる。……僕にはなかったものですから、すごいな、と」

「え、あ、そのっ」

偽りなく言葉を口にしたのだが、ひょっとするとそれが良くなかったのか。サラは慌てて手を胸の前で振ると、困惑と喜びと羞恥がない交ぜになった表情で頬を染めてから。

「……あ、ありがとうございます……」

目を背けつつ、けれど口元は緩ませて。か細くも可憐《かれん》に、囁《ささや》くようにそう感謝を告げた。

──そして同時に、倒れているクラスメイトの約半数から恐ろしく強い感情を向けられたような気がした。

「……何やら男子生徒の皆さんがすごくやる気になっていらっしゃるようですが」

「そりゃそうでしょ。……まぁ、先を考えればいいことなんじゃないかな？」

エルメスの呟《つぶや》きに、ニィナが微妙に曖昧な言葉を返す。

──まぁ、ともかく。疲労も癒えたのでエルメスは立ち上がる。その行動と態度からは、まだまだ訓練の手を緩める気がないことはよく分かった。それは他人に対しても——何より、自分に対しても。

そして、それを見て。

「……凄まじいな、お前は」

クラスメイトの方から声。見るとアルバートが……息荒く座り込んだ体勢のまま、呆《あき》れと困惑がない交ぜになったなんとも微妙な表情でエルメスを見据えてきていた。

「アルバート様？」

「まだ、立ち上がれるのか。俺たち全員と手合わせを行って、休まずニィナ嬢との組手まで続けて。限界がない——いや、そういうことではないのだろう。事実お前は倒れているし息も上がっている。だから、なのに、なぜ……！」

「……落ち着いてください」

途中から要領を得なくなったアルバートの言葉に、エルメスは静かに返す。……彼にしては、そして彼がBクラス生に向けるものにしては、驚くほど穏やかな声色で。

「何か、僕に聞きたいことがあるのですね？　ならば落ち着いて、言葉をまとめてゆっくりと。……待ちますから。急《せ》かすことも見限ることも、ありませんから」

その言葉に、他のBクラスの生徒も驚きを顕《あらわ》にする。

一方、告げられたアルバートは言葉通り、一つ深呼吸を挟んで思考をまとめると。

「……怖くは、ないのか」

そう、問いかけてきた。

「己の限界を知ってしまうことが、怖くはないのか。限界に突き当たることが苦しくはないのか、辛《つら》くはないのか。何故《なぜ》躊躇《ちゅうちょ》なく、俺たちの前で限界《それ》を見せられる。どうしてお前は――そこまで辿り着けた、の、だ……!?」

そうだ。この訓練を経てエルメスが、誰にもできる足跡を一歩一歩、されど莫大《ばくだい》な量積み重ねて今の領域まで到達したことは分かった。

でも……彼らはこれも同時に理解する。そこに『辿り着くまで』には、並々ならぬ苦労も同時にあったはずだと。

現在Bクラスの人間の様子はまさしく死屍《しし》累々《るいるい》、彼の宣言通り今日一日だけで恐ろしいほどの負荷をかけられ、これが対抗戦の日まで続くと考えると気が滅入《めい》る。

そして――エルメスだって、そこに辿り着くまでは同じだったはずなのだ。

きっと何ヶ月も……或いは何年も。毎日毎日自分の肉体を、魔法を試し続けて。限界という壁に突き当たり、それを一挙に飛び越えるのではなく一つ一つ、少しずつ掻《か》きむしって削り取る形で鍛え上げてきたのだろう。

それは……辛いことのはずだ。苦しいことのはずだ。しんどいことのはずだ。

あらゆる困難をお手軽に突破してきたようにさえ見えるエルメスにだって間違いなく、そういう時期もあったはずだと、今日一日で彼らは理解した。

ならば――何故、心が折れなかったのかと。アルバートが問いたいのはそこだった。

……或いは。

エルメスは、どこか希薄に見える彼の印象通り、そういうことを感じないのなら。辛さも、苦しさも、感じることができないという……凄《すさ》まじい異能を持っているなら。

ならばやはり、彼は自分たちとは違う存在だ。化け物の類《たぐい》だ。

そうならば、誰も彼に追いつくことは——と絶望しかけたアルバートの前で。

「……そりゃ、思いますけど」

しかし、エルメスは端的に答えた。

「……いや、その。僕が周りから『そう』思われてしまうということは、何となく最近分かってきましたけれど……僕だって、自分を追い込むことはしんどいです。特に辛いことを自身に課しているときは、嫌な気分が全くないと言えば嘘《うそ》になるでしょう」

「ならば」

「でも」

言葉を発しかけたアルバートを、エルメスが一旦遮った後続けて。

「関係ないんですよ」

「……何？」

「辛かろうと、苦しかろうと、しんどかろうと。そんな『贅沢《ぜいたく》』を言っていられる余裕がないというだけです」

「……」

「そんなことを言っていては叶《かな》わないほどの、そんな楽をしていては一生届かないほどの。叶えたいものが、辿《たど》り着きたい場所が。人生全てをかけるほどの――

……願いが、あるというだけのお話です」

そうして、エルメスは静かにアルバートを見据え。

――アルバートは戦慄した。

言葉の内容、だけではない。彼の翡翠《ひすい》の瞳には、今の言葉に全く嘘偽りがないと分かる……どころか、今の言葉でもまだ生ぬるいと思えるほどの。

ぎらぎらとした渇望が、煌々《こうこう》と輝く願望が。

彼の言う通りの、眩《まばゆ》いほどの――『願い』が、宿っていた。

「……そうか」

希薄な少年だと思っていた。

あらゆることに何一つ興味がなく、ただただ強大な力を振るって無自覚に自分たちを嘲《あざ》笑《わら》う、それこそ神様のような、災害のような存在だと。

でも、違う。今の瞳を見て確信した。

彼も、自分たちと同じだ。何かしらの望みを持ち、きっとそれが叶わずに苦しんで、藻《も》掻《が》いているという点で全く同じ人間だ。

違うのは、彼がその望みをはっきりと見据え、先鋭化させ、心の形を定義して。自分たちよりも遥《はる》かに真《ま》っ直《す》ぐ、傷ついてでも構わないと決めて向き合っている点。

……『願い』の、強さと覚悟の違いだろう。

「…………もう一つ、聞かせろ」

故に、アルバートは最後に問う。更に踏み込んで、エルメスを測る質問を。

「貴様の『願い』が、何なのかは問うまい。だがもし、そこまでかけて、何もかもをかなぐり捨てて全力で求めたものが……叶わなかったとしたら、どうするのだ」

「……正直、あまり考えたくはないですが」

問いを受けたエルメスは、その想像には普通の人間らしく少し顔を歪《ゆが》めてから。

しかし、すぐに透明な視線を返し。

こう、告げる。

「その時は――大人しく、くたばりますよ」

「――」

全くの誇張も偽りも、感じられない声だった。

「…………そう、か」

アルバートは確信する。……やはり、こいつは化け物だ。根本の、己との向き合い方とも言える何かにおいて自分たちとは致命的に食い違っている。奴《やつ》の規格外の魔法の能力も、怪物じみた精神性に相応《ふさわ》しい力を持っているというだけの話だ。

きっとどう足掻《あが》いても、彼と同じ場所に届くことはないのだろう。

——でも。

「……っ」

それでも、響くものは、あった。

「ならば……見習わせて、もらおう……っ」

故にそう告げて、アルバートは——立ち上がる。

もう指一本も動かせないと思った体に鞭打《むちう》って、震える体を必死に動かして。倦怠感《けんたいかん》が全身を襲おうとも、苦しかろうと、辛かろうと構わずに。

だって。

——羨ましいと、思ってしまったのだから。

そう在れたらと。そんな風に何かに真っ直ぐに向き合って、なりふり構わず手を伸ばすことができたのなら、それはきっと……とても誇らしいだろうと。

故に、己の体を強引に動かす。あの化け物……否、天才に少しでも近づきたいという、ささやかでも確かな『願い』を持って。

そして……遂《つい》に。二本の足で地を踏み締め、今だけはエルメスと同じ目線で見据え。

「……もう一本」

告げる。今だけでも、形だけでも、対等で在りたいと思って。

「手合わせを、願えるだろうか。エルメス」

「………はい、喜んで」

エルメスは、緩やかに、溢《あふ》れるような笑みを浮かべて。

両者が地を蹴って、魔法の応酬を始め。特訓が再開する。

そして──それを見た他のBクラス生も、一人、また一人と立ち上がり。

サラはあの時と同じ……あの時以上の憧憬の感情を宿して、その様子を見つめ。ニィナもいつもの飄々《ひょうひょう》とした態度とは違う柔らかな、眩《まぶ》しいものを見るような視線を向けて。

そうして、クラスメイトたちからの理解と、敬意と……あとついでに言うと、サラ関連では敵意も今まで以上に獲得し。

初日の特訓は、順調以上の成果を得る形で幕を閉じたのだった。

◆

このようにして、エルメス主導でのBクラス強化特訓は続けられていった。

毎日放課後、魔法の基礎能力訓練を全員でしつつ並行でエルメスによる個別訓練も行う。

ただひたすらにそれの繰り返し。何せ二週間しかない、色々と特殊な訓練を試す時間すらない以上一つのことを繰り返して極める方向に全力で舵《かじ》を切っていた。

休日すら全員が登校し、一日丸々使っての訓練。掛け値なしの地獄が続いていった。

当然、今まで真っ当な努力をしたことのなかった生徒たちには苦行以外の何ものでもない。疲労は蓄積し、授業中の様子からも明らかに疲れ切った様子が滲《にじ》み出ており。

——それでも、誰一人として脱落することはなかった。

理由は幾つかある。まずは意地。誰一人止めようとしないのならば、自分が最初の一人にはなりたくないという思い。

そして希望。自分たちの力でAクラスを、しかも多対一ではなく一対一で。自分だけの力で上回りたいという、魔法使いとしての向上心。エルメスに焚《た》き付けられて燃え上がった、彼らが失いかけていたものだ。

……でも、それよりも大きかったものは。

「……お見事」

実感だ。

確かに地獄、でも乗り越えた先には確実に実力の向上が待っているという、報酬の実感。

その最たるものが——今、とある生徒の前で地面に倒れ、起き上がりながら賞賛の言葉をかけるエルメスだ。

そう、訓練四日後のこと。生徒の一人が、初めてエルメスに土をつけたのだ。

その偉業を達成した当の生徒はしかし、喜びよりも前に困惑が出た様子でエルメスを見下ろしていた。

「……どうしました？　もう少し喜んでいただけるとこちらも教えがいがあるのですが」

「い、いやだって……ほ、本当に勝ったのか？　お前が手加減してこちらに花を持たせたのではあるまいな!?　な、ならば——!」

「……えーっとですね」

どうやらこの学園で負け癖がつきすぎたのか、自分の勝利が本当に信じられないらしい。

そのような勝利などいらないと突っぱねる姿勢は悪くないが、今回はそうではない。エルメスは額に手を当てつつ丁寧に解説する。

「手加減をしているかいないかという話であれば、まあしています。以前話した通り僕はこの訓練で、『貴方《あなた》が戦う相手に近しい魔法の性質』に合わせている。つまり本来の自分とは離れたスタイルで戦っているのですから、それを手加減と言うならそうでしょう」

「で、では」

「けれど」

まずはこちらの結論を聞かせるべく、エルメスは相手の言葉を遮って。

「その縛りの中でならば、僕は全力で戦っています。貴方は今、それを確実に上回った。——何より。この縛りの僕でも、訓練を開始した時点では絶対に勝てなかった相手です。それを打倒したことは、紛れもない貴方の成長だ」

「!」

その言葉で、ようやく。生徒の顔に、喜色が満ち始める。

「無論、僕の魔法は一つ一つの性能面では他の血統魔法に遠く及ばない。その点で言うとこの僕は、貴方が本番戦う相手の劣化コピーに過ぎません。……でも、この調子で成長を続けていけば必ず勝機はある。……正直驚いてます、一週間はかかると思っていましたから。是非、この調子で」

「あ、ああ！」

飾り気のない、けれど本心からの称賛に生徒が頷《うなず》き。今まで以上に張り切って、通常訓練に戻っていった。


そこからは、生徒たちのやる気が段違いに上がった。

やはり、勝利は格別の報酬だ。自分たちでも努力次第でそれを得られる。その実感が良い方向に作用したのか、その後もぽつぽつとエルメスに勝利する生徒たちが出始めてきた。

当然、エルメスはそれを想定している——というか、それが可能なくらいの強さで戦っていたのでそうなってくれなければ困るのだが、先ほども述べた通りそこに到達するまでの速さが想像以上だった。嬉《うれ》しい誤算である。

しかしそうなると、『エルメスに勝てている生徒』と『そうでない生徒』の間で格差が生じる。後者の生徒のモチベーションが問題になるかと思ったが——

そこは、この訓練のもう一人の立役者が解決した。

「ど、どうしました？」

「ああ……サラ嬢。すまない、体の方は問題ない……。だが……未《いま》だ俺だけ、あいつに勝てる未来が見えないんだ……！　俺は果たして、成長できていないのでは——」

「……大丈夫ですよ」

周りとの差に焦り始めたか、思い詰めた表情で項垂《うなだ》れる男子生徒。そんな彼に、サラは優しく微笑《ほほえ》みかける。

「あなたが頑張っているのは、ちゃんと見てましたから。それに、きちんと強くなってますよ。外から見ていればよく分かります」

「ほ、本当か？」

「ええ。きっと後は些細《ささい》なきっかけだけです。エルメスさんは厳しいですが、決して無理な目標を課したりはしません。だからもう少しだけ頑張ってみませんか？……ささやかですが、おまじないも差し上げますから」

そう言って、彼女は血統魔法を起動。言葉と蒼光《そうこう》が柔らかく疲労と不安を溶かしていく。

……やはりこう言った励ましの言葉は、エルメスではなくずっとクラスを見てきたサラだからこそできることだろう。

事実その男子生徒は気を取り直し――たどころか相当張り切った様子で訓練を再開し。

結局、その日のうちにエルメスからも初勝利をもぎ取ったのだった。

かくして、訓練は続く。

エルメスが引っ張り、サラが支える。この両側からのサポートによって、その後も脱落者は出ることがなく。厳しい特訓の日は、消耗とその代わりとした確かな成長を届けつつ、あっという間に過ぎ去って。

——遂に、本番の二日前。想定よりも早く全員が、訓練を満了したのだった。

◆

かくして、学園祭の前日。

今日だけは、Bクラス生に休みを言い渡してある。個人で簡単な訓練を行った後は、各々コンディションを万全に整えることを優先してほしいと言い聞かせて。

オーバーワークというものは確実にある。これまで真っ当な訓練をしてこなかったBクラス生は特に、過度に痛めつけては心が大丈夫でも体が壊れかねない。実際クラスメイトの多くは本日も訓練することを望んだが、そのあたりの懸念があるのでエルメスが半ば強引に休みを言い渡した形だ。

……よもや、あのBクラス生たちがここまでやる気を出すとは。編入当初からは考えられなかったことで、謎の感慨を覚える。

ともあれ、そういうわけで本日はお休み。連日Bクラス生が汗を流した訓練場も、本日はエルメス一人——

「……まさか」

——と、思っていたのだが。

Bクラス生の中でも、とりわけ成長著しく。予想よりも遥《はる》かに力強く、頑強に強靱《きょうじん》に成長し。オーバーワークの心配を持ち出せないほどに強くなった生徒が、一人いた。

「正直に言って、驚愕《きょうがく》しています。……ここまでとは思いませんでした、アルバート様」

「それは、光栄、だ……っ！」

その男子生徒――アルバートだけは、本人の希望通り今日も継続しての訓練の場に立った。彼自身の成長によって、その権利を勝ち取ったのだ。

現在、訓練場にはエルメスとアルバートの二人だけ。これまで百を超える数繰り返してきた、魔法を用いての模擬戦を行っている。

「ふ……っ！」「――っ」

言葉は静かに、けれど魔法は苛烈に。互いの魔力と息遣いと、攻撃と駆け引きが幾度となく飛び交う魔法戦。数分続いた、極めて高度なせめぎ合いの果てに。

「――！」

アルバートの放った風の魔法が、エルメスの魔法を起点の左手ごと大きく吹き飛ばす。勢いに押され、思わずたたらを踏んだエルメスの眼前で……ぴたりと。

「……どうだ」

魔力を十全に込め、アルバートの気流を宿した左手がかざされる。ここからエルメスが如何《いか》なる行動をしようとも、それよりもアルバートの魔法起動の方が早い。すなわち――

「お見事」

エルメスは呟《つぶや》く。……喜ばしいことにここ最近、幾度となく告げるようになった言葉と共に、そのまま続けて。

「これで本日、僕の『〇勝七敗』です。……改めて、本当に強くなりましたね」

恐らく最早《もはや》、この先何度繰り返してもエルメス側の勝ち星が増えることはないだろう。そう確信できるほどにアルバートの魔法の練度は上昇した。

その意味を込めての、心からの称賛の言葉。——しかし、それを受けたアルバートは。

「…………」

何故《なぜ》か、難しい顔で黙り込んで。そこから更に数秒、沈黙を挟んだ後。

「……ああ。俺は、強くなったのだろう。自分でもそれは自覚しているし、今日のお前との立ち合いで更に確信した。

だから……だからこそ。一つ、いいだろうか」

「？　はい」

エルメスに問いかけ、返答を受け。この上なく真剣な表情——先日、今日も訓練に参加させて欲しいと言ってきた時と同じ表情で。

こう、告げてきた。

「——本気でかかって来て欲しい」

恐らくは昨日から温めてきたのだろう、その要請を。

「……え」

「幸い、今演習場には俺とお前の二人だけ。学園祭前日で校舎内に人もいない、誰かに見られる恐れも魔力を感知される心配もない」

だから、エルメスが『全力』でやっても問題ない環境は揃《そろ》っていると。

故に、今までの対Aクラスを想定し、強化汎用魔法だけで手加減を重ねたエルメスではなく……正真正銘、『エルメスの本気』で一度立ち合って欲しいと。

そう告げ、アルバートは……学園で三人目の、エルメスの真価を知る者は返答を待つ。

「……ええと」

エルメスは、あまりに予想外の言葉に若干困惑しつつ、それでも大真面目な言葉であることは分かったので彼も真面目に返答をする。

「今なら本気を出してもバレないというのは分かりますし、貴方にはどちらにせよ見られている。だからお望みとあれば本気でやることは構いません」

まずはそう納得の言葉を述べた後、ですが、と区切って。

「……ですが。傲慢と取られても構いませんが……率直に言わせていただきますね」

真剣に、少しばかりの脅しを込めて言葉をぶつける。

「——秒で終わりますよ？」

「覚悟の上だ」

しかし、アルバートは尚《なお》も迷いなく。

「傲慢とは思わん。お前にはそれだけの実力があるのだろうし、お前がそう言うのならそれくらいの力の開きがあることも事実なのだろう。

そして、お前の懸念も理解はできる。せっかくの勝利で自信をつけてもらったのに、本気を見せてしまえばその喪失に繋《つな》がるのではないか、と思っているのだろう？」

「……えっと、ええ、まぁ」

なかなかひどい心配をしている自覚はあるので、若干気まずくなりつつも完全にその通りなのでエルメスは目を逸《そ》らし、ばつが悪そうに肯定する。

「……覚悟の、上だ」

それをしっかりと受け止めた上で……それでも、尚。アルバートは再度重々しく呟いた。

「ああ、確かに怖いとも。ようやく自信がつき始めたこの段階で、遥かに、桁外れに優れた魔法使いを見てそれでも自信を保てる。そう思えるほど、俺は自分の心の強さを信じられない。……今までの経験があるから、尚更《なおさら》な」

己の不安も、弱さも、愚かな過去も。全て曝《さら》け出した上で。

「だが、今を逃せばこんな機会はどれだけあるか分からん。だから、もう一度お前の全力を。桁外れの魔法使いの掛け値なしの本気を焼き付けたい。

――これから俺が目指すべき果てを、見せてくれ。頼む……！」

「！」

その、最後の言葉が。それを告げた、アルバートの切実な表情が。

震えながらも前に進むことを望む声色が。エルメスの心の、何処《どこ》かに響いて。

「……仕方ないですね」

くすりと。彼にしては珍しい微笑と少し迂遠《うえん》な言葉と共に、魔力を高める。

「──【斯《か》くて世界は創造された　無謬《むびゅう》の真理を此処《ここ》に記す
　天上天下に区別無く　其《そ》は唯一の奇跡の為《ため》に】」

返答は、詠唱で。

それが意味するところを当然理解したアルバートが、即座に立ち上がり。彼も改めて詠唱を行い、再度己の全力の血統魔法を用意する。

「一応、忠告しますね」

互いの準備が整ったことを確認し、開始の合図代わりにと。

「──一瞬たりとも、気を抜かないでください。下手したら死にますよ」

「当然、だ……っ！」

最後に言葉を交換すると、互いに魔法を宣言し。各々の全力の魔法を、相手に向けて解き放って──


八秒。

それが、アルバートが立っていられた時間だった。

「……」

呆然《ぼうぜん》と、演習場の天井を見上げる。

わけが分からなかった。意味が不明だった。何が何だか理解すら及ばなかった。

ただ、ただ必死に。襲い来るとんでもない魔法の数々を防いで、躱《かわ》して、抗《あらが》って。しかしそれすら許されずに、蹂躙《じゅうりん》された八秒間だった。

……分かってはいたつもりだったが。

改めて目の当たりにすると、その衝撃はやはり予想を遥かに上回る。どんな経験をして、何をどう鍛えて、どのような人生を送ればあんな魔法が使えるようになるのか。

遠い、あまりに遠い。この二週間で積み上げた自信など遥かに吹き飛ばして余りある、あまりにも絶望的な力の差。何をどうしても届かない、届く気がしない。その事実を再認識することは、心を粉々に圧《へ》し折るには十分すぎて――

――でも。

「……感謝、する」

それでも告げる。空元気でも、虚勢でも。震える心に鞭打《むちう》って、まずは感謝を告げる。

「ちゃんと、焼き付けたぞ」

――この感情こそが、今感じている想《おも》いこそが。虚飾だらけのこの学園での、本当の財産になるんだと。

彼はもう、教えてもらっていたから。

（……感謝、か）

そんなアルバートの様子を見て、エルメスは。

「……こちらこそ」

静かに呟いた。アルバートには聞こえない声色で、けれど本物の感情を込めて。

だって、また一つ理解できたからだ。

突出しすぎて、排斥される。幾度も聞かされたこの国の在り方を、この学園で自らの身で散々味わって。どうしようもない失望と虚無感が心を満たしていて。

その上で、だからこそ。

──『追いかけてくれる人がいる』というのが、どれほど嬉《うれ》しいものなのか。

きっと師も味わっていただろう感情を。また一つ、己のこととして実感できたのだから。

「……大丈夫ですか」

「大丈夫なように、見えるか」

その感傷もそこそこに、寝転がったままのアルバートに手を伸ばす。アルバートはこちらを見据えつつ、歯を食いしばってそう憎まれ口を返すが。

「ええ、見えます」

エルメスは、微笑と共に躊躇《ちゆうちよ》なく答える。

「だって、ちゃんと悔しそうじゃないですか」

「……相変わらず、腹立たしいなお前は」

ものの見事にやり込められたアルバートは、更に悔しさが増した様子で――若干乱暴にエルメスの手を取る。

「……いつか、追いついてやる」

「できるものならどうぞ。待っていますよ」

そんな、学園編入時と同じく。険悪なようで……けれどどこかが決定的に違うやり取りを。二人の少年は、続けるのだった。


そして、その瞬間。

「……わぁ、男の子の青春って感じ。いいねぇ」

「え」「！」

いつの間にやら。ぱちぱち、と手を叩《たた》いて演習場に入ってきたのは銀髪の少女、ニィナ。その後ろからは少しばかり申し訳なさそうな表情をしたサラも続いてきていた。

……いや、確かに。アルバート以外にも、通常の訓練メニュー以外の役割だったこの二人も今日は強制的に休むようには言っていなかったが。

まさか二人とも来るとは思わなかったし、エルメスが感知できなかったのもどうやら予想以上にアルバートとのやり取りに集中していたらしい。

……加えて。流石《さすが》にエルメスとアルバートの二人とも、多分傍《はた》から見たら相当にこっ恥ずかしいやりとりを今しがたしていた自覚はあるので、なんとも気まずい雰囲気が流れる。

それを打ち消すように、あと割と真面目に聞いておかなければならないことがあるので、エルメスは口を開く。

「……えっと、ニィナ様。……どこから見ていました？」

「ん？　ああ、エル君が倒れたアルバート君に声をかけたあたりかな。その前は——なんか突然演習場の中でエル君の魔力が跳ね上がったことしか知らないよ」

そう。聞いておかなければならないことはそれ、ニィナに『知られた』かどうかだ。

ニィナは、この場にいるメンバーでは唯一エルメスの真価を知らない。いや、彼女にならば知られても構わないと思わなくもないが、それでもこうやってなし崩し的に増えていくのは普通に考えてよろしくはないだろう。

そして、その意味で……どうやら彼女にエルメスの本気を直接目撃はされなかったものの、それに付随する魔力の急激な上昇は感知されたらしい。

どう説明したものか、と迷うエルメスの前で——しかしニィナは手を振って。

「あ、いや、その！　初めて会った時も言ったかもだけど、詮索するつもりはないよ。だから言いたくないなら言わなくてもいいから。それより……」

そう告げ、少し戸惑うエルメスの前で剣を取り出す。

「今日も相手、してよ。アルバート君の後連戦で悪いけど、疲れてないなら是非」

「……えっと、はい」

色々と困惑しつつも……追及されないことがありがたいのは確かだし、何より彼女との立ち合いはエルメス自身も楽しみにしているところではあるので。

エルメスは、その言葉に素直に頷《うなず》いて。疲労困憊《ひろうこんぱい》だったアルバートの治療をサラに任せて、ニィナとの立ち合いに身を投じるのだった。

◆

……ただ、それでも気にはなってしまうもので。

相変わらず見惚《みと》れるほどに鋭く美しい彼女の剣閃《けんせん》を捌《さば》きつつ、エルメスは問いかける。

「……気には、ならないのですか？　僕の魔法について」

「ん？　ああ、なるかならないかって言われたらそりゃなるよ、キミのことだもん」

問いを受けたニィナはこれも剣閃を緩めることなく、素直に返すと。

「でも、キミの本気がやばいってことはなんとなく分かってたし。下手に詮索して、この時間がなくなっちゃう方がやだし、それに――」

そこで少しだけ、一息つくように剣を下ろして、告げてきた。

「――ボクにも、秘密はあるしね」

「！」

……それを聞いて、エルメスも思い出す。

確かに彼女も謎の多い少女だ。自身の血統魔法を公開していないこともさることながら、この魔法国家においてこれほどまで桁外れな『剣士』の能力をどうやって身につけたのか、公開しない理由等も含めて未《いま》だ明かされていない。

それに——と、エルメスは、同時に気になったことをここで問いかける。

「そう言えば、これも意外でした」

「ん？　何が？」

「貴女《あなた》がここにきたことが、です。その、失礼かもですが貴女は割と摑《つか》みどころがないというか、どこか飄々《ひょうひょう》としていたイメージを持っていたもので、えっと、ですから……」

「……ああ、割とこういう特訓はサボりがちなボクが今日自主的にきたことが意外ってこと？」

「……まぁ、そうです」

「あはは、気にしなくていいよー。ボク、授業も何もかも基本サボってばっかりだったしねぇ。自主練なんてする性格じゃないってのはその通りだ」

実を言うとそれが、アルバートの戦いに踏み切れた理由でもあったのだ。万が一誰かが訪れるとしてもサラだけだろうと思っていたから、あの場で本気を出せ……ニィナに感知もされてしまった理由でもある。

そして、ニィナ自身それを肯定していて。ならば何故《なぜ》——との問いに答えるように。

「んーっとね……これはちょっと自分で言うのも恥ずかしいんだけど……」

少しだけ気恥ずかしそうに頬を染め、やや目線を逸《そ》らしながら。

「……その、ボクもさ。別に情がないってわけじゃないんだ。割とドライな自覚はあるけど、それでもクラスメイトのことは大事だし……影響だって、受けないわけじゃない。そんな中で、Bクラスのみんながあんな風になってるのを見せられると、その……」

最後は吹っ切れたように、こう言ってきた。

「まぁ、つまるところ。……みんなと同じだよ」

「同じ？」

「――熱くなっちゃったんだよ、キミのせいで」

その瞬間。

ニィナが再度踏み込み、右手の剣を相変わらず凄《すさ》まじい速度で――否。

今まで以上の最高速で、振るってきた。

「！」

「久々に、さ。本気で頑張ってみたくなった。今まで鈍《なま》っていたところをしっかり叩き直して、全力でクラスのために頑張りたいって思っちゃったの」

……まさか。

あれほどの凄まじい能力を持っていながら、比較対象が存在しないほどに突出しておきながら。

まだ彼女には、余裕が。伸び代が残されていたと言うのか。

「だから……自主練、実はやってたんだ。勘を取り戻すために、みんなが帰った後自分の家でこっそりね。これが正真正銘、今のボクの全力だよ」

分かる。今までこなかったはずの一歩分が、安全だったはずの間合いが。今の彼女には悉《ことごと》く潰される。これまで捌けていた領域が通用せず、確実に圧の増した攻勢に晒《さら》される。

これまででも精一杯だったエルメスに、耐え切れる道理はない。間もなく完全に崩しきられて、一本を取られる羽目となって。

先ほどのアルバートの如《ごと》く呆然と座り込むエルメスに、ニィナの声がかけられた。

「……ごめんね」

少しだけ申し訳なさそうな、恐れるような声で。

「失望、しちゃったかな。……キミは前、ボクの剣をちゃんと研鑽《けんさん》を積んだものだったって褒めてくれたけど……この通り、実は最近はちょっとサボってたの。だから……」

「？　いえ、別にそんなことは」

しかし、エルメスは首を傾《かし》げてそう返した。

「え」

「……まぁ、確かに今のを見て、思うところがないとは言いませんが。それでも、『頑張れない』人だっていて、そういう事情もあるということは学びました。サラ様と――貴女のおかげで」

目を見開くニィナに、続けて。

「それよりも……僕は喜ばしいと思いました」

「喜ば、しい？」

「ええ。何故かは問いませんが……貴女はここまで、何かしらの『頑張れない』事情があったんですよね？

　それが――僕の影響で、また頑張るようになっていただけて、その成果を僕に見せてくださった。素晴らしいと思った貴女の剣の、もっと素晴らしい部分を見せてくれた。それが、とても嬉しいです。……だから、言うことは一つ」

　そう告げて、立ち上がり。初めて会った時と、同じように。

「もう一本、お願いします」

「――」

　言葉を放つエルメスの、翡翠《ひすい》の瞳に射貫《いぬ》かれて。

「……あーもー、ほんとさぁエル君。そういうとこだよもー。気をつけた方が良いと思うなぁ、じゃないと――」

　ニィナは自身の表情を片手で隠して告げた後、可憐《かれん》な表情と金瞳をその隙間から覗《のぞ》かせ。

「――好きになっちゃうよ？」

　彼女も、初めて会った時と同じように。冗談めかして、そう告げてきた。

　そこからは、もう両者に遠慮はなく。剣と拳をぶつけ合い、高めあう。対抗戦を前にして、その鍵を握る二人の、最高の鍛錬と調整を続けていくのだった。

そんな彼に、横合いから治療を行っていた少女の声がかけられる。

それを。憧憬と素直な称賛と、少しばかりの悔しさを滲《にじ》ませながら見守るアルバート。

「……」

「──見たんですか？」

彼女の問いが、何を指しているのかはアルバートもすぐに理解した。

先ほどのエルメスの本気の件だ。ニィナが感知したということはあのエルメスの魔力の高まりをサラも感知していたのだろう。そしてサラはエルメスの真価について知っている以上、何が起こったかは即座に推測できる。

それを把握した上で、アルバートは回答した。

「ああ。奴《やつ》の本気を、見せてもらった。……俺自身がそう頼んでな」

「！」

後半の言葉には、サラも驚いた。だって、今までのアルバートではあり得ないことだったから。

これまでの彼は、魔法に対して強い思いを持って入学してきた故に。その思いと相反するこの学園の現状に打ちのめされ、ただただ己の心を守るために精一杯だった。

だから、そんな彼がエルメスの本領──魔法使いとして上を目指す心が強いほど、その心を容赦なく折りにかかると理解できるその事実を、恐らく心を折られるリスクを承知した上で。尚《なお》、研鑽のために目に焼き付けようとしたことは……紛れもなく、彼の成長で。彼がそうなれたのは、彼自身が持っていた強さと——何より、エルメスの力であることは間違いなく。

「……」

サラの、期待していた通りだ。

彼は、いつでもどこでも。澱《よど》んだものも、歪《ゆが》んだものも、停滞したものも。全てを己の力と心で切り拓《ひら》き、良い方向へと周りを次々に変えていく。

まずはアルバート。そしてBクラスのみんな。加えてあの常に飄々として摑みどころのなかったニィナでさえも、あの動きを見れば彼に何か影響を受けたことは明らかで。

やっぱり彼は、自分とは違う。自分にできなかったことを、なんでもやってくれる——

『——「悔しい」と思いましたか？』

でも、そこで。以前特訓が始まる初日に、彼に言われた言葉がリフレインする。

それが、改めて彼女の心の何処《どこ》かに響いて。その上で改めて、眼前で繰り広げられる、あまりにも綺麗《きれい》で輝かしい光景を見て——

「…………いいなぁ」

ぽつりと。

これも奇《く》しくも、エルメスと初めて会った時と同じ。けれど含有する意味が何処か違うと分かる、憧れの言葉が溢《あふ》れ出る。

その変化は、曲がりなりにもクラスメイトとして半年過ごしたアルバートが。声色の違い、意識の違い……何より、碧眼《へきがん》に宿す光の違いで見てとった。

こうして。エルメスも、サラも、アルバートも、ニィナも、他の面々も。

きっと全員が何かを変え、何かが変わった彼らの集大成。

──対抗戦前の、最後の特訓が。終了したのだった。

◆

（……ふう）

訓練を終えたその日の夜、トラーキア家にて。

使用人の仕事も終えたエルメスは一息つくと、就寝するべく自室へと向かっていた。

ニィナとの特訓で、恐らく当日必要になる分の戦力把握も終了した。アルバート、サラのコンディションも申し分なく、他のクラスメイトも各々今日一日使って調子を整えてくれていることだろう。

……結局、特訓の結果。最終的には、アルバートだけでなく全員がほぼ確実に仮想相手状態のエルメスに勝利できるくらいまで成長してくれた。

本番の相手は更に強い。が──これまでの訓練を通して実力と自信を身につけた彼らなら、十分戦える。

だから後は、自分が可能な限り勝率を高め、不確定要素を潰すだけ——と思いながら、廊下を歩いていると。

「……エル」

前方から、声がかけられた。見やると、こちらに歩み寄ってくる彼の主人の姿が。

「カティア様、どうなさいました？」

「……大した用はないけど。その、少し話せないかなと思って」

彼女とは、Ｂクラスの訓練が始まってからは普段と比べて会話する機会がかなり減っていた。単純に訓練で忙しかったのもあるが——何よりの理由はやはり、彼女がＡクラス。明日直接対決をする相手だからだろう。

それを察してか彼女もこれまでは意図的にその話題を避けていたようだが……流石《さすが》にもう前日だからか。少し躊躇《ためら》い気味ながらも口を開いて、こう聞いてきた。

「……どう、勝てそう？」

何を指しているのかは、聞かなくても分かった。

「……そうですね。五分五分、と言ったところかと」

慎重に、エルメスはそう回答する。

確かに、Ｂクラスは強くなった。魔法の基礎能力は大幅に上昇したし、立ち回りの面でも確実に想定相手の弱点を突けるようになってきている。

——それでもやはり、血統魔法の差はあまりにも大きいのだ。その辺りと、Ｂクラスの持つ手札を加味するとそれくらいの評価に落ち着くだろう、というのが彼の見解だ。

しかし、彼女はそれを聞いて微《かす》かに驚きの表情を浮かべる。

「……そう、そこまで持ってきてるの。流石ね」

そう称賛してから、けれど真剣な表情で彼を見据える。

「じゃあ、尚更《なおさら》遠慮する必要はないわね。——本番、私も本気で行くわよ。あなたが実力を制限されていようと、Bクラスに知己が多かろうと関係ない。私の矜持《きょうじ》のためにも、Bクラスのためにも手は抜けないわ」

「ええ。助かります」

揺るぎない宣言に、微かに表情を緩めて彼は答える。

カティアは一先《ひとま》ずそれを言って満足した表情を浮かべ、けれどそこから更に何かを言おうとしたが……

「——わ、分かっているならいいわ。……それじゃあ、おやすみ。呼び止めて悪かったわね」

「？　ええ、おやすみなさいませ」

結局、出てきたのは挨拶だけだった。首を傾げつつ返答し、互いに自室へと歩き出す。

そのまますれ違い、しばらく歩いたところで——何故《なぜ》か。

遠ざかっていたはずの彼女の足音が、小走り気味に近づいてきたかと思うと——

「……っと」

ぽすり、と。

背中に柔らかな感触が押し当てられ、そのままほっそりとした腕が彼の胴に回される。

――詰まるところ、後ろから抱きつかれた状態である。

「え、その、カティア様」

「……いーい、エル」

咄嗟《とっさ》に振り向こうとするが、見るなと言わんばかりに腕にぎゅっと力を込められる。

「あなたとBクラスが今重要な時期ってことは分かってるわ。その邪魔をしちゃいけないと思って、私も我慢してきた。……でも」

背中に顔を押し付けたままのくぐもった、けれど何処か恥ずかしそうなのと拗《す》ねているような響きだけは伝わる声色で、彼女は告げる。

「……その分、学園祭が終わった後はたくさん構ってもらうから。覚悟しなさいね」

「は、はい」

有無を言わせぬ気配に思わず頷《うなず》く。それを確認すると、それだけ、と言い残して彼女は腕を放し、来た時と同じく駆け足で後方に走り去っていった。

「……」

振り向こうとしたが、なんだかそれもまずい気がしたので。視線を前方に固定したまま、彼は先ほどまで彼女の手があった胸元の位置に自身の手を置いて。

――ふっ、と柔らかな微笑《ほほえ》みを浮かべてから。心なしかきた時よりも軽い足取りで、エルメスも自室に戻っていったのだった。

……一方、カティアの自室にて。

「～～～ッ!!」

「ええと、その、一部始終をこっそり見させていただきましたが……よく堪《こら》えましたね、カティア様」

ぼすり、とベッドに倒れ込み。潰れそうなほど全力で枕を抱きしめ、紅潮しきった顔を布団に潜り込ませばたばたと足を動かして暴れ回る彼女の姿があった。

今回ばかりは、傍《そば》付きのレイラもそれをはしたないと咎《とが》めることはせず。むしろ言った通り褒めるようにうんうんと何度も頷いて、言葉を続ける。

「……寂しいですよねぇ。せっかくエルメス君と一緒の学園に通って、青春のあんなことやこんなことをしたいと思っていたのに、当の彼はBクラスにかかりっきり。学園で会えないどころか家でも話す時間が減ってしまったとなれば……エルメス君が好きすぎるお嬢様のご心中、察するに余りあります」

「うるさいわね……！」

反射的に悪態を吐《つ》くが、言われたこと自体は何一つ間違っていないのでそれ以上は何も言うことができず。その後は無言で感情を逃すように暴れ回る作業に戻る。

……レイラの言う通りだった。

そうだ。エルメスとの学園生活に期待して、たとえクラスが違っても昼食や放課後は一緒になれると思ったら、対抗戦のための特訓でそれどころではなくなった。

……分かっている。エルメスが今やっていることはこの学園を変えるために必要なことで、それを自分の個人的な我儘《わがまま》で潰すわけにはいかない。彼の成そうとしていることを応援する気持ちだって本物だ。

でも、だけど、本音を言っていいのなら。

──もっともっと、自分にも構ってほしい。話してほしいし、触れ合ってほしいし、自分を、自分だけを見ていてほしい。甘えたいし、甘やかしたい。

自分はエルメスが、そしてきっと自身が思っているよりもずっと、エルメスの傍にいたいのに……それができないことが続いてしまって。

想《おも》いが溢れ出そうになって、思わずしてしまったのが先ほどの行動だ。本当に我ながらよくあそこで堪えたと思う。それを確認するように、ベッドに顔を埋《うず》めたまま問いかける。

「……レイラ。私、頑張ってるわよね」

「ええ。それはもう、びっくりするくらいに」

「それで……それも、明日までの辛抱よね」

「はい。対抗戦が終われば、多少は余裕ができるでしょう。それ以降は、今まで我慢した分全力でエルメス君に甘えて我儘を叶《かな》えてもらうとよろしいかと」

その未来を確認すれば……今は、十分だ。

そう判断したカティアは、そこで暴れるのをやめて静かな声でレイラに告げる。

「ありがとう、レイラ。もう大丈夫、休んでいいわよ」

「……分かりました。おやすみなさいませ、カティア様」

レイラは一瞬逡巡《しゅんじゅん》するものの、すぐに静かに頷いて。明かりを消し、一礼と共に主人の部屋を後にするのだった。


「………大分溜《た》め込んでいらっしゃいますわね」

廊下を歩きつつ。

カティアの部屋を出たレイラは、カティアの様子を長年の勘でそう判断した。

多分、結構限界だと思われる。元々想いが強い少女だった彼女が、その想いを全力で向けたいと思った先を見つけて——けれど思うより遥《はる》かに構ってもらえていない現状。元々の期待が大きかっただけに反動もひとしおだろう。

そうして、カティアは非常に良い子であるが故にそれを溜め込みやすい傾向にある。今がまさしくそうだ。恐らく常の彼女なら、たとえ溜め込んでいても今のように行動に移したり、自分にそんな隙を見せたりするようなこともなかっただろう。

だが今はそうしているということは……端的に、取り繕う余裕がなくなっているのだ。

……とはいえ。

「まぁ、カティア様の仰《おつしゃ》る通り、それも明日までなのでしょうけれど」

そう、明日まで。明日までではあるのだ。

――逆に言えば、明日はまだ我慢しなければならないということで。

「……変な風に、爆発しなければ良いんですけれどねぇ」

相手がエルメスであるということも問題だ。

彼もとても良い子だし、この家に来たばかりの頃と比べれば多少感情豊かにはなっているが……それでも、自分以外の感情の機微に関してはまだまだ疎い。

そんな彼が、恐らくカティアにここまで想われているという認識が若干浅い彼が。浅いが故に不用意な接触や言動で、彼女の溜め込みすぎた感情を刺激してしまったら――ということも考えたが。

「……いやまぁ明日は対抗戦。戦っている最中にそこまで変なことは起こりませんよね」

流石に心配しすぎだし、何度も言うがエルメスもカティアもとても良い子たちだ。そうそう変なことにはならないだろう、と。

レイラは結論付け、それ以降は純粋に明日の主人たちの晴れ舞台を楽しみにしつつ。

彼女も今日の一仕事を終え、自室へと戻っていくのだった。

そして、遂《つい》に。

学園祭が、幕を開けた。

第五章　変革の一戦

王立魔法学園、学園祭。

この学園における一大行事であり、外部の人間が来る数少ないイベントの一つである。

無論、外部の人間と言ってもこの学園に通う貴族子弟の保護者や、ゲストとして招かれるだけの格があるほどの高貴な人間に限られるが……それでも、子供たちの学習の成果を出し物という形で見られるこの行事を楽しみにする者も多い。

そんな学園祭の中でも、毎年目玉となる催し物がある。

そして今年、貴族たちの注目と期待を集めるのは——やはり、一学年。Aクラス対Bクラスの集団魔法戦だろう。

広大な学園敷地の一角を貸し切って行われるため規模も派手さも段違い。加えて魔法による対抗戦という、この学園の学習成果を直接的な形で見られる期待感からか、開始が近づくにつれて学園祭に来ているほとんどの貴族が観戦に集結しつつあった。

「……そろそろかな」

そして、開始十分前。

幾人かのクラスメイトと集まって最終打ち合わせをしていたエルメスが、開始時刻が近づいたことを確認して立ち上がる。それに合わせてクラスメイトたちも緊張の面持ちで腰を上げ、集合場所へと歩き出そうとしたその時……後ろから聞き覚えのある声が掛かった。

「やあ、エルメス君」

「──あ、公爵様」

名を呼ばれエルメスが振り向くと案の定、紫髪の眼鏡をかけた男性、ユルゲンの姿。まあ、学園祭なんだから来ているよねと思いつつ彼は返答し、一礼する。

ユルゲンは近づくと、可笑《おか》しそうな声色で気さくに話しかけてくる。

「予想通りと言うか何と言うか、随分大暴れしているみたいじゃないか。この対抗戦は君の発案かい？」

「いえ、向こうのクラス長ですが……まあ正直、僕がいなければこうはならなかっただろうとは思います」

若干目を逸《そ》らしつつ告げると、ユルゲンはくつくつと含み笑いを漏らす。やけに似合っているそれに微妙な表情をしつつ、エルメスは気になっていたことを問いかけた。

「見に来てくださってありがとうございます。……ちなみにですが公爵様、その後ろに持っているやけに大きな道具は何でしょう」

「ああ、これかい？　簡単に言うと映像を記録する魔道具だよ。やはり愛娘《まなむすめ》の姿は形になるものとして残しておきたいと思うだろう？」

なんだろう。至極もっともな言葉なのだが、どうも何か別の意図があるように思える。実のところ若干心当たりもあったエルメスは、素直に問いかけることにした。

「ちなみに本当のところは」

「……まあ分かるよね。えーと、ここで名前は出せないんだけどその、君の親御さんからね。『エルが学園祭で魔法戦だと!? 見たい！ むしろ止められても絶対に観《み》にいくからなあたしは!!』との旨をいただいているんだ」

「……あー」

ローズがトラーキア家を訪れて以降、ユルゲンとローズが定期的に手紙でやりとりをしているのを知っているエルメスとしては概《おおむ》ね予想通りだった。

そして、当然無理である。こんな衆目の多い場所にかの『空の魔女』が訪れてしまえば学園祭どころの話ではない。そもそも入場時点で弾《はじ》かれてそこから大騒ぎになるのでどう考えても詰みである。

「そこで何とか、映像記録だけは届けるから我慢してくれと説得して今に至るわけだ。……大変だったんだよ？　基本的にこの手の魔道具は希少で高価だから借りる手間も金銭も相当のものだ。おかげ様で同僚からは親馬鹿扱いされる始末さ」

「……その、御愁傷様です。うちの師匠がすみません」

「……まあ、私の予想が正しければ、いずれこの記録は必要になるだろうからいいんだけれどね」

どうやらこの公爵家当主をもってしてもローズには振り回される運命にあるらしい。けれどユルゲンは納得している様子で、気を取り直すように軽く息を吐くと、軽く笑って。

「それにだ。……君のことだ、映像として残す価値があるものを見せてくれるんだろう？　大方の予想はAクラスが圧勝するとのことだけど、勿論《もちろん》私はそうは思っていない」

「一応、公爵様の娘さんもAクラスなのですが」

「あー、そこは確かに迷いどころだけどね。さっきカティアにも会ったけれど、妙にぴりぴりしてたし。できれば学園祭後にそこも君にフォローはしてほしい」

　色々と気苦労を抱えていそうな表情をしたが、それでも隠しきれない期待を最後にエルメスに向ける。

「是非、みんなを驚かせるようなものを見せて欲しい。期待しているよ？」

「……ご期待に応えられるよう、全力を尽くします」

　エルメスは過不足ない適度な自信を乗せた声で返答し。それにユルゲンは満足そうに微笑《ほほえ》むと、魔道具を設置しに去って行ったのだった。

「……っと」

　それを見送っていたエルメスだったが、もう開始時間が間近に迫っていると悟る。

「すみません、長話をしてしまいました。早く向かわなければ──ってその、皆さん？」

　しかし、振り向いたところで気づく。周りのクラスメイトたちが、驚愕《きょうがく》と畏怖がない交ぜになっている視線をエルメスに向けていることに。

「どうしました」

「……お前、今のはその……トラーキア公爵閣下だろう？　あの血も涙もない冷血人間と噂《うわさ》の」

そんなクラスメイトを代表して、アルバートが疑問を呈した。

……確かに、ユルゲンが外部からはそのような評価を受けているとは知っていたが。

エルメスからすると少々疑問が残るものの、素直に回答する。

「身内にはお優しい方なんですよ、僕も一応カティア様の従者ですから。それに、確かにかなり手段を選ばない方ではありますが、確固たる信念を持ってのことなので」

「いや、従者とは言えあの公爵閣下に身内扱いされているのは何なのだという……いや、いいか。お前の得体が知れないことは今に始まったことではあるまい」

アルバートの言葉に、他のクラスメイトも頷《うなず》いた。何だか妙な納得をされた気がする。

……まあ、時間が時間だ。納得してくれたなら良いかと思いつつ、謎の評価を加えられたエルメスは開始場所へと向かうのであった。


かくして、開始直前。

「さあ、今日は良い試合にしようじゃないか！」

所定の場所に集まった両クラスの面々。そして案の定、真っ先に口を開くのはAクラス長のクライドである。彼はそのまま、こちらを見回して最後にエルメスへと視線を固定させた。薄笑みの裏側に、隠しきれない嘲弄と敵意を宿した表情で。

「それにしても、聞いているよ。この対抗戦のために君たち、随分と涙ぐましい努力をしてきたみたいじゃないか」

……まあ、流石《さすが》に噂は伝わるだろう。そもそも訓練は全て学園内で行っていたのだ、隠し通せるものではないし、別段隠そうとも思っていなかった。

そして。

「素晴らしい、目標のために邁進《まいしん》するのは良いことだ。……でもね。そこまで必死すぎるのは、いささか品性に欠けると僕は思うんだよ」

その努力をクライドがどう思っているのかは、彼の言葉と表情を見れば明らかだった。

「僕たちは貴族だ。民を守り、そして民に安心を与える義務がある。そんな民が泥に塗《まみ》れ、足掻《あが》く貴族を見たらどう思う？　不安になるだろう、こんな品性のない人間が果たして自分たちをきちんと守ってくれるのだろうかと」

果たしてクライドは実際にその民の言葉とやらを聞いたことがあるのだろうか。

だがきっと、彼の言葉はこの国の貴族たちの間では常識なのだろう。Aクラスの人間は自信に満ちた表情で同意と嘲笑を浮かべ、Bクラスの人間もこれまでの仕打ちを思い浮かべてか少し表情が重くなる。

「もっとAクラスを見習って余裕を持つべきだったんだよ、君たちは。そんな泥臭い、しかもそんな何の成果も得られないことを続けるなんて。まさしく時間の無駄──」

しかし。恐らくこちらの士気を殺《そ》ぐ目的だったのだろうが。

最後の最後で、クライドは特大の失言《ミス》を犯した。それを見逃さずエルメスが口を開く。

「はい皆さん、今の聞きましたね？　あの訓練を実感した皆さんなら分かると思います。あの訓練を見て『何の成果も得られない』と断言する人間の言葉に、どれほどの説得力があるとお思いで？」

そのミスに、全力で乗っからせてもらおう。エルメスは言葉尻を捉え、Bクラスに問いかける。

たちまち、少しばかり不安が顔を覗《のぞ》かせていたBクラスの面々に気力が戻る。それを見たクライドが、ひどく面白くなさそうに顔を歪《ゆが》ませた。

「何だい、どうやら弁だけは立つ人間にもう随分と毒されてしまったようだね、君たちは。では、その迷妄を覚まさせてあげるのも僕たちの役目かな」

「はいはい、もうどうとでも言ってください。迷妄かどうかは戦えば分かりますから」

そして、これ以上この男に喋《しゃべ》らせたままでいると面倒にしかならないと思ったので。

……あと、流石に思うところもあったので。対抗してエルメスも声を発する。

「……そちらの仰《おっしゃ》る通り、Bクラスはここ二週間努力を重ねてきました。貴方《あなた》たちの言うように泥臭く、地道にね。——そして、貴方たちはそれをしてこなかった」

カティアから断片的には聞いていた。

彼女に『Bクラスはこの対抗戦に向けて全力で対策をしている』と忠告されても、一切気にすることも、耳を貸すこともなく。散々、彼らの言う今まで通りの優雅で余裕ある学園生活をのんびりと続けてきたそうだ。

ならば。

「――だから、はい。貴方がたが負ける理由は、存分にありますね？」

その直接的な一言に、Ａクラスの敵意が一気にエルメスへと向いた。

「『頑張らなかったから負けた』。『何も対策をしてこなかったから負けた』。『怠惰だから負けた』。素晴らしい、どれも敗北の理由としては十分です。天才的な言い訳を作る手腕だ、褒めて差し上げましょう」

それは、或《ある》いは……いや確実に、これまでＢクラスが行ってきたことだ。

その屈辱を今度はお前たちが甘んじて受けるのだと、彼は静かな怒りを込めて告げる。

「だから、是非。貴方がたが負けた暁には、その言い訳を学園中に、大勢の貴族たちの前で、声高に叫んでいただけると。ええ、誰もが納得してくれるでしょう。――誰も責めはしませんよ？」

にこやかな表情と、柔らかな声色とは裏腹に。翡翠《ひすい》の瞳に、珍しく強い感情と凄《すさ》まじい圧力を宿してエルメスはＡクラスの面々を射貫《いぬ》く。

エルメスに対して激甚な怒りを覚えていたＡクラスも、その威圧に怯《ひる》んだ様子で。

「ッ、な、何だい君は随分と――」

しかし、引くわけにはいかないのか。やや腰が引けながらも反論を繰り出そうとしたクライドだったが――そこで。

「……もういいわ、クライド」

冷静な、ともすれば冷徹とも言えるような。呆《あき》れた声色でカティアがそれを遮った。

「もう貴方が喋っても無様を晒《さら》すだけよ。……あと、これ以上エルを怒らせないで。勝機がますますなくなるわよ」

「な――」

有無を言わせぬ口調。唯一Aクラスで冷静な彼女の言葉に熱を奪われたのか、彼らもこれ以上の言葉を発することはしなかった。

こちらを向いて、引き続き彼女が告げる。

「エルも、前哨《ぜんしよう》戦《せん》はもう十分でしょう。――あとは正々堂々、実戦で」

「……そうですね」

できれば、ここで完全に冷静さをなくさせておきたかったのだが。

流石にそこまでの真似《まね》は、ご主人様が許してくれないらしい。大人しく彼も引き下がる。

……それに、正々堂々は望むところだ。もとより自分たちは、その場に引き摺《ず》り込んだ上で勝つための訓練を積んできたのだから。

かくして、Aクラスはカティア、Bクラスはエルメスに率いられて。

激突の準備が、完全に整うのだった。

◆

今回の集団魔法戦のルールは、非常にシンプルだ。

学園内の一部敷地を戦場と定め、その両端に両クラスが陣取る。両クラス陣地の中心部には、ある程度の強度を持つ人間大のクリスタルが置かれており、これを破壊することで陣地を制圧——つまり勝利となる。

自陣から敵陣の間には高低差のある地形や木々の多い地形等いくつかの障害物が存在しており、それをうまく使ってどう進軍するか、またどの生徒をどこにどれだけ攻撃や防御に割り振るか。その辺りが戦術、指揮官の腕の見せどころとなるだろう。

そんな中、まずはAクラスの陣地にて。

「——見たまえ諸君、この一大行事にこんなにも多くの貴族の方々が駆けつけてきてくださった。絶好の機会だとは思わないかい!?　これほど多くの方々に、僕たちの実力を、力を合わせる強さというものを見せつけることができるのだから！」

相も変わらずクライドが実にそれっぽい言葉を並べたて、この戦いを見にきている貴族たちのことを強調して生徒たちを煽《あお》り立てている。実際、名誉を重んじる彼らにとってそれは効果的だったようで。Aクラスの生徒たちは口々にクライドの言葉に追従する。

そんな彼らの様子を見て、クライドは心中でほくそ笑んだ。——負けるわけがない、と。

まず生徒の実力の差。血統魔法の強さという絶対的な差が横たわっている以上そこは揺らぎようがない。

故にBクラスが勝ちうるとしたら、これらの地形や攻め方を利用した搦《から》め手《て》しかない。

しかし——そこは、自分が止める。

クライドは高位貴族として、戦術論もある程度修めている。向こうの指揮官だろうエルメスは多少知恵が回るようだが所詮は平民、高い教育を受けた自分を上回れるはずはない。

(実力でこちらが上回るのは明らか、そして向こうの小賢《こざか》しい手も指揮官の僕が全て潰す。完璧じゃないか、ああ、早く開始の合図を!)

Aクラスの生徒たちを立てつつ、自分の手柄も主張できる。そんな空想に酔いしれつつ、クライドは待ち切れないかのように笑みをこぼす。

そして程なくして、クライドの期待に応えるように。ぱん、と。魔法によってクラス対抗戦の開始を告げる号砲が鳴らされた。

いよいよきたか、と思いつつ。さてどんな手を見せてくるのかとクライド及びAクラスは悠々と待ち構え——

——すぐに、困惑がAクラスの全員を包んだ。

「……何……?」

動かない。

対抗戦は、間違いなく始まっているはずだ。

なのに、向こうの陣地に見えるBクラス生が、一人たりとて動く気配を見せないのだ。

(どういう、ことだ……?)

クライドは、恐らく向こうが先に攻めてくるだろうと読んでいた。

それは一般的な常識に照らし合わせても何ら不自然ではない。何せ、地力でBクラスが劣っているのは紛れもない事実。そして力で上回っている相手には、先手を取るのが常識だ。後手後手に回れば早晩力の差で押し切られるのは間違いないのだから。

故に向こうが何を考えているのか、まるで読めず。

クライド――に加えてAクラスの多くの生徒たちがその違和感を解消しようと、遠見の汎用魔法を用いてBクラスの陣地、具体的にはその中央にいるエルメスを見やる。

その瞬間、見計らったかのようなタイミングで。或いは信じられないことだが――この距離での遠見の魔法の発動を『感知』したかのようなタイミングで、エルメスが動いた。

薄笑いを浮かべ、悠然とした視線でこちらを見据え。緩やかに片腕をこちらに伸ばし、手招きをする。

その動作に込められた意図は、明確だった。

――先手は譲って差し上げます。どうぞ、お好きなようにかかってきてください、と。

『――』

それを認識した瞬間。

遠見を発動していたAクラス生全員の中に、激甚な赤い意志が燃え上がった。

「……いいだろう」

ゆらりと、クライドはこめかみを引き攣《つ》らせつつ手を掲げ始める。他のAクラス生も同様の意志を宿して、クライドの合図を待つ。

「っ、待ちなさい、クライド」

　しかし唯一、冷静さを保っていた故にきな臭いものを感じ取ったカティアが焦った表情で進言する。

「危険よ、一旦様子を見るべきだわ。誰がどう見ても分かるでしょう、向こうの目的はこちらに攻めさせることよ。わざわざ誘いに乗るよりは、一旦陣を敷いた上で――」

「何を弱気なことを言っている、カティア嬢！」

　だが既にクライドは、そしてAクラスはもう止められる段階にはなかった。

「そもそも何を恐れる必要があるんだ、真っ向からのぶつかり合いでこのAクラスが負けるとでも⁉　クラスメイトを信じてあげることもできないのかね君は!!」

　変わらずの言いようにカティアが眉根を寄せるが、最早《もはや》クライドはそれに構わず、高らかに手を掲げて息を吸う。

　……或いは、通常時であったなら。流石のクライドやAクラスと言えど、あまりにも露骨な誘いに違和感を覚えて踏みとどまったかもしれない。

　だが、彼らは既に見てしまっている。聞いてしまっている。対抗戦直前の、クライドとエルメスの舌戦。そんな中でエルメスが放った、彼らにとっては許し難い言葉。

　――『貴方がたが負ける理由は存分にありますね』という、明らかな挑発。

　それが彼らに、引くことを許さない。この程度の挑発にさえ乗らないという選択肢は、Aクラスの人間たちがこれまで生きてきた人生観の中で培うことができなかったもので。

そう。戦いが始まった時点で、どころの話ではない。

戦いが始まる前から、彼らは既にエルメスの術中に嵌《はま》っていた。

そして、まんまと彼の狙い通りクライドは大声で。

「──全員、進め！　お望み通り真っ向から、Bクラスに力の差を見せつけてあげようじゃないか!!」

全軍突撃を言い渡し、思惑通りの展開へと致命的な一歩を踏みこんでしまうのであった。


「……わぁ。本当にきた」

あっさりと突撃を仕掛けてきてくれたAクラスに、仕掛け人であるエルメスでさえ流石《さすが》に少々拍子抜けな表情を浮かべる。

しかし、すぐに気を入れ直す。まだ初手が成功しただけだ、ここから勝利まではまだまだ乗り越えるべきものがたくさんある。

差し当たっては──未《いま》だに不安そうな顔をしているBクラスの面々からだろう。

辛《つら》い特訓を乗り越えたとは言え、これまで恐怖と絶望の象徴だったAクラスの面々。それが一斉に全軍突撃を仕掛けているのだ、恐れを抱いてもおかしくはない。

故に、彼は告げる。

「ご安心を。過剰に怖がることはありません」

まずは、彼らの恐怖を取り除く直接的な言葉。

「僕の知らない、彼らからされた仕打ちもあるでしょう。本番での緊張も、多くの貴族が見にきていることへの恐れもあるでしょう。ですが――それは一旦全て忘れてください」

続いて、彼らを良い精神状態に誘導する言葉を。

「具体的には、特訓の日々を思い出すと良いです。精も根も尽き果て、無心でひたすら己を高めることだけに邁進《まいしん》した時間があったと思います。恐怖も、怯懦《きょうだ》も差し挟む隙すらない、純粋な意思だけが宿った時間。辛い、けれど真っ白で心地よさを感じていた時――」

彼の言葉は、クライドのように過度に煽り立てたり声を荒らげたりはしない。

けれどそれ故に。水のように自然に、風のように穏やかに、彼らの中に染み込んでいく。

「――その全てをぶつける相手が、今目の前にいる。それだけのことだ」

そして、最後の言葉で。彼らの心は凪《な》ぎ、ほぼ理想的な状態に入ったことを認識した。

(……よし)

ならば次。向こうの一斉突撃が脅威なのは紛れもない事実。まずは、その出鼻をくじく。

「というわけで、よろしくお願いします」

それにぴったりの人材は……今彼の隣にいる。

言葉を受けて『彼女』は――待ってましたと言わんばかりに唇を歪《ゆが》ませた。

Aクラス生、ライネル・フォン・アーレンスは気が逸《はや》っていた。

彼はAクラスの中では中堅程度の実力であり、にも拘《かか》わらず今の扱いは不当と思い込んでいたのだ。

そんな中やってきた、この対抗戦。衆目の中で華々しい活躍を挙げることで、誰もが自分の本当の力に気付くだろう。

あのいけすかないBクラスの編入生、エルメスに関してもそうだ。平民のくせにでしゃばりすぎである。特にあの——Aクラスに新しくやってきた美しき公爵令嬢、カティア・フォン・トラーキアに信頼されていることも気に食わない。

どうせ幼馴染《おさななじみ》だからという理由で取り立てられているだけに違いない。この対抗戦で奴《やつ》を一撃のもとに倒せば、彼女の迷妄も晴れるだろう。更に自分に感謝も抱くかもしれない。だとすればもうこちらのものだ。

そんな未来を何の疑いもなく信じ込み、歪んだ欲望と共にエルメス目掛けて突き進む。

——自身が突出しすぎていることにも気付かずに。

そして遂《つい》に、エルメスを自らの魔法の射程にとらえる。馬鹿面を晒しているあの男に、魔法を叩《たた》き込むべく魔力を高めて——

「はいお馬鹿一号」

瞬間。目の前を銀の突風が通り過ぎたかと思うと。

脳天に衝撃が走り、一瞬で視界が暗転し、わけが分からないまま意識も断ち切られて。

「自陣を固めている相手に単騎で突っ込む時点で駄目駄目だし——そもそもキミ、エル君と違ってボクのことは知ってたよね？　なのに何でこの間合いに何の躊躇《ちゅうちょ》もなく飛び込んで来れるの？　本気で疑問なんだけど……」

呆《あき》れたような少女の声は、既に聞こえることなく。

結局最後まで何が起きたか認識すらできないまま、彼は敢《あ》えなく対抗戦の脱落者第一号となったのだった。


一瞬だった。

いくら多少突出していたとは言え、栄えあるAクラスの一員が一撃のもとに脳天を叩かれ倒される。そんな、彼らにとっては衝撃の光景を見せられ、同時に思い出す。

Bクラスには——絶対に近付かせてはいけない、最強の魔法使い殺しがいることを。

「——さて」

それを成した少女、ニィナはAクラスの面々に顔を向け。

可憐《かれん》に、妖艶に、けれど凄《すさ》まじい気迫を宿して笑う。

「次、斬られたいのは誰かなぁ？　最近ボク気分が良いからさ、少しくらいなら相手してあげるよ？」

どこか無邪気さすら感じられる笑みが、むしろ彼女の迫力を高めて。Aクラス生は、それ以上進むことを封じられ。冷や汗をかきながらその場に釘付《くぎづ》けになってしまうのだった。

「……気持ちは分からなくもないですがね」

その様子を見て、エルメスは呟く。

彼女の怖さは毎日手合わせしているエルメスもよく知っている。ニィナにあの場に立たれ、おまけにあの光景を見せられれば突撃を中止してしまうのも仕方ないところではある。

だが――停滞《それ》はとりうる手段の中では最悪手だ。

エルメスが恐れたのは、突撃の勢いのままにＢクラス全体が蹂躙《じゅうりん》されること。こちらの戦いに持ち込むよりも先に、力にものを言わせて挽回《ばんかい》不可能な状況に持ち込まれてしまうことだった。

しかしそれは、ニィナによって阻止された。そして今は目の前に、止まっているＡクラスの面々――自陣の眼前で静止している敵の一軍。

――襲いかかってくれと、言っているようなものだろう。

「突撃」

満を持して、彼は号令する。

瞬間、怒号を上げながらＡクラスに突撃するＢクラス生たち。事前に取り決め、そのための特訓を積んだ――自らにとっての最適な相手に向かって迷いなく突っ込んで行く。

Ａクラス生は面食らうも時既に遅し、突撃してくるＢクラス生を迎撃するしか道はなく。

すぐにＢクラス陣の前は数多《あまた》の魔法が乱雑に行き交う――乱戦と化したのだった。

三十人対三十人ではなく、一対一が同じ場所で三十回。

まさしく戦いが決まって最初に彼が語った通りの戦場が、ここに実現したのだ。

（……うん、完璧）

戦いが始まってからの流れを、彼は過不足なくそう評価した。

まず、この状況に持ち込めるかどうかがある意味最大の勝負だった。先日カティアに語った『五分五分』との評価はまずこの状況にできるかどうかも込みであり、それが実現した以上、むしろ現状はこちらに有利と言って良い。

何故《なぜ》なら――と彼は軽く笑って呟く。

「これで向こうはもう――『二人』脱落です」

数え間違いではない。まず一人は、見ての通り今しがたニィナに倒された生徒。

そしてこの戦場。敵味方入り乱れる状況で、戦術ではなく個々の力がものを言う乱戦。

つまり――後方指揮官が意味を成さない戦場。

そう、故に。

血統魔法を使えず、それを補うほどの特殊技能もない、向こうの指揮官クライドは。

今この瞬間、戦場に何の影響も及ぼせない役立たず。所謂《いわゆる》『死に兵』と化したのだ。

それを理解してしまっているのだろう。向こうの陣で青ざめた顔、まさか戦うより前に殺されるとは思わなかった顔をしているクライドを、ちらと視界に収めてから。

けれど一切の油断はせず、彼は次の状況と山場に向けて冷静に思考を巡らせるのだった。

◆

まずは乱戦——戦術が一切介在しない個の戦場に持ち込むという最初の難関。今まで訓練したことを活かせるだけの場を整えることには、成功した。

一先《ひとま》ず、指揮官としての彼ができることはここまで。あとは——Bクラスの面々がどれほど今までの成果を発揮できるかに全てがかかっている。

「……」

これは、冗談でも何でもない。

確かに、仮に血統魔法の再現を封じられたとしてもエルメスは強力な魔法使いだ。恐らくAクラスの人間が相手でも大半は、強化汎用魔法をうまく使って対処できるだろう——

——一対一、ならば。

流石の彼でも、血統魔法抜きで。いくら魔法使いの基礎能力が覚束《おぼつか》ないとは言え、強力な血統魔法を操るAクラスの魔法使いを複数人相手取れるほどの能力は、現状においては発揮できない。二人で何とか拮抗《きっこう》、三人だと相当厳しいだろう。

故に、ここからは本当に総力戦だ。Bクラス生の頑張り次第、エルメス個人では埋められない差をクラス全体で埋め切れるかどうかの戦い、だが——

「……どうやら、相当向こうも浮き足立っているようで」

エルメスの予想は外れる。——Bクラスにとっては、良い方向に。

……Aクラスの面々は、油断していたのだ。

まんまと向こうの誘いに乗って、突撃の鼻っ柱をくじかれて。……それでも尚《なお》、心のどこかに油断があった。

自分たちは選ばれた者だという傲慢。そしてそれを支える絶対的な根拠たる、強力無比な血統魔法。それがあれば何とかなるだろう。そんな自らの力ではなく、生まれ持ったものだけに依存しきった……自信の皮を被《かぶ》った致命的な傲慢。

それに頼り切った代償を、今彼らは存分に払う羽目になっていた。

「──そこだ！」

「なっ」

裂帛《れっぱく》の気合と共に放たれたBクラス生の魔法が、Aクラス生の頰を掠《かす》める。

冷や汗をかくAクラス生の胸中は今──紛《まが》うかたなき混乱の極致にあった。

（どういうことだ──何故、何故この俺が追い詰められている!?　こんな程度の低い血統魔法しか持たない奴《やつ》に！）

わけの分からないことだらけだった。

今相手をしているBクラス生は、以前の合同魔法演習でも相手をした。その時は自分の血統魔法に為《な》すすべなく嬲《なぶ》られるだけで、脅威などいささかも感じない魔法使いだったはず……なのに。

ありえないことが、起こっていた。

まず――魔法自体の性能が格段に上昇している。

魔法の性質に変化はないのに、その威力や速度、回転率がこれまでとは大幅に違うのだ。別の魔法だと言われた方がまだ信じられるくらいに。

それに加えて、何より。

「次は――そこだろう！」

これだ。この相手、何故か――魔法を撃つタイミングが、絶妙に嫌らしい。

自身の血統魔法を撃ちたいタイミング、魔法の弱いところに潜り込み、被せるようにして向こうの魔法が差し込まれる。あたかも、自分の動きが完全に読まれているかのように。

「大技を放ってくる傾向にあるから、細かい一撃を連発して『撃たせない』ように立ち回る――か。腹立たしいがあいつの言った通りじゃないか」

「な――」

「しかも、貴方《あなた》の立ち回りまであの時のあいつそのままだ。……はは、恐怖すら覚える」

Bクラス生は、恐れに顔を引き攣《つ》らせる。……その対象が目の前で戦っている自分ではなく別の何かだということは流石《さすが》に分かった。

……そしてそんな事実が、尚更《なおさら》Aクラス生に屈辱を与える。

「調子に――乗るなぁ！」

怒りのままに叫ぶも、それだけで状況は変わらない。むしろ怒りでより魔法のテンポが単調になる分、付け入る隙を増やすだけで。為すすべなく、更に劣勢は加速していく。

同様の状況が、そこかしこで勃発していた。

ある者は怒りで調子を崩し、ある者は混乱によって見当外れの行動を繰り返す。

言葉を飾らなくて良いのなら——その姿は、無様としか言いようがないほどだった。

だが、無理もない。

かつてのアスターと同じだ。彼らAクラス生は、劣勢になった経験がほとんどない。

故に、自分が追い詰められてからの立ち回りを知らない。逆転の仕方を知らない。

窮地に立った時の脆《もろ》さ。エルメスの予想以上の弱点だったそれを突かれ、更なる窮地へと追い込まれる。

……しかし、それでもAクラスは意地を見せた。

いや、意地と呼べるものでもないのかもしれない。追い詰められた彼らがとった行動は今までと同じ、ただ、より躍起になって自分の血統魔法を振り回すだけ。

だが——『唯一の強みを押し付ける』という意味では、それは決して悪手ではないのだ。

むしろ躍起になって戦い方や立ち回りで対抗しようとしてくれた方が御しやすかった。

そして同時に——その力押しが有効になってしまう程度にはやはり、血統魔法の差というものは圧倒的で。

「ぐっ！」

Bクラス生の一人、今までAクラス生を圧倒していたはずの生徒が苦悶《くもん》の声を上げる。

それとは対照的に、今までの劣勢を誤魔化すように大笑するAクラス生。

「は！　どうやら最初だけの見かけ倒しだったようだなぁ——そらッ！」

Aクラス生は一切戦い方を変更していない。最初からひたすらに大技を愚直に放ち続けるだけ。Bクラス生はそれをさせないように立ち回っていたが——それでも全てを事前に封じることはできず、遂《つい》にAクラス生の一撃が放たれ、そこから形勢が一気に逆転した。

「何やら小賢《こざか》しい知恵をつけたようだが無駄だ！　そんな小手先で、選ばれた俺たちとの差を覆せるとでも思ったのか!?」

得意げになるAクラス生。他の場所でも似たような状況が発生していた。

そして——恐らく、一人でも倒されれば即座にこの均衡は崩れるだろう。フリーになったAクラス生が他に加勢してしまえばそこから一気に戦線は崩壊する。

こちらのフリーな駒であるエルメスやニィナがカバーしようにも、崩壊のリスクは二十数箇所もあるのだ。いくら二人でも全てを防ぎ切ることはできない。このままでは遠からず強力な血統魔法によって、まとめてBクラスごと押し切られてしまう——が。

（……大丈夫だ）

戦線を飛び回って観察しつつ、エルメスは心中でそう断言する。

そう、こうなるのは想定内だ。むしろ最初の異常な優勢が良い方向に想定外で、それが今通常に戻っただけ。そして当然、こうなることも込みで——と言うより、こうなることを前提として作戦を練っている。

エルメスは思い出す。初日の訓練後、クラスメイトの前で作戦を説明した時のことを。

◆

「まず、最初にはっきり言っておきます」

初日の訓練を終え、疲労困憊《ひろうこんぱい》の様子で地面に突っ伏すクラスメイトの前。

ニィナとの近接特訓を終えての荒い息を軽く整えてから、エルメスは冷静に宣言した。

「もし、貴方がたがこの訓練を最後までやり切れたとしても恐らく――相手のAクラス生に勝つことはできません」

クラスメイトたちがざわめいた。

「厳密に言うなら、高い勝率まで持って行くことはできないでしょう。良くて五分五分、相手によっては頑張っても三割に届くかどうか。二週間という限られた時間内では鍛えてもそこが限界かと」

「そ――それでは意味がないではないか！」

立ち上がって噛《か》みついたのは、彼が少し早く鍛え始めたアルバート。

「そもそも話が違う、特定の相手を倒すことに特化すれば勝てるのではなかったのか!?」

「……その点については申し訳ない、あの場では説明が難しかったため意図的に伏せました。その分、この場ではっきりと話します。――相手を選んでも、いえ、選べてようやく勝機が見えてくる。……遺憾ですが、やはり血統魔法の差は大きな壁なんです」

ネガティブな言葉。

だが――それでも、Bクラス生の顔に絶望が宿ることはなかった。

だって、彼らはもう知っている。彼が何の意味もなくマイナスの情報を開示することはないことを。より具体的に言うならば……それを踏まえた上での勝ち筋を、きちんと考えているということを。

それを察して視線で続きを促すBクラスの面々。早い理解に軽く頭を下げて謝意を示しつつ、エルメスは続ける。

「その上で、皆さんに意識して欲しいことは二つ。『簡単にはやられないこと』と、『勝機が見えたら絶対に勝てるようにすること』です」

「……どういうことだ」

「前者は言葉の通り。後者はつまり――勝てるのは二回に一回、三回に一回で良い。その代わり、勝てる目を引いた時は確実に勝って欲しい」

それを聞いてクラスに広がるのは、困惑だ。……それでは意味がないではないか、と。

仮にクラス全員が五分の勝率に持っていったとして、対抗戦でぶつかれば単純計算で残るのは半分の十五人。そして自分たちは特定の相手を倒すことに特化しているのだから――残った者同士でぶつかればそこで負けるのは必至だ。

そんな至極当然の結論と疑問を受け止めた上で、エルメスは答える。

「ご安心を。二回に一回、三回に一回で十分なんです。貴方たちは本番においては、例外的に『複数回の試行』が可能になります。もっと具体的には、即やられさえしなければ何回かは挑戦のチャンスが与えられる。その内の一回を確実にものにする訓練を積むのが、この戦いにおいてはもっとも効率的だ」

そして彼は、結論として。何故《なぜ》なら、と述べた後、根拠の理由である一人の少女に目をやって、少しだけからかうような響きで告げる。

「こちらには――聖女様がついていますから」

◆

「血統魔法――『星の花冠《アルス・パウリナ》』……っ」

戦場後方から、美しい声。Bクラスにとっては待ち望んだ響き。

それと同時に、乱戦の場全体に蒼《あお》い光が行き渡る。それは的確にBクラスの、しかも劣勢でやられかけている人間だけに吸い込まれ。瞬時にその者の負傷と疲労を癒やし、一挙に息を吹き返したBクラス生がAクラス生に再度襲いかかった。

「何――!?」

Aクラス生は面食らいながら、何とかその攻勢を受け止めて。けれどあまりの勢いに押され、再び攻守が逆転する。

戦場の他の場所でも同様の現象が起きて、一挙にBクラスが盛り返してきた。

Aクラス生たちはその原因に瞬時に思い当たり、それを成した少女――Bクラス陣の最奥に立つ、金髪碧眼《へきがん》の少女をいまいましげに、羨ましげに見やるのだった。

そう、彼女こそがこの戦法の要。エルメス、ニィナに続く、Bクラスにおける三人目のイレギュラー。

二つの血統魔法を持つ天才。クリスタルの守り手にして、Bクラスもう一人の指揮官。

サラ・フォン・ハルトマンは、押されかけていた級友たちを励ますように声を上げる。

「――大丈夫ですっ！　皆さんならできます、どうか信じてそのまま進んでください！」

決して、迫力や威厳のある声とは言えなかったけれど。

それを補って余りあるほどの、Bクラス生との絆《きずな》を彼女は育んでいた。誰よりも彼らに寄り添って支えてきた少女の鼓舞は、この場において最大の効果を発揮する。

「もし危なくなっても、わたしが助けます！　絶対に見落としませんから……っ」

そして、この作戦を可能にするもう一つの要素。

この敵味方入り乱れる乱戦の中、的確に己の魔法を最適な場所に挟む異常なほどの戦術眼。エルメスが以前サラとの直接対決で見出《みいだ》した、彼女の隠れた才能。それを存分に発揮し、彼女は今布陣の要として君臨していた。

「ばかな、こんなことが……っ」

「ありえない、ありえるわけが――！」

再度、Aクラスは浮足立った。

最初の予期せぬ奮戦は、確実に彼らを追い込んでいた。――このまま続けていれば負けるかもしれないと、思わせる程度には。

そして今、彼らは思い知ってしまった。この攻勢が恐らく、サラの魔力が続く限り続けられるのだと。

歯牙にも掛けないほど弱ければ、いくら復活しようと意味はなかった。一回だけならば、どうとでも対処できた。

だが今、その両方が揃《そろ》ってしまっている。自分たちの喉元に届きうる刃が、何度も振るわれるという恐怖。それはAクラス生から、冷静さを完全に失わせるに至って余りある。

かくして、戦況は再逆転した。

士気の差は実力差をひっくり返すほどに開いている。個々の力だけでも十分勝機があることに加えて、万が一のピンチもエルメスとニィナが保険となって確実に潰す。

万全の布陣が完成した。個の力を振るう二十七人に、それを的確にサポートする三人。チームプレイを謳《うた》っていたAクラスよりもよほど完璧な連携を前に、余りにもあっさりとAクラスの敗勢が確定しかけ――

「……まぁ、流石に見逃してくれませんよね」

しかしエルメスが、そう苦い顔で呟《つぶや》いた瞬間。

――紫の光が、Bクラス全員に一斉に襲いかかった。

その正体は、半透明の人型のような使い魔の兵士。その兵たちは機敏な動きでBクラスの一人一人に突撃し、決して無視できない威力の魔力弾を放ってきた。

予期せぬ援軍にBクラス生は戸惑いつつも迎撃するが、即座に気付く。この兵、異様に硬い。自身の血統魔法を以《もっ》てしても生半な攻撃では傷一つつかない程度には。

或《ある》いは自身の全力で集中砲火をすれば倒せるかもしれないが――そんな暇を、強力な血統魔法を持つAクラス生が見逃してくれるはずもなく。

「!?　何だこいつ――ぐッ」

「嘘《うそ》でしょ、これ――！」

完全な数的不利。唐突な二対一の状況を作られたBクラス生は一挙に劣勢に立たされる。

慌ててエルメスとニィナが致命的な崩壊は食い止めるが、あちこちで綻びは生まれかけている。二人のカバーに加えてサラが保険として温存しておいた『精霊の帳《テウル・ギア》』をフルに発動して何とか戦線を保つ。

そうしてぎりぎり、辛うじて維持に成功した一瞬の間。背中合わせに立ったエルメスとニィナが同じ方向を見て、軽く言葉を交わす。

「……お出ましだねぇ」

「ええ。……できればもう少しだけ、自陣の防御に留《とど》まっていて欲しかったのですが」

視線の先には、無数の兵を従えて悠然と歩いてくる紫髪の少女。

Aクラスのイレギュラー。かつての第二王子すら上回った、エルメスを除けば世代最強にして最も警戒するべき魔法使い。

単騎で戦況をひっくり返した規格外の一人。霊魂を従えし、冥府女王《トリウィア》の化身。

――カティア・フォン・トラーキア。遂に、ご主人様のお出ましだ。

恐ろしいまでの威厳を伴って向かってくる、最も近しい少女にして最も手強《てごわ》い敵を前に。

(……さあ、最大の正念場だ)

エルメスは冷や汗と共に笑いつつ、更なる気合と闘志を燃やすのであった。

◆

「私も出るわ」

Aクラスのほぼ全員がBクラス陣に突撃し、一時は押したもののサラの活躍によって再度盛り返された時。唯一クライドと共に自陣の防御要員として残っていたカティアは、戦況を見てそう判断した。

実際間違いではないだろう。Bクラスの布陣は見事だ、Aクラスよりも余程連携が取れている。恐らく誰かがサポートに入らなければ、早晩戦場の趨勢《すうせい》は取り返せないところまで傾いてしまうのは間違いない。

そう思っての提案、と言うより半ば以上宣言だったのだが――

「だ、駄目だ！」

あろうことか、クライドはそれに待ったをかけた。

「君がいなくなったら、誰がクリスタルを守ると言うんだ！　向こうは君を引っ張り出して手薄なところを狙うつもりに違いない、だから――」

「だとしても、このまま見ていれば前線の崩壊は確実よ。攻撃陣を殲滅《せんめつ》したBクラスがこっちにやってくればどちらにせよ負け、ならばリスクを承知で援護に向かうしかないでしょう」

「そ、そんなはずはない！　Aクラスのみんなだぞ!?　今は劣勢かもしれないがいずれ盛り返す、それを信じて待つことが今の君の仕事で……」

「……ふざけてるの？」

そこで、カティアが声のトーンを下げる。

思い込みと希望的観測のオンパレード、およそ指揮官とは思えない客観性を欠いた判断。加えてクライドには奇妙な焦りが見られた。まるでどうしてもカティアを前線に出したくないかのような――

（……ああ、そういうこと）

すぐに察した。

クライドは有り体に言えば、カティア、に前線で活躍して欲しくないのだ。

何せAクラスの中ではぶっちぎりで最強の駒であるカティアが活躍を見せれば、ただでさえ現在危うい立場のクライドは更なる窮地に立たされる。

しかもその場が前線で、自分だけが自陣でクリスタルの前にいるとなれば——それは絵面的にも、完全に戦場に置いていかれる形。これを観戦している貴族の方々にも『何もできていない』との印象を強く与えることとなる。

それを危惧——つまり勝敗よりも自分の立場を優先しての制止。

(馬鹿馬鹿しい)

なら尚更《なおさら》、聞く必要はない。そう判断し、カティアはクライドから視線を切る。

「聞く価値もないわね。止めても無駄よ」

「な——指揮官の指示に従わないと言うのか！」

「従ったら絶対負けるもの。言い合ってる時間も惜しいわ、それじゃ」

そう言って駆け出すカティアだったが、尚《なお》も未練がましくクライドは。

「ま、待て！——それなら、僕も向かおう！」

「はい？」

彼女を呼び止め、謎の宣言を捲《まく》し立てる。

「そうだ、指揮官自ら前線で危険を顧みず指示を出す、それでこそみんなの士気も上がるというものだろう！　だから——」

「無駄よ。あと邪魔」

恐らくせめて自らの活躍を印象付けたい。その一心のみで放たれた言葉だったが、それもカティアは無慈悲に切って捨てる。

「あの戦場を見れば分かるでしょう、もう指示を出すだけの人間は意味をなさないわ。……いい加減認めなさい。最初エルの挑発に乗って突撃を仕掛けてしまった時点でもう、あなたは死んだの。この戦場において何もできない人間になった」

「な――」

「もっと直截《ちょくせつ》に言ってあげましょうか？――今のあなたは、役立たずの足手纏《あしでまと》いでしかない」

冷徹に告げられる、あまりにも残酷な事実。絶句するクライドに、カティアは結論を突きつける。

「分かったらそこで大人しく突っ立って、クリスタル狙いの生徒が来たときだけ教えなさい……まあ、九分九厘来ないと思うけど。それが、今のあなたにできる最善のことよ」

ようやく動かなくなったのを確認すると、今度こそカティアはクライドに背を向けて。

絶望の表情を見せる彼から完全に意識を外すと、戦場に向かって駆け出したのだった。

そして、現在。

「……随分と、楽しそうじゃない」

『救世の冥界《ソティラ・トリウィア》』を発動、幽霊兵を派遣して戦況を盛り返した彼女は、戦場を俯瞰《ふかん》し呟く。

先ほどクライドに告げた言葉も嘘ではない。あの場では自分が出るのが最善手ではある。

……だが、それに加えて少しだけ。本当に少しだけだが、私情のようなものを述べるとするのならば。

「Bクラスのみんな、二週間前とは動きが見違えるようだわ。……きっと毎日たくさん練習して、毎日たくさんエルに鍛えてもらったんでしょうねぇ。家に帰ってもエルはすっごく忙しそうで疲れてて、私とお話しも中々できないくらいだったもの。私との時間よりも優先するくらい全力で見てもらったんでしょうね……ええ、本当に、羨ましいわ」

怒っていない。当然のことだと理解している以上怒ってはいないが。

自分がAクラスでくだらない立場争いと虚言の嵐に巻き込まれていた頃、きっとBクラスはエルメスが中心となってすっごく盛り上がっていたのだろう。勿論《もちろん》順風満帆ではなかったかもしれないが、それでもAクラスよりは遥《はる》かに濃密で意義のある時間を過ごしていたのだろう。……主人の自分を差し置いて。

ああ、なんとも羨ましいことだ。

エルメスは自分の魔法について以前、感情を素直に出した上で運用するのが良いと言っていた。

ならば今。全力を出すと言った以上。

決して怒ってはいないが——この感情のままに己の魔法をBクラスにぶつけるのが正し

い選択だろう。うん、断じて鬱憤晴らしとかそういうのではない。

よし、やろう。そう判断して彼女は更に魔力を高める。

「っ、カティア嬢――！」

この戦場における彼女の危険性を察知したのだろう。Bクラス生の一人が自分の相手よりもカティアを優先して魔法を撃ち放ってきた。

なるほど、戦況と倒すべき相手の判断は悪くない。が――

「甘いわよ」

――あくまでそれは、実力が伴っていればの話だ。

向こうの攻撃を幽霊兵で苦もなく受け止める。目を見開くBクラス生に対し、彼女は薄く笑って。

「随分強くなったじゃない。二週間エルに鍛えられて、エル製の訓練を受けて、自信がついたのかしら？……でもね」

即座に周囲の兵士を集結。複数兵による集束させた霊弾、通常の血統魔法に匹敵する威力のそれを瞬時に溜《た》めきり。

「お生憎様《あいにくさま》。こっちはね――同じ訓練を、一ヶ月前から受けてるのよっ！」

確実に私情の混じった返し文句と共に、それを容赦なく撃ち放った。

――この通りだ。

魔法の真価に覚醒し、世代最強の血統魔法使いとなった彼女は他のAクラス生と比べても格が違う。いくら鍛えたとは言え、今のBクラス生では到底相手にならない。

故に、この彼女に対抗できるとすれば——

「……あなたしか、いないわよね」

攻撃を受けたBクラス生。その前に立って、光の壁の応用で今の一撃を受け流した銀髪の少年を見て。

「さあ、どうやって私を止めるのかしら。エル？」

あたかも、待ち人を見つけたかのように。非常に可憐《かれん》な、けれど若干何か黒いオーラが立ち上っていそうな微笑《ほほえ》みと共に、カティアは告げるのだった。

◆

「……貴方《あなた》は自分の相手に集中してください。カティア様の相手は——僕にお任せを」

「わ、分かった！」

一先《ひとま》ずカティアを狙った生徒にそう話すと、向き直ってエルメスは再度心中で告げる。

（……さあ、最大の正念場だ）

間違いなくこの対抗戦における最大の壁である彼女。

先日彼女に『勝率は五分五分』と告げた。その負ける方の『五分』の内訳は、まず最初の乱戦状況に持ち込めるかどうか。

そして残りは全て——カティアに対処できるかどうかだ。

故に、ここでの自分の立ち回りに勝敗の大部分がかかっている。その覚悟と共に見据える彼の前で。

「まあ、あなたが来ると思っていたわ」

悠然と、カティアが告げる。……どことなく悪寒のする微笑みと共に。

しかし彼女は、すぐに表情を冷静な魔法使いのものに戻してこう言ってきた。

「でも、あなた一人でいいの？……私が言うのも何だけど——いくらあなたでも、『今の状態』で私を止められるのかしら」

「っ」

同時に、更に周囲に幽霊兵が増加する。改めて見ると、一人で大軍に匹敵するこの魔法、やはり規格外の物量だ。

……そして、彼女の言うことはこの上なく正しい。

エルメスは今の状態——つまり血統魔法再現を使えない状態でもAクラス相手、一対一ならば何とかなると言っていたが……それは当然、彼女を除いての話だ。

現在の彼女は、魔法使いとしての能力は圧倒的。いくら彼でも血統魔法を封じられての対決では勝てない——どころか、彼女の方はエルメスを相手にしながら他のところまで気を回す余裕すらある。

実際彼女は、そうする気満々だろう。そうなれば、現状Aクラス生に食らい付いていた

Bクラス生は彼女の幽霊兵も相手にしなければならなくなり、今度はこちらの戦線が崩壊する。これは避けられない未来だ。

——そう。

魔法使いとして彼女を相手にする限りは。

彼女は知らない。Bクラスで彼が何を学んできたか。Bクラスに入って最も衝撃的だった出会いと、その結果を。

「いいのかしら。残念だけど、今のあなた相手なら片手間でも——」

「お言葉ですが」

不遜ながらカティアの言葉を遮って、エルメスは告げてから。

まずは全身の力を弛緩《しかん》。ゆらりと地面に体を傾けて、倒れるぎりぎりのところで一気に魔力を足に集中、それを推進力に変えて全力で地面を蹴り——

——消えた。

かのように彼女からは見えたことだろう。編入二日目に、彼が味わったのと同じように。

それでも前方からの突撃であることは読んだのか、幽霊兵を呼び寄せて防御を集中——

だが、それは想定内。

幽霊兵に突っ込む直前に急停止。その反動を利用して横っ飛び、瞬時に体勢を立て直して反応させる間もなく背後に回り込み、意識を刈り取るべく首筋に手刀を叩《たた》き込む——

「ッ!?」

──寸前。紙一重で彼女は首を捻《ひね》り、同時に幽霊兵の腕が差し込まれて手刀が弾《はじ》かれる。

……惜しい。できれば初手で決めたかったが、流石《さすが》にそう甘くはないか。

だが、これで彼女も分かっただろう。決して今の彼が、油断できる相手ではないことを。

そう。魔法使いとして現在の彼女は圧倒的、力を制限された自分では敵《かな》うべくもない。

しかし──魔法使いの弱点は近接戦闘。これはエルメスも、そして彼女も例外ではない。

そして彼は出会っている、Ｂクラスに所属する、その弱点を突くことに特化した少女に。

その少女に衝撃を受け、技術を学ぶべく教えを乞い、毎日のように手合わせを続けてきた。

Ｂクラス生の鍛錬と並行してでも、疲労困憊《ひろうこんぱい》の体を押してでもその手合わせを続けていたのは──全てこのため。対抗戦最大の壁となるカティアに対する切り札を磨くためだ。

無論、カティアの血統魔法は規格外。恐らくは今のように近接での戦いを挑んでも幽霊兵に弾かれ、決定打を叩き込める確率は低い。

だが、いくら彼女でもこの距離で。自らの天敵となる戦い方をする相手に──他のことに意識を回す余裕はないはずだ。

「……僭越《せんえつ》ながら、申し上げます」

そんな狙いを込めて、彼は敢《あ》えて不敵に告げる。

「どうか片手間なんて寂しいことは仰《おっしゃ》らず──僕一人に集中してください。でなければ、いくら今の僕相手でも足を掬《すく》われかねませんよ」

これこそが、カティア対策だ。

近接戦闘に比較的強いエルメスかニィナを当てて足止めし、他のことに気を回させない。

問題はどちらをぶつけるかだったが──機動力の高いニィナの方がクラスメイトのサポートには向いていること、そしてエルメスならば万が一距離を離されても魔法で対抗できることからこの人選となった。

そんな狙いを込めての、彼の台詞《せりふ》。それはこの上なく、彼女にとっては有効だった。

…………ただ、唯一の問題は。

その言葉は、今のカティアには──あまりにも、有効すぎたということだろう。

言葉を受けたカティアは一瞬呆《ほう》けた表情をしていたが──すぐに、笑みを取り戻して。

「……へぇ。そんなこと言っちゃうの」

あれ、と思った。

何だろう、予想していた反応と違う。そう思うエルメスの前で、彼女は口を開くと。

「……私ね、ずっと我慢してきたのよ？　エルが選んだこと、エルが頑張りたいと思ったことだからって。Bクラスの特訓に疲れて私に構ってくれなくても、全然昼食の時間が取れなくても、あと絶対サラやニィナともっと仲良くなってるんだろうなぁって思っても、ねぇ？」

先ほどのどことなく悪寒を覚える微笑みで、言葉を並べ立てて。

「対抗戦が終わるまではって我慢してたのに、そんな私の前でそんなことを言っちゃうのね。『自分一人に集中して』だなんて。……ふふ、いいわよ、その挑発に乗ってあげる。だって、それなら――」

同時に、いつの間にか幽霊兵が周囲を取り囲む。『逃がさない』とでも言うように。

そんな中彼女は、天使も見惚《みと》れるほどに美しく笑みを深めて、告げる。

「――今、この瞬間なら。あなたを独り占めしていいってことだものね？」

（………………、何だろう）

詳しくは分からない。けれど……とても、とてもまずいことをしてしまった予感がする。

先ほどの台詞は、あくまで彼女の気を引くために告げただけのつもりだったのだが――何やら、気を引くどころか彼女の中の踏んではいけないスイッチを踏んでしまったかのような気配がする。正直ちょっと怖い。

（……いや、落ち着こう）

とりあえず、動揺した心を治めつつ考える。

……色々と予想外だったが、目的は果たしている。――つまるところ、他に気を回せないほど彼女を自分に釘付《くぎづ》けにすれば良いのだから。そうすれば幽霊兵を用いた援軍による数的不利はなくなり、クラスメイトたちが盛り返す余裕が生まれる。

カティア参戦前の様子を見るに、そうなればニィナのサポートだけでも十分やれるはずだ。自分は彼女に集中した方が良い……というか、そうしないと更にまずい予感がする。

「……よし」

ならば、あとは自分のやることは単純。

クラスメイトたちがAクラス生を打倒するまで――カティアを死に物狂いで足止めする。

時間を稼ぎ、打倒後の援軍を待つ。正直なところ近接戦闘を用いても勝てる気はあまりしない以上、それに徹するのが最善の選択肢だ。

……随分な皮肉だと思う。『個人の勝利だけ考えろ』と言った自分自身が、よもや一番チームの勝利のために犠牲となる選択肢を選ぶことになるとは。

だが、それでも――不思議と、嫌な気分ではなかった。

「では、いざ尋常にお手合わせを」

「ええ、楽しみだわ」

あとは任せました、とクラスメイトに声なきエールを送ってから。

短い言葉を交換し、エルメスはこの対抗戦、最大の脅威へと立ち向かって行くのだった。

◆

かくして、戦況は完全に拮抗《きっこう》した。

Bクラス生はそれぞれ自分と相性の良いAクラス生に挑みかかり、足りない分の実力差はニィナとサラがカバーする。

そして、Aクラス最大の脅威であるカティアはエルメスが全身全霊で足止め、先ほどのように他の場所へ援軍をやる間もないほどに攻め立てることで時間を稼ぐ。

結果として生まれた、現状は完全な互角の状態。

故に、ここから先は本当に個人の戦いだ。

Bクラスの誰かがやられて戦線が崩壊するか、エルメスがカティアを止められなくなれば自分たちの負け。逆に、Bクラス生がAクラス生を打倒して盛り返せば自分たちの勝ち。

ここまで培ってきた自分たちの力を、目の前の相手にぶつける正念場。

――さしあたっては。

「あっはははは！　どうしたんだいアルバート君、威勢が良いのは最初だけかい!?　それともようやく認める気になったのかな、どう足掻《あが》いても僕たちとの差なんて埋められっこない、無駄な努力だってことをさぁ!!」

「くっ――！」

自分の仕事は、このネスティ・フォン・ラングハイムを。

自分にとって因縁深い相手を今度こそ打倒すること――そう、歯噛《はが》みしつつもアルバート・フォン・イェルクは考えるのだった。

「ほら――もっと存分に味わうがいいさッ！」

その愉悦に満ちた掛け声と共に、ネスティの魔法――青い炎が襲いかかる。

アルバートも風の魔法で対応するが……その結果は以前の合同魔法演習と同じ、アルバートの魔法が一方的に押し負ける展開だ。

「ぐうっ」

アルバートが短く苦悶《くもん》の声を上げ、ネスティの哄笑《こうしょう》が高らかに響く。

ネスティの魔法、『煌の守護聖《セントエルモ》』。

青い炎──質量を持つ炎という奇妙な性質の攻撃を操る魔法。

それ故に、物理的な性質の強い防御は炎によって燃やされて。魔法的な性質の強い防御──アルバートの風も同様に、その質量によって突破される。

極めて防ぐことが難しく、加えて直撃した場合もまとわり付くように燃え広がる、凄《すさ》まじい貫通力と攻撃力を誇る魔法。

アルバートにとっては、入学してからずっと合同魔法演習で煮え湯を飲まされてきた、絶望の象徴である魔法だ。

「無駄さ、何もかも無駄なんだよ！　クライド君から聞いているよ、この対抗戦に向けて随分涙ぐましい努力をしてきたようだねぇ！」

アルバートの圧倒的劣勢に気を良くしたか、ネスティによる嘲弄の言葉が更に加速する。

「全く度し難いよ、君はもうとっくに学んでくれたものだと思っていたんだけれどね！　それとも何だ、あの平民の編入生に唆されでもしたのかな！」

ネスティはそう言うと、余裕の表情で後方に目を向け、指差す。

「でも見てみなよ。あの男、平民にしてはやるようだけど——ほら！　カティア様を相手にしたら手も足も出ていないじゃないか!!」

その先には言葉通り、カティアを相手に果敢に責め立てるも、幽霊兵による堅い防御に阻まれて一向に攻撃を通すことができないエルメスの姿。それを無様なものを見るような目で優越感と共に見やり、そのまま同種の視線をアルバートに向けて。

「馬鹿だねぇ、いい加減学習しなよ。どれだけ頑張っても、選ばれし者たちとの差を覆すことはできないんだって！　そんな愚かな君には——もう一度この僕の魔法で体に覚え込ませるしかないようだ!!」

（……くそ……！）

ふざけるな、と言いたかった。

まず彼は知っている、エルメスは本来の力を現在発揮していないのだと。もしその制限がなければ恐らくカティア相手でも十分上回れる、どころかカティアを除けばAクラス全員を相手取ってでも戦えるくらいの力があると。

それに、そのことを抜きにしても——あのカティア・フォン・トラーキアを相手に。単騎でBクラスを危機に追い込んだ、世代トップクラスの魔法使いを前に。まともに戦えているということが、どれほどの偉業か。それが貴様にできるのかと。

——だが。

それを言おうにも、現に自分が圧倒的な劣勢にあることは確かで。手も足も出ていないことは、紛れもない事実で。

「ぐッ」

また、ネスティの魔法がアルバートの肩口を掠《かす》める。それも含めて既に彼の体には、無数の青炎による火傷《やけど》があちこちに走っている。控えめに見ても満身創痍《まんしんそうい》だ。

そして、ついに彼のそんな姿を見かねたか。

「っ、アルバートさん！」

彼の劣勢に気付いたサラが声を上げ、『星の花冠《アルス・パウリナ》』を起動させようとする——が。

「手を出すなッ、サラ嬢!!」

今までで一番の大音声で、アルバートはそれを拒否した。

体を震わせるサラに向かって、ネスティの魔法を捌《さば》きながら彼は叫ぶ。

「貴女《あなた》はもう手一杯のはずだ、ならば俺のことはいい、他のカバーに集中しろ！」

「で、でも」

見ていられない、と言外に告げるサラ。それも当然だ。きっと対抗戦の勝利のためには、大人しく彼女の補助を受けるのも一つの手ではある——が。

「我儘《わがまま》かもしれない。だが、これは、これだけは！　貴女の力を借りてしまっては、俺は自分を誇れない！」

アルバートは叫ぶ、己の想《おも》いを。以前交わした彼とのやりとりを、思い返しながら。

「俺一人で、この男を打倒したい！　でなければ、意味がないんだ——!!」

◆

「頼む」

打倒Aクラスのための B クラス全体特訓が決定し、その初日が始まる前。

以前と同じようにアルバートは、エルメスに頭を下げていた。

「お前は俺たちに、Aクラスの特定の生徒を相手取ることに特化した修行を施すと言った。ならばその上で、頼みがある」

彼はそう言ってから、真っ向から鋭い視線を彼にぶつけて。

「俺の相手は、あの男に。──ネスティ・フォン・ラングハイムと戦わせてくれ……ッ」

もう一度、頭を下げる。貴族の体面など知らない、それよりも大事な己の内にあるものに従って。入学直後の合同魔法演習で、自分に絶望を植えつけた相手。それとの決着が、自分にはどうしても必要なのだと告げる。

懇願を受けたエルメスは、しばし思索の海に沈んで沈黙していたが、やがて。

「……まず、前提を一つ述べておきます」

ぽつりと、慎重に言葉を吟味して告げる。

「ラングハイム侯爵令息と、貴方《あなた》は恐らく──かなり相性が悪い。普通に考えれば貴方を彼にはぶつけない方が無難だ」

「っ」

「……でも」

息を呑《の》むアルバートに、エルメスは否定の言葉と共に真剣な表情を見せる。

「正直に述べますと、Aクラスでカティア様を除けば一番厄介なのは――そのラングハイム侯爵令息なんです。純粋な実力もカティア様以外の中ならばトップ、何より……彼の血統魔法は、あまりに特殊すぎる」

自身の手のひらを見やって、彼は少し苦い表情で言った。

「『質量を持つ炎』というその希少性。ある程度の解析は済みましたが、再現は恐らく対抗戦までには間に合いません。そして、強化汎用魔法による擬似再現も無理でしょう。つまり一番シミュレーションが難しい相手なんです、彼は」

この後彼が行った訓練では、解析結果をもとにした、各Bクラス生が戦う相手を擬似再現することによる個別特訓を課していた。

その擬似再現が唯一できない相手がネスティなのだと、エルメスは語る。

「だから、彼を相手取る方だけは、前準備の利かない純粋な実力勝負になってしまう。その点で言うなら――攻撃系血統魔法持ちの中でBクラス最強の実力者であり、早くから僕の訓練を受けているアルバート様。……貴方が一番、勝機があるとも言える」

「！」

一転して緊張と高揚を顔に表す彼を、エルメスはもう一度真《ま》っ直《す》ぐに見据えると。

「貴方が彼を相手取って勝てるだけの訓練は、考えてあります。……ただ、相当険しい道になる。これまで貴方が受けてきたものとは、比べ物にならないほどに」

予《あらかじ》め彼の訓練を受けてきたからこそ、その恐ろしさも分かるだろう。

アルバートがそれを理解したことを確認した上で、彼は最後に。

「でも、それを耐えてくれると言うのならば。他のBクラス生よりも遥《はる》かに厳しい道を歩いてくれるのならば——むしろこちらからお願いしたい」

そう告げると、初めとは丁度逆の形で。今度はエルメスが、アルバートに懇願する態度で言ったのだった。

「どうか、Bクラスの勝利のために。……向こうの強敵の一人を、貴方に倒してほしいんです」

◆

「——頭を下げたのだぞ。あいつが、俺に」

彼が編入してからアルバートが彼にしてきたことは、誰がどう見ても好意など欠片《かけら》も抱きようがないものだ。

むしろ恨まれても、逆にひどい仕打ちを受けても仕方のない所業。なのに彼は一切それをせず——ただ純粋に、アルバートを真摯な目線で見て。

アルバートが態度を変えても、一切居丈高になることもなく。これまで通り対等に、優れた点は評価し間違った点は忠言し。何の恩も、何の恨みも着せることなく、今回のように何かを頼むときは、真っ直ぐな態度で何も引きずらない。

——それができる貴族が、果たしてこの国にどれだけいるだろうか。

その評価に。その態度に。その信頼に。

応えなければきっと自分は今度こそ、本当に大切なものまで失ってしまう。アルバートはそう直感した。

だから。

「俺は、俺自身の誇りのために——貴様を、俺一人で打倒せねばならんのだッ!!」

そうでなければきっと、自分は過去を乗り越えられない。

そしてきっとあの男に、胸を張って向き合うこともできないだろう。

意思を込めての、アルバートの宣誓。それを聞いたネスティは初めて、不快げな表情をその顔に宿らせた。

「……何だいそれ、くだらない。だから言ってるだろう、何をしたところで何も変わらないってさ。それに」

その不快感のままネスティは魔力を高めて、今まで通り。

「結局、何をやったところで君は僕に敵《かな》わない！　これまでの結果で明らかじゃないかッ！」

劣勢の、防戦一方のアルバートを嬲《なぶ》るべく。歪《ゆが》んだ笑みでネスティは青炎を放つ――

――だが。

「これまではそうだったな」

ひらり、と。

あまりにも軽く、あまりにもあっさりと。アルバートは異常なほどに軽やかな動作で、その炎を躱《かわ》す。

「……え？」

「何の策もなく貴様の技を受け続けていたと思ったか。これまで耐えていたのは、何もできなかったからでは断じてない」

続けて放たれる青炎も、ひらひらと絶妙に見切って避けていく。まるでどこに、来るか、分かっているかのように。

そんな予感を感じ取ってか、アルバートが結論を述べた。

「――『解析』していたのだ。エルメスでも読みきれなかった貴様の攻撃を、確実な勝機に組み込めるまで」

或《ある》いは、意識してかせずか。

その語り口は、彼の魔法の意識を変えた人物によく似ていた。

そしてアルバートは、反撃の狼煙《のろし》をあげるべく。これまで封じていた彼の特訓の成果を解禁する言葉を、魔力に乗せて告げる。

「……『天魔の四風《アイオロス》』――『西風《ゼファ》』」

エルメス曰《いわ》く。

『天魔の四風《アイオロス》』は、その名の通り大別して四種類の風の魔法を総称したものらしい。

まずは、『南風《ノトス》』。主に風の砲弾を打ち出す魔法であり――アルバートは今まで、これしか使ってこなかった。

何故《なぜ》なら、これが一番扱うのが簡単だからだ。

「そもそも風の魔法には、相当に繊細な魔法制御が不可欠なんです。風……つまり空気の流れは恐ろしく複雑だ、それを完璧に操るには、非常に高い魔力操作能力が必要になる」

だが、裏を返せば。その欠点さえ克服できれば、彼の魔法は化ける。非常に高い汎用性と応用性を兼ね備えた魔法になるとエルメスは語る。

「故に貴方にこれからやってもらうのは、ただひたすらに魔力操作の訓練。それだけです。最終的には――僕に近いレベルまでの操作能力を身につけてもらいたい。それを二週間でやれと言うのだから、まあ地獄も地獄になることは覚悟してもらいます」

しかし、それができれば。

「貴方は、Aクラス生と比べても劣らない魔法使いになれる。……あのラングハイム侯爵令息も、目ではないほどに」

その一言は、彼のやる気を最大限にまで引き上げるには十分だった。

かくして発動した、『天魔の四風《アイオロス》』二つ目の魔法、『西風《ゼファ》』。

その効果は、単純故に奥が深い強風の操作。しかしてその本領は――それを用いた、術者本人の移動制御だ。

「何――!?」

ネスティが驚愕《きょうがく》を顕《あらわ》にする。今まではその場に留《とど》まって防戦一方だったアルバートが突如、戦場を縦横無尽に飛び回るようになったのだから。

「貴様の魔法の弱点が一つ分かった」

戸惑うネスティを他所《よそ》に、アルバートが冷静に語る。

「貴様の魔法。確かに威力自体は強力だが――速くはない、な?」

「!!」

その結果は、現状が雄弁に示していた。

当たらない。高速で移動を続けるアルバートを、彼の炎は最早《もはや》欠片も捉えられない。

……勿論《もちろん》、アルバート側も余裕があるわけではない。

エルメスがかつて『魔弾の射手《ミストール・ティナ》』で行ったことと同じだ。攻撃用の魔法を術者の移動に応用するやり方は、凄《すさ》まじいまでの制御能力を必要とする。アルバート自身、この高速移動を自在にこなすことはまだ到底できていない。

だからこそ、待ったのだ。ネスティに魔法を撃たせ、その性質を看破して。それによる予測によって制御の甘さを補い、完璧な回避が可能になるまでひたすら耐え続けたのだ。

それは実を結び、あっという間に形勢はひっくり返る。ネスティはアルバートを一切捉えられなくなる。

「こ、の――っ、卑怯《ひきょう》な！　逃げ回るだけか、貴族ともあろうものが！　守るべき民を背負った時もそのような無様を晒《さら》す気なのかい、風上にも置けない奴《やつ》め!!」

……追い詰められた途端それっぽい文句が飛び出てくるのは、この国の貴族の特徴の一つでもあるのだろうか。

しかしアルバートは動じず、むしろそれを受け止めた上で冷静に回答する。

「……確かに、そういった在り方に憧れていたことは否定しない。だからこそ先ほどのような足を止めた戦い方にこだわっていたことも。だが――」

気付いたのだ、それでは駄目だと。

その契機となったあの日。彼に連れられ、規格外の彼の魔法を見せられた時。

自分と同じ、けれど自分よりも遥かに優れた魔法を見せられ、目に焼きついた情景。

それを思い出し、アルバートは語る。

「追いつきたいものを、見つけた。――そのためには、なりふり構ってなどいられないのだッ!!」

そして当然、アルバートとて逃げ回るだけのつもりなど毛頭ない。冷静に、機を待つ。

それはすぐにやってきた。ネスティの魔法制御が乱れ、青炎の海の中に綻びが見つかる。

瞬間、彼は現状の全力を注ぎ込んで叫んだ。

「『天魔の四風《アイオロス》』――『東風《ヴァルター》』！」

それは、竜巻を起こす魔法。制御能力の上昇によって可能になった三つ目の手段。

竜巻を伴い、竜巻と同化し。綻びに向けて一直線に突き進んで行く。

ネスティは面食らいながらも、咄嗟《とっさ》に青炎を防御に回す。すんでのところで受け止め、拮抗《きっこう》する両者。目と鼻の先で、ネスティは焦りに顔を歪めながら叫んだ。

「この……ッ、ふざけるな！　あっていいはずがないだろう、お前如《ごと》きが僕を上回るなど!!　大人しく這《は》いつくばっていろ落ちこぼれがッ!!」

対して、アルバートは静かに語る。

「その程度か、貴様が俺を止める理由は。ならこちらこそ言わせてもらおう――ふざけるな、と」

……普通に考えれば。

威力においては、『煌の守護聖《セントエルモ》』の方が遥かに上回っているのだ。この拮抗状態になった時点で、アルバートに勝ち目はないはずだった。

だが。

「――退《ひ》け。何度も言うが、俺はここで立ち止まっている時間などない！」

魔法の威力は、性能だけでは決まらない。

魔法の基礎能力に、魔法への理解度。かける想《おも》いに、乗せる願い。そういったもの全てが力になる。在り方から、生まれの起源からして、魔法とはそういうものである。

それらの、あらゆる点において。

誰かの足を引っ張るために魔法を振るっていたネスティと、遥か先を見据えて突き進んでいたアルバート。そんな両者がその瞬間の魔法にかける魔力、技術、そして――想いには。あまりにも、違いがありすぎた。

故に。当然の如《ごと》く、疑いようもない真理として、均衡は崩れ。

「……なぜ、だ」

竜巻が炎を貫き、ネスティの体を激しく打擲《ちょうちゃく》する。

意識を刈り取るには十分なその衝撃。わけも分からず――自分が何故やられたのかすら理解できず頽《くずお》れるネスティ。

そんな彼を、念願だった絶望の相手の打倒を果たしたアルバートは一瞬の感慨に身を任せ……しかし、それだけだ。以降は一切振り返ることはない。ネスティには最早、目もくれない。

何故なら、彼の語った通り――目指す先は、遥か彼方《かなた》にあるからだ。

「……行くか」

その先を見据え、その遠さに目が眩《くら》みつつ。

それでも目を逸《そ》らすことは、もうしない。クラスメイトの加勢に向かうべく、アルバートは駆け出した。

◆

「……すごい」

その光景を見ていたサラは、思わず小さく声をこぼす。

アルバートが、勝った。

エルメス曰く、カティアを除けば最も勝つのが難しい相手に、自分の補佐なしで。

しかもその時使った彼の魔法は、二週間前の彼からは到底考えられないほどに洗練された、美しいもので。

純粋な、称賛の心を抱く。あの魔法を扱えるようになるまでの彼の途方もない努力に。

その成果をしっかりと本番で出し切った彼の心の強さに。

……そして、あの彼をそこまで変えることができた、エルメスに。

「……」

自分では、無理だった。

入学した頃は気高い意志に溢《あふ》れていたアルバートの心が少しずつ腐っていくのを、ただ見ていることしかできなかった。

……本当に、すごいと思った。

エルメスは、当人の能力もさることながら——周りの人間を変える力が突出している。

そうサラは思っていたし、彼が学園に来てからより強くそう思った。

その恩恵を受けた人間は、数知れない。きっとカティアもそうだっただろうし、アルバートも、ニィナも、Ｂクラスのみんなも。

……そして、自分だって。

だから、勿体《もったい》ないと思ったのだ。

その力がありながら、本人は他者と関わりを深く持とうとしないことが。ひとりぼっちの……ニィナが言った、そしてサラも思う寂しい生き方をふとすると選びそうになってしまうことが。

だから強引にでも引き止めようとした。……ひどい傲慢であると思う。自分ではどうしようもなかったＢクラスを救って欲しいとの思いがあったことも否定しない。

でも――きっと、エルメス自身のためにもなる。そう考えたから、自分はあの時ああ行動した。それが、彼の中の何かを変えることができたのなら――それは、とても喜ばしく嬉《うれ》しいことだ。

彼女の願う通りに、エルメスはこのクラスを変えてくれた。その波紋はきっとＢクラスだけに留まらず、これから学校全体に広がっていくだろう。

ならば、自分は。彼をある意味『巻き込んだ』者として。

まずは彼が成した最初の成果。その集大成であるこの戦いを、全力で彼の望む方向に持っていくべきだろう。

……そして、同時に。どうしてか。

『……誰かに理想を、願いを託すこと。正直少し前の僕はあんまり理解できないことでしたが……今は、きっとそういう願いの形もあるのだろうと思います。自分だけではない、誰かとの間に在る思いも、魔法もあるのだと』

彼の言葉を思い出す。

『でも、それとは逆に――誰かに託せないもの。自分自身の想い、自分だけの願い、自らで叶《かな》えるしかないものも、確かにある。そこの認識は、変わっていません』

初日の訓練を始める前、彼に懺悔《ざんげ》を行った時に言われた言葉を想起する。

『――あなたの理想は、どちらですか？』

「……わたしは」

無理だ、と思っていた。

どうしようもなかった、この光景を夢見つつも何一つできなかった自分では、彼のようなことをするなど到底不可能だと。

…………でも。

でも、本当は。

彼に夢を見るだけでなく、自分にも夢を見ていいのなら。

「……わたしも」

ぽつり、と零《こぼ》れるように、サラは。

「わたしも……あなたみたいに、なりたいです。誰かを変えられる人に、なりたい」

口にする。

彼女の想いを、彼女の願いを。自覚し、形にするための一歩を踏み出す。

誰かに託すだけじゃ、本当は満足できない。わたしは、わたしで世界を変えたい。

そうして、あの時に抱いた憧憬を形にできたなら。何者にもなれなかった自分も、憧れる彼のように強い人になれたらと願う。

その想いが、少しだけ彼女の心の形を変える。

──だから、始まりの一歩として。想いを込めて、彼女は前を向いて行動を開始した。

まずは……あまり得意ではないが、大声でこの情報を。

「──アルバートさんが、勝ちましたっ！」

Bクラスにとっては最大の朗報であり、Aクラスにとっては動揺を免れぬ凶事。

この場では最大級の実力者が敗北したのだ、混乱は不可避だろう。

逆にBクラスは衰えかけた気勢を一気に取り戻し、士気が最高潮にまで上昇する。戦いの趨勢《すうせい》が決まるかどうかの瀬戸際で、これは大きいはずだ。

続けざまに、彼女は告げた。

「辛《つら》いかもしれませんが、もう一踏ん張りです！　倒せそうな人はそのまま押して、厳しそうな人はできる限り耐えてください！　必ずわたしが癒やしますし、アルバートさんも駆けつけますから！」

アルバートの勝利によって、確実に優位には傾いた。

だが、未《いま》だ予断は許されない。地力でAクラス組が勝ることは紛れもない事実であり、自分たちの戦いはあまりにも尖《とが》りすぎている。

――流石《さすが》に、全員が全勝というわけにはいかないのだ。Bクラスの誰かがやられた時にどれだけサポートの余力を残せておけるか。それが勝負の分かれ目になるだろう。

ならば自分は、そのために全てをかけよう。

いくら彼女でも、この戦場の全てを詳細に把握することはできない。以前エルメスと戦った時とは味方の数も敵の数も違いすぎる。どう注意しても、自分の回復が追いつかないところはいずれ出てくるだろう。

だが、それを言い訳にはしたくない。

まずは全力で集中する。綻びを可能な限り小さくして、今の自分にできる範囲は全て把握して優先順位を決定、魔力は一切出し惜しみせず蒼《あお》の光を矢継ぎ早に。

同時に足りないところは――言葉で。想いで補おう。

「エルメスさんが、カティア様を押さえてくれているうちに！　みなさんならきっとできます！　あの人ができると信じて、任せてくれた信頼に――わたしは、応えたい！」

あなたたちも、きっとそのはずだと。そんな、言外のメッセージを込めた声援と激励。

ずっと戦場を、そしてクラスを支えてきた少女の言葉にクラス全員が奮い立つ。

勝機を見つけた生徒はそれをなんとしても逃すまいと魔法を撃ち込み。劣勢で敗北が免れない生徒も、少しでも余力を削ってやると言わんばかりに死に物狂いで食らいつく。

その鬼気迫る様子に、Ａクラス生たちは残らず浮き足立ち。しかし、それでも生まれ持った圧倒的な差、血統魔法の性能によってその気迫ごと押し返す。

だがＢクラスも、そんなもの端《はな》から承知の上だと更に気勢を高める。

遂《つい》にＢクラス生が一人倒れ。倒したＡクラス生が別の加勢に向かい、いよいよ均衡が崩れそうなところでアルバートが追いついて。

けれどまた別のところでまたＢクラス生が打倒され、けれど同時にＢクラスも二つ目の金星を挙げ、勝った両者がぶつかって。

いよいよ両者共に脱落者が出始めた結果、加速度的に戦況は終結へと向かっていく。

意地と実力。培った想いと生来の特権。その二つがぶつかり合い、せめぎ合い、交錯し。

遂に、決着の時が間近に迫る。

◆

荒い息を吐きながら、エルメスは呟《つぶや》く。

「……まずいな」

当初の予定通り、最大の脅威であるカティアの足止めへと向かったエルメス。

その目的は一応この瞬間までは果たしていたが——

――その代償が、想像を遥《はる》かに超えて大きすぎた。

彼の体には既に無数の傷が刻まれている。全て彼女の操作する幽霊兵の突撃、魔力砲によるものだ。

四方八方から絶え間なく襲いかかるそれを捌《さば》くことなど到底できず、倒そうにもそもそも彼の操る強化汎用魔法は異常な耐久を誇るこの兵士と相性があまりに悪すぎる。

どうにか突撃の隙間を縫って本体の彼女に攻撃を仕掛けようにも、彼女は常に自身の周囲を幽霊兵に見張らせており隙がない。崩そうにもこの攻勢の中そんな余裕なんてあるはずもなく。

……苦戦は予想していた。多分勝てないだろうことも。

だが――まさかここまで、手も足も出ないとは。

(……喜べばいいのか、嘆けばいいのか)

仮にも親しい少女、魔法の実力不足で悩んでいた頃を知り、教えた身としては感慨深くもあるが――よもやそれを発揮するのがここではなくてもいいだろうと思わなくもない。

そう考える彼の前に、近寄ってきたカティアがこう告げる。

「ごめんなさいね、エル。いっぱい傷つけちゃって」

申し訳なさそうな声色。けれどそれとは裏腹に――彼女の表情には、微《かす》かな笑みすら刻まれている。

「でも不思議ね。すごく強くて、ずーっと私に構ってくれなくて、他のことにばっかりかまけていたあなたのそんな姿を見ると……ちょっと気分がいいかもしれないわ。もうちょっとだけなら傷つけてもいいかなって思ってしまうくらい」

（……うん）

確実にまずい感じのスイッチが全開になっている。

恐らく対抗戦でテンションが上がったことによる一時的なものだろうが……それでも怖いものは怖い。今後の彼女との接し方も少々考える必要がありそうだと思うエルメスの前で、彼女は手を掲げて。

「大丈夫、対抗戦が終わったらちゃんと治してあげるから。ちゃんと最後まで、私が、つきっきりで、ね？」

同時に、幽霊兵が彼を囲むように展開される。……心なしか彼らの感情も怒りの熱を帯びてエルメスに向けられているような気がするが。

しかし、これは本当にまずい。

エルメスは既に満身創痍《まんしんそうい》を超えて限界の寸前も寸前だ。既にこの攻勢を捌き切れるかどうかも厳しい——というかほとんど無理に近い。

されど有効な手立ても咄嗟《とっさ》には思いつかず。為《な》すすべなく、幽霊兵の突撃が全方位から襲いかかる——その直前。

銀の輝きが、彼の脇を駆け抜けていった。

「——!!」

カティアは目を見開き、咄嗟に幽霊兵を盾にする。そこに間髪を容《い》れず剣閃《けんせん》が叩《たた》き込まれ——同時に、その一撃を仕掛けた少女。

ニィナが金眼を不敵に向けて、剣に力を込めつつカティアに話しかけた。

「やぁカティア様。いくらご主人様とはいえうちのエル君にそれ以上のおいたは——」

「うちの？　随分と愉快なことを言うのね、お邪魔虫さん」

「——あっやばいやつだこれ」

普段の調子で軽口を叩きかけたが、カティアの反応を見て即座に嫌な予感を感じ取ったため、口をつぐんで飛び退《の》く。

そして彼を庇《かば》うように目の前に立った彼女に向けて、エルメスは声を出し。

「……ニィナ様。貴女《あなた》がここにいるって——っ」

しかし、既に限界ぎりぎりだったせいか、ぐらりと体が傾く。踏ん張ることもできず倒れ込む彼を——とさり、と温かく柔らかな感覚が包んだ。

「……お疲れ様です、エルメスさん」

控え目に、けれど健闘に心から敬意を示すような軽い抱擁と共に。金髪の少女サラが、同時に蒼い光でエルメスを癒やす。

動けるようになった体で顔を上げると、そこには後方から——数人のBクラス生たちが。

彼らの後方から追ってくる者は、誰もいない。クリスタル前に防御要員のBクラス生が一人いるだけ。

――その光景が示す結果は、明白だ。

それを証明するかのように、歩いてくる先頭のBクラス生、アルバートが口を開く。

「――勝ったぞ、エルメス。何か文句はあるか？」

彼らしく淡々と、けれどどこか誇らしげに告げられるその言葉。

当然、エルメスの返答も決まっている。

「……いいえ、全く。お見事です」

謝意と共にサラから体を離すと、エルメスは気を取り直してもう一度Bクラス生に顔を向けると。

「よく、勝ってくれました。……でもまだ、油断なさらないよう」

そう告げ、もう一度反対側を――Aクラス最後にして最大の相手がいる方へと振り返る。


エルメスの誤算は三つあった。

一つは、Aクラス生が想像以上に馬鹿だったこと。おかげで多少の犠牲を覚悟していた最初の乱戦に持ち込むまでをほぼノーリスクで達成できた。

二つは、Bクラス生の奮戦が予想以上に凄《すさ》まじかったこと。カティアの参戦でも一人も崩れきることがなく、そこから持ち直した上でこれほどの人数を残してAクラス生を全員打倒したのは嬉《うれ》しい想定外だ。

だが、最後にして最大の。エルメスにとっては嬉しいやら対抗戦だけを考えると困るやらの誤算は。

「……カティア様が、想像よりも遥かに強すぎました。正直、もう少しまともに足止めできると思ったのですが」

「いや、実際俺たちが勝つまで押さえ込んだのだから十分だとは思うが……？」

アルバートが呆《あき》れ顔《がお》で呟いてくるが、正直それも彼女が自分に執着してくれたからなのが大きいと彼は分析する。

ともあれ、と彼は改めて言葉を発し。

「まだ対抗戦は終わっていませんから。……流石にこの人数差で負けるとは思いたくありませんが、相手はカティア様です。最後まで、気は抜かない方がよろしいかと」

その結論にBクラス生たちが頷《うなず》くのを見てから、改めて残ったBクラス勢——八人で、カティアに向き直る。

「……残念。二人だけの時間はおしまいなのね」

それを見てカティアも状況を理解したか、嘆息と共にそう告げる。

けれど、すぐに顔を上げると先ほどの笑みを取り戻し。

「でも、簡単に負けてあげる気はない——どころか正直勝ちたいわね。ねぇ、私の知らないところでエルとすっごく仲良くなってくれた元クラスメイトの皆さん？」

「……うん、多分これはエル君も悪いやつだね」

そんな彼女の態度で大凡《おおよそ》を察したのか、ニィナが少しばかりの呆れを乗せて呟く。

「カティア様ああ見えて……というか見ての通り結構一途《いちず》なところあるから、拗《こじ》らせちゃうとああなるの。一時的なものだとは思うけど、対抗戦が終わったらちゃんとケアしてあげるんだよ？」

「……はい、反省します」

これには何の異論も挟めずエルメスは神妙に頷く。

今思えば、対抗戦前に来た公爵様もこのことを言っていたんだなぁと思いつつ、今は対抗戦に集中すべく意識を切り替えて。

「では、僕とニィナ様で仕掛けます。他の皆さんは周囲から隙を見て血統魔法での攻撃、サラ様は全体指揮とサポートを」

瞬時の役割分担を、培ってきた理解力で全員が把握し。

そうして彼らは、対抗戦を確実に勝ち切るべく――最後の戦いに身を投じたのだった。

◆

……実のところ。

いくらカティアが強力無比な魔法使いとは言え、八対一。しかもその内六人が血統魔法持ちに、残り二人もそれに迫る特殊技能を持っていて。

ある程度の連携力もあり、前衛二中衛五後衛一というかなり良いバランス。極め付きは軸となるエルメスが彼女の魔法を詳細まで把握している情報的な優位まで。

ここまでの条件が揃《そろ》えば、まず確実に勝てる。こちらも消耗していることなど瑣末《さまつ》な問題になるほどの、限りなく勝勢に近い有利だ。

だからこそ二班に分けてカティアの足止めとクリスタル破壊を分担する等の作戦を取らず、ここでカティアを確実に倒し切る手に出たのだから。

そう、だから。

「………何だか前にも同じこと思った気がするけどさぁ」

決着のついた戦場で、銀髪の少女ニィナが告げる。

「──ほんとなんなの、キミたち。主従揃って不利状況に強すぎない？」

結論から言うと、勝ちはした。現在カティアは地面に座り込んで荒い息を吐き、そこにニィナの剣が突きつけられている。疑いようもなく詰みの状況だ。

──だが一方で。

エルメスたち、Bクラス側も被害は大きい。立っているのはエルメス、ニィナ、アルバート、サラの四人だけ。

……いや、被害は大きいどころではない、もう少し修正しよう。

倒れる寸前のエルメス、手足が痙攣《けいれん》しているニィナ、先ほどまでダウンしていたアルバート、魔力切れで実質脱落のサラ、の四人だけである。

他の四人は、早々に彼女の血統魔法による圧倒的な物量に押し潰されて脱落。残った四人もご覧の通り一切の余力すら残せず。

よって、結論を端的に言うと。

ほぼ勝ち確定の試合を――あと一歩で負けるところまで追い込まれたのである。

恐らくはエルメスとの初手合わせと同じ感情を抱いているのだろう、驚愕《きようがく》と畏怖が等分に混じった表情をニィナは浮かべていた。

そしてエルメスもある意味同種の感情を抱き、なるほどニィナはあの時こう思っていたのかと理解した。確かにこれは怖い。

勝った気がまるでしない、というのも納得だ。実際一人に八人かけて結果がこれではあまりにも割に合わなすぎる。

……エルメスは思った。カティア様の血統魔法がどちらかと言えば防御特化で本当に助かった、と。

もしこれがアスターのように攻撃特化だったなら――下手をすると、彼女一人だけでBクラスが丸ごと壊滅させられる、なんてことも十分にあり得たのではないだろうか。

改めて、主人の実力に敬意を抱くエルメスだった。

……とは言え、勝ちは勝ちだ。今この瞬間は、それに伴う成果を得る権利がこちらにはある。差し当たっては、とニィナが剣を突きつけたまま声をかける。

「というわけでカティア様、降参してくれないかな？　ボクも貴女を叩きたくはない」

「…………」

カティアは、如何《いか》にも不機嫌そうにむすっと頬を膨らませていた。

流石《さすが》に負けたことによって少しは落ち着いたのだろう、今までの何かスイッチが入った状態は脱している。それでも――それはそれとして、負けてしまったのは素直に悔しい、と言ったところだろうか。

けれど負けを認めないのも彼女の美学に反するのだろう。若干不服そうながらも両手を上げて。

「……分かったわよ。あなたたちの勝ち――ええ、見事な戦いだったわ」

「その言葉はこっちが贈りたいくらいだけどねー」

「え、ええ。……本当に、すごい、魔法でした」

ニィナに引き続いてサラも心からの賞賛を彼女にかける。カティアは友人二人のそんな言葉に少しだけ口元を緩ませると、けれどどこか不貞腐《ふてくさ》れた様子でぱたりと地面に倒れ込む。これ以上追撃はしないとの意思表示でもあるのだろう。

それを理解して、四人は先に進む。最後にエルメスが彼女の方向を見て、色々な感情を込めて頭を下げた。

「…………むー」

するとカティアは愛らしくも恨めしそうな視線をこちらに向けてきて。

……改めて、この後のことも考えなければ。そう思って、エルメスは更に深く頭を下げたのである。

かくして、対抗戦の趨勢《すうせい》は決定した。

だが、まだルール上決着ではない。最後の作業が残っている。

それを果たすべく四人揃って歩き、目的地が近づいてくると……そこでふと、ニィナが何かを思いついた様子でエルメスの前に出てきて。

「ねぇエル君。お願いなんだけど――ボクが言ってもいいかな？」

「え？……ああ、どうぞ」

一瞬戸惑ったエルメスだったが、彼女の表情と目的地の様子から概《おおむ》ね察したのだろう。

どこか苦笑気味に頷くと、ニィナは軽やかなステップで一同の前に出て、一足早く目的地――A組のクリスタルの前で立ち止まって。

「それじゃあ、遠慮なく」

クリスタルの前で呆然《ぼうぜん》と立ち尽くす一人の男子生徒に向かって、にっこりと微笑《ほほえ》みかけて告げる。

「――最初っ、から、最後、まで、なーん、に、も、でき、なかっ、た、A、ク、ラ、ス、長、さま、？　よろしければ、今のお気持ちとか聞かせてくれないかなぁ？」

そんな、口調とは裏腹のあまりに痛烈な煽《あお》り文句を受け。

Aクラス長クライドは、絶望の表情を更に引き攣《つ》らせた。

「……正直、少し意外でした」

立ち尽くすクライドを他所《よそ》に、エルメスは素朴な疑問を発する。

「この方の性格であれば……Aクラスが追い詰められた場合、血統魔法を解禁するかもしれないと思っていたので。実家から制限を受けていようと関係なく」

「あー、それねぇ」

それに対して、答えたのはニィナ。

「彼がそうしかねないってのはボクも同意だけど。――この場に限っては、その心配はないよ」

「？　何故《なぜ》です？」

「単純な話さ」

首を傾《かし》げるエルメスに、ニィナは人差し指を立てて話す。

「……ボクも詳しくは知らないんだけどね。聞いたところによると、クライド君の血統魔法――直接攻撃系じゃないらしいんだ」

「――なるほど」

非常に単純かつ納得のできる理由だった。

「そ。多分対抗戦ではあんまり本領が発揮できないタイプだったんだろうね。だからこれまでも使わなかったし、今も使われる心配はないと思う。つまり何の気兼ねもなく――壊せるってわけだ」

「っ！　く、来るなぁ！」

心持ち鋭い視線を向けたニィナを見て、クライドが後ずさる。

彼を警戒する必要はない。となると残る問題は――とエルメスは三人の方に振り向き。

「……では、誰が行きます？」

最後の仕事――クリスタルを破壊する栄誉はこの中の誰が得るのか。そう確認するエルメスだったが、間髪を容《い》れずに声がする。

「……エルメスさんで、いいと思います」

意外にも、それはサラ。彼女は控えめながらもしっかりと譲らないようにそう主張して。

「一番の功労者は……絶対に、あなたですから」

「そうだな。最早《もはや》誰も文句は言うまい」

「だねー」

その言葉に、他の二人も迷いなく同意する。

少し面食らったが、三人の表情は真剣そのもので。断るのも気が引けたエルメスは大人しく頷くと、再度振り向いてクリスタルの――クライドの方へと歩き出す。

「ひっ」

それを見たクライドは更に後ずさるが、背中のクリスタルに当たって逃げられないことを悟ってか喚《わめ》き出す。

「――お、おかしいだろうこんな結果！　僕たちはAクラスだぞ何故負ける、一体どんなことが！」

「……どんなことが、と言われましても。今貴方《あなた》の目の前で起こっていることが全てですが」

「う、うるさい！　そ、そうだ何か不正をしたに違いない！　それかカティア嬢がやっぱり本気を出しきれなかったんだ、そうでなければ――」

「何を喚いても、審判が止めていない以上この場は何も覆りませんよ。それと――あの戦いを見てカティア様が本気ではなかったなどと吐《ぬ》かされると……流石に、怒りますが」

拙い反論は淡々と封じられ、どころか彼の逆鱗《げきりん》に触れかけて威圧で黙らされる始末。

それでも黙り込むことは許されないのか、クライドはいまいましげにエルメスを睨《にら》むと。

「何故だ……！　ならば僕たちが負けるなんて、一体どんな理由があれば！」

「……理由、ですか」

Aクラスが負ける理由。つまりBクラスが勝った理由、勝因は何か。

改めて突きつけられたその問いに――答えるまでの躊躇《ちゆうちよ》は、一切存在しなかった。

「特訓してきましたから、貴方たちより」

「――は？」

あっさりと告げられたその言葉に、クライドが呆《ほう》ける。それに構わず、彼は続けて。

「貴方たちより、戦うための訓練を積み重ねました。貴方たちよりも、戦う相手のことを研究しました。対策を立てました。実践をしました。それを体に染み込ませました。そして本番――貴方たちよりも、それを十全に発揮できました」

つまるところ、と彼は翡翠《ひすい》の目でクライドを見据えて。

「貴方たちよりも、勝つための努力を怠らなかったから勝ったんですよ。——逆に聞くのですが、その全てで劣っておいてどうして勝利を疑いなく信じられたのですか？」

それは、彼にとってはあまりにも至極当然な理由。

けれどクライドには。この王国に新しい意識を唱えているようで、結局同じ価値観から抜け出せなかった人間には——欠片《かけら》も、響くことはなく。

未《いま》だ彼の中には疑問が渦巻いているだろう。だがもうそれに構う気はない、淡々とエルメスは告げる。

「ご理解いただけたなら……いえいただかなくても構いませんが、いい加減降参してくださいません？　正直戦うのも面倒です」

その言葉を聞いたクライドはひどく簡単に逆上し。そのまま立ち上がってエルメスへと向かって走り出し。

「ふざけるな！　僕がその程度の脅し文句に屈するなど——ごッ」

正直その反応はいい加減学習できていたエルメスが予《あらかじ》め仕掛けておいた地面の突起に足を取られ、地面に倒れ込んだところに上から氷塊の強化汎用魔法で後頭部を打擲《ちょうちゃく》。あまりに無駄のない魔法の運用によって最短手数で意識を刈り取られる。

そしてエルメスは地面に横たわったクライドには見向きもせず、同種の魔法であっさりとクリスタルを破壊した。

そして、司会の戸惑ったような宣言が響き渡り。

『……しょ、勝者、B組！』

一拍置いて、観客の中にも戸惑いと興奮が入り交じった歓声が満ち渡った。

きっと観客の中で、この勝利までにどれほどの駆け引きとドラマがあったか完全に知る者は恐らくいない。

けれど、結果は雄弁。これだけは——BクラスがAクラスを打倒したことだけは、誰もが意を唱える隙もなく理解させられただろう。

そして、ようやく気を緩められるとエルメスが肩の力を抜き、その場に座り込む。

（……ふう、疲れた）

結局かなり大変だったな……とぼんやりこれまでを思い返していると、隣からニィナがやってきて、エルメスの隣にしゃがみ込み。

「ん」

にゅっと、何故か拳を差し出してきた。

「……ニィナ様？　えーと、これは」

「ほらあれだよー、男の子が戦いの後によくやるやつ。一回やってみたかったんだよね。ほら、二人も！」

エルメスの納得を確認すると、ニィナがもう片方の手でアルバートとサラを手招きする。

アルバートは見ただけで理解したのか、いつもの仏頂面の中に少しだけ満更でもなさそうな表情を見せて握り拳を突き出す。

合わせてエルメスも同様の動作を行い、三人の手が寸前のところで止まって。

あとは――

「……え、えっと」

サラが、どこか戸惑ったような顔でこちらを見る。やろうとしていることは分かるが、果たして自分がその場に入っていいのか――と遠慮するような表情で。

そんな彼女に、ニィナとアルバートはどこか呆《あき》れを滲《にじ》ませて。

「もー、クラス長が来ないと締まらないじゃん。直接戦ってないから遠慮なんて、された方が怒っちゃうからね？」

「もっともだ。俺の中では貴女《あなた》も最功労者の一人だぞ、ここで除外するなどありえるわけがないだろう」

二人の言葉に心から頷《うなず》きつつ、最後はエルメスも。彼なりに言いたいことを、端的に。

「貴女がいなかったなら、そもそも僕はここにいませんでしたよ。……是非、ご一緒に」

「！」

その言葉にサラは軽く目を見開いてから、一拍置いて――

「……はいっ」

ぱっと、花が咲くように笑って。

こちらに駆け寄ると、ゆるく握った手を同様に差し出してくる。

そして――こつりと。

勝利と健闘を讃《たた》える儀式として。戦友に対する、言葉なき祝福の証《あかし》として。

四者四様の握り拳が、四人の中央で軽く打ち合わされた。


……他者と関わることを、これまでは避けていたように思う。

本当に親しい人間以外は線を引いていた。そうして自分の輪郭を鮮明にし、自分の想《おも》いを浮き彫りにすることが魔法を高める近道だと思っていたから。

けれど、彼女に引き止められて。信じ続けた先にある誰かの可能性を見せられて。

そして今、そうして繋《つな》がった誰かと、拳の熱と笑顔を交換して。

(……なるほど)

そんな、誰かとの間にある想いの形を目の当たりにしたエルメスは思う。

「……これも、綺麗《きれい》だ」

微《かす》かな、けれどはっきりとした彼の呟《つぶや》き。

それが長らく続いた対抗戦の、そして。

――エルメスが学園で行った、一つ目の大きな戦いの。締めくくりとなるのであった。

断章

——対抗戦から、少し経《た》った日。

ユースティア王国王都中心部……から遥《はる》かに外れた、国境近くの山奥。

人一人通らず、野生動物も滅多に通らない。自然の音だけが緩やかに流れているはずの深い木々と静寂に囲まれた場所で……

「——あーっはっはっはっはぁ!!」

……高らかな魔女の笑い声が響いていた。

声の発生源は、山奥にぽつんと建つ一軒家の中。そこで美麗な声での高笑いを披露する、豪奢《ごうしゃ》な赤髪と美貌が特徴の女性。

そう、魔女ローズである。

心底愉快そうに体を震わせる彼女の前には、とある魔道具。そこから壁に映し出されているのは……つい先日の学園祭、Aクラス対Bクラスの対抗戦の映像。

ユルゲンとの手紙のやり取りで聞き出し、自分の立場を楯《たて》に半ば以上脅迫じみたことをして。貴重な映像保存の魔道具を使わせてまで自分のもとに送らせた、弟子の晴れ舞台だ。

その結果が今しがた送られてきて。一も二もなく確認した映像の中には、彼女の期待通り——否、期待以上のものが映っていた。

「いやぁ愉快痛快だ！　ちょっと優れた血統魔法を持っただけであぐらをかいてた連中を徹底的に打ちのめしてるなぁ。しかも――」

何より彼女が注目すべきは。今しがた彼女が言ったことを、『エルメス一人』で行っているのではなく……

「エルのいるBクラスの連中。映像だけでも分かる、ちゃんと鍛えてる。まだまだ駆け出しもいいとこだし拙さも目立つが、それでもしっかりとした研鑽《けんさん》の跡が見える」

それは、今までの王都の常識ではあり得ないこと。王都にいた、王都の常識しか知らない連中にとっては……たとえ教師であろうとも知りようのない、教わることのできないことで。

必然、このBクラスの訓練や研鑽は。教員に教わったのでもなく、ましてや自分たちで見つけたわけでもなく――エルメスに、教わってやったということだ。

つまり、それは。

「……そっかぁ」

そのことを確信すると、ローズは微笑《ほほえ》んでこう告げる。

「エル――ちゃんと、クラスに馴染《なじ》めてるのか」

実のところ、それが最大の心配事だった。

彼の価値観が、王都においては異端も異端であることは疑うまでもない事実だ。その価値観を仕込んだのが他ならぬ自分であることが何よりの説得力だろう。

そんな彼が、王都の……あの凝り固まった考えと、それに影響された考えしか持たない連中の中に放り込まれて、まぁ何事もなく平穏に行くはずもない。

多くの反発があったはずだ、激しい拒絶があったはずだ。

……かつての、自分のように。

「……」

苦い記憶が蘇《よみがえ》る。遥か昔、自分もエルメスと同じ学園に通っていた時のこと。

ユースティア王国過去最高の神童。三重適性の怪物。

──或《あ》いは、変人王女。

その両極端な評価により、周りの人間は全て自分に過剰に媚《こ》びへつらうか遠巻きにするかのどちらかでしかなく。ユルゲンとシータくらいしか真っ当な友人と呼べるものはできず、そのユルゲンもBクラスだったシータの問題で手一杯で。

……結局、最後には。Bクラスで加速するシータへの悪い扱いにぶち切れて、全部滅茶《めちゃ》苦茶《くちゃ》にして見捨てるように学園を去った、苦い過去の一幕。

(……正直なところ)

エルメスも、そうなるんじゃないかと思っていた。

王都を取り巻く風潮に触れて。カティアのような人間は本当に希少で少数派で、大多数の人間はどうしようもないということを理解し失望し、下手すると王都を去ることすらありえるんじゃないかと。

もしそうなった時は、全力で温かく迎え入れようと思っていた。罪悪感を抱いて戻っただろう彼を力一杯抱きしめて、『お前は悪くないよ』と言って。そこからはまた二人で、ゆっくりと魔法の研鑽を続けていければ良いと空想していた。

でも、そうはならなかったということは。

ユルゲンの言う通り、王都も少しずつ変わりつつあって。

何よりエルメス自身も。何かしらの、内面の変化を得たということだろう。

そう思いながら、改めて映像の中のエルメスを見返すと……確かに。今までの彼とはどこか違う、希薄ではありながらも確かな情緒が感じられる。

有り体に言えば――成長、しているのだろう。

それは、彼自身で辿《たど》り着いたことかもしれないし、周りの人間の影響を受けてのことかもしれない。どちらかは分からないが……確かなことは。

――この光景は、自分では不可能だった。

「流石《さすが》、我が弟子」

柔らかく呟く。そうして改めて映像を眺めて、弟子の……心なしか少し大人っぽくなったような顔を眺めていると。

ふと、想いが溢《あふ》れる。

「………逢《あ》いたいなぁ」

言葉にすると……どうにも抑えていたものが抑え切れなくなって。

「ぅああ――――逢いたいなぁ――っ！　駄目だ耐え切れん、ここ最近エルの枕で寝たりエルの使っていたものを抱き枕にしたりしてたがその程度ではまるで駄目だ！　ええい、こうなればユルゲンに頼んで定期的にエルの身の回りの物を送ってもらうか……!?」

中々変態的なことをしていたと、誰に聞かれることもなく白状しつつ。

その上更に色々とアウトなことを画策し、実は今も寝転がっていたエルメスの布団の上でもだもだと暴れ回る王都で恐れられた空の魔女。色々な意味で他の人には見せてはいけない光景である。

……それでも、今直接会いに行くわけにはいかない。それは弟子のためにもならないということだけは確信していたので、そこは彼女も遠慮しつつ――かつその代わりとしてエルメス成分を補充する新たな手法を、桁外れの頭脳を無駄にフル回転させて考える。

そうして、多少は落ち着いた後は。

また映像を眺め、弟子と……その弟子を取り巻く級友たちの様子にも目をやって。

「カティアは……まぁ、うん、これは多分あんまり突っ込んじゃいけないやつだな」

紫髪の少女が展開した幽霊たちに関しては若干引き気味の苦笑を顕《あらわ》にしたり。

「後は……なぁんか可愛《かわい》い子が周りに増えてんなぁ。いやまぁ分かるぞ？　エルは可愛いし格好良いからな、でもなー……とりあえずこの金髪の子と銀髪の子は名前控えとくか」

カティアの他にも彼と親しい様子を見せる少女たちの様子を見て、ちょっとだけもやっとした気分になったりしつつ。

　それでも、全体的には——極めて楽しんで、弟子の成長を眺め続けるのだった。

　やがて、余すところなく映像を鑑賞し終えたローズが、言葉通り満たされた様子で布団に倒れ込む。

「……はぁ、満足」

　途中若干発作が出たりもしたが、それでも直接エルメスの様子を眺められたおかげで大分寂しさは和らいだ。後は弟子の夢のため、そして自分のために。今まで通り、自分の魔法を探求する日々に戻るだけだ。

「——っと、魔法研究といえば」

　だがそこで、ローズはとあることを思い出し。手を伸ばして、映像保存の魔道具の他にもう一つ送られていた封筒を手に取る。

　そこにあるのは……血統魔法のリスト。ローズの研究の助けになればと考えたエルメスが、学園で確認した限りの血統魔法の特徴や構成をまとめて送ってくれたものだ。

　決して軽い手間ではなかったはずだが、エルメスがローズを想って頑張ってくれたという事実だけでこの紙束は家宝にする価値があるのだがそれはさておき。

　実際、極めて研究に役立つことも確かなので。遠慮なく封を開けて、中に記述された血統魔法の一覧を確認し——

「…………………は？」

——固まった。

何故《なぜ》なら……彼女にとって、決して無視できない一つの銘が、そこにあったからだ。

「おいおいおいマジかよ……とんでもない魔法を持ってる子、一人いるじゃないか」

他に記述された全ての血統魔法を放って——ローズの視線は、そのただ一つの魔法に釘《くぎ》付《づ》けになる。それだけのインパクトが、彼女にとってはあるものだった。

多分、一見すると普通に強力な血統魔法としか思わないだろう。実際エルメスもそこに特別な何かを見出《みいだ》しているような記述はない。

だが、違う。エルメスには未《いま》だ教えていないが、これは——

「誰の血統魔法だ。持ち主の名前は……サラ、ああ、あの金髪の子か……って二重適性!?　うわぁ、尚更《なおさら》の厄ネタ……って言っちゃあその子に失礼だが、これは……」

多分、その魔法自体が直接的に何かを起こすことはない。弟子の記述や印象を聞く限り、その魔法が『特別』になることは、少なくともすぐにはない。

……だが。

ローズ自身、同種の魔法に関連している身だからこそ分かる。この手の魔法の持ち主は、理屈も論理も飛び越えて——

——厄介事を、引き寄せるのだ。それこそ、運命としか言いようのない力でもって。

　加えて、今の学園の情勢。Aクラスが Bクラスに打倒され、価値観が否定され、学園全体が非常に混乱期に入っているだろう状況。

　…………厄介事が膨れ上がるには、この上ない状況。

「…………や－な予感がするなぁ」

　どうやら一つの大きな成果を彼が上げたところで。めでたしめでたしとはいかない……どころかより大きな『何か』の引き金にさえなりそうな気配を、直感的に感じ取って。

「……でもまぁ、エルなら」

　それでも、エルメスならなんとかするだろうと。

　少しの不安こそ覚えつつ、それ以上に弟子への全幅の信頼を置いて。空の魔女はこれまで通り今の自分にできることをするべく、資料を手に研究室へと消えていくのだった。

◆

　──同刻。王都某所でのこと。

「ハロー、ボス」

　とある路地裏の一角、日の光が一切当たらない屋内にて。手元の薄明かりに照らされた、精悍《せいかん》な男の声が響く。

「あんたが直接確認に来るのは珍しいな。顔合わせるのも何ヶ月かぶりか？　相変わらずあんたのその見た目、わけ分かんねぇよなぁ」

軽口を叩《たた》く男に対して、それと相対する存在は端的に口を開き。

「……あー、了解。分かってる分かってる、『お仕事』のお話な」

それに男は反省したように肩をすくめると、比較的真面目な口調で本題に入る。

「つってもなぁ、色々考えてみたが……流石にしんどいと思うぜ？　あの学園に阿呆《あほう》しかいないってのは全面的に同意だが、それでも腐っても王都最高峰の教育機関だ、相応に血統魔法使いも揃《そろ》ってる。いくらなんでも厳し——」

だが、男がネガティブな見解を述べようとしたそこで更に。

「……学園祭？」

向こうから荒唐無稽な話題を出され、男が首を傾《かし》げるが……目の前の存在が無駄な話をするわけはないと思い至り、続きを促す。

「はぁ。学園祭で一学年が、Aクラス対Bクラスの対抗戦を行った——うっわ趣味悪っ、衆人環視の中弱いものいじめをして楽しもうって魂胆か。どこのどいつだぁ？　そんな性格ひん曲がったこと考えたのは。ともあれ、微塵《みじん》も同情は湧かんが見世物にされたBクラスの皆さんはご愁傷様——」

その所業を正確に理解した上で、欠片《かけら》も心の籠もっていない労《ねぎら》いの言葉を告げようとした男だったが——

「…………は？」

続けて告げられた言葉で。

「――Bクラスが勝ったぁ!?」

さしもの彼も、その情報にはこの場で初めて心からの驚きの声を上げる。

「いやいやいやいやいや。え、んなことある？　いやそりゃ俺からすりゃAだろうがBだろうがゴミだけど、それでも血統魔法には差があんだろ。よっぽどAクラスがとびきりの阿呆揃いだったか、もしくは……」

その、彼を以《もっ》てしても想像できない結果に。動揺しつつも思索を巡らせ……

思索の果てに、思い至る。今、彼にその話を持ちかけられた理由を。

「……あー、なーるほど。確かにそいつは、『使える』な」

故に……にぃ、と。

悪童の如《ごと》き笑みを浮かべた男は、脳をフル回転させつつ向き直り。

「サンキューボス、色々と計画を詰めるところはあるが、筋道は立った。……ああ、上手《うま》く嵌《は》まれば、あんたのご要望通り――」

微塵の気負いも罪悪感もない、散歩に行くような口調で、告げる。

「――俺一人で学園を壊滅させる。うん、いける……むしろ余裕だ」

最後のピースが嵌まった満足感に笑みを浮かべつつ、立ち上がって。

「ああ、一番厄介なところが解決した以上、多分問題ない。俺なら……どころか、下手すると俺が手を下すまでもないかもな？」

上機嫌に、軽やかに。恐ろしい計画を進めていた男は。

「勿論《もちろん》、相応の魔道具は貸し出してもらうぜ？　でもまぁそれさえやってくれれば、後は俺に任せておきな。これまで通り、あんたの無茶振りにも華麗に応えてみせるさ。ああ、問題ない。まぁ何かあったとしても……」

こう、締めくくった。

「……余程とんでもない魔法使いが学園内にいなけりゃ、どうとでもなんだろ」

その、これまでの上級貴族とは違う。自らの力量に対する絶対的な、かつ地に足についた自負と自信を持った声と共に。

かつこつ、と。男の足音は、闇に消え——

——エルメスたちのいる、学園の方へと。向かい始めるのだった。

あとがき

創成魔法三巻、お読みいただきありがとうございます。

王都での一つの因縁に決着をつけたエルメスたちの、次の舞台は魔法学園。ただ一人を打倒した程度では、王国に巣食う価値観は簡単には変わりません。その根源である学園に蔓延《はびこ》る歪《ゆが》んだ制度をどうやって壊していくのか――ということをテーマに。

その上で、クラスの争いや新たな人間関係など、学園の醍醐味《だいごみ》をこれでもかというほどに盛り込みました。楽しんでいただけたら、熱くなっていただけたらこの上なく幸いです。


そして次回、魔法学園編下巻。

Aクラスのあの方や、詳しく語られなかった教員陣のことなど、未《いま》だ一筋縄では行かなそうな因縁に加えて。ここからはスケールを一つ広げて、王国の更に暗い場所、深いところにいる人たちが、いよいよエルメスに目を付け始めます。

ここから先の大きな戦いの序章となる、学園を巻き込んだ大事件。その果てにエルメスは、そしてかの聖女様は、どんな『魔法』を見つけ出すのか。

そんな四巻、今まで以上に素敵な魔法の世界で、またお会いできますように。

みわもひ

創成魔法の再現者 3
魔法学園の聖女様〈上〉

発　行　2022 年 7 月 25 日　初版第一刷発行

著　者　みわもひ
発 行 者　永田勝治
発 行 所　株式会社オーバーラップ
　　　　　〒141-0031　東京都品川区西五反田 8-1-5
校正・DTP　株式会社鷗来堂
印刷・製本　大日本印刷株式会社

©2022 Miwamohi
Printed in Japan　ISBN 978-4-8240-0237-2 C0193

※本書の内容を無断で複製・複写・放送・データ配信などをすることは、固くお断り致します。
※乱丁本・落丁本はお取り替え致します。下記カスタマーサポートセンターまでご連絡ください。
※定価はカバーに表示してあります。
オーバーラップ　カスタマーサポート
電話：03・6219・0850 ／受付時間 10:00 ～ 18:00（土日祝日をのぞく）

作品のご感想、ファンレターをお待ちしています

あて先：〒141-0031　東京都品川区西五反田 8-1-5 五反田光和ビル 4 階　オーバーラップ文庫編集部
「みわもひ」先生係／「花ヶ田」先生係

PC、スマホからWEBアンケートに答えてゲット!
★この書籍で使用しているイラストの「無料壁紙」
★さらに図書カード（1000円分）を毎月10名に抽選でプレゼント!

▶https://over-lap.co.jp/824002372
二次元バーコードまたはURLより本書へのアンケートにご協力ください。
オーバーラップ文庫公式HPのトップページからもアクセスいただけます。
※スマートフォンと PC からのアクセスにのみ対応しております。
※サイトへのアクセスや登録時に発生する通信費等はご負担ください。
※中学生以下の方は保護者の方の了承を得てから回答してください。